Chère Lectrice,

Mars... Voici venu[...] -gurent trois romans iné[...] préférée. Trois romans sur des sujets graves — la violence domestique, le divorce, l'enfance malheureuse — mais qui loin d'être des romans pessimistes, nous montrent des héros positifs, des hommes et des femmes capables d'échapper à la logique de l'échec, de repousser la tentation de la fuite et du mensonge.

Ainsi en est-il de Gabby dans *Victoire sur la peur* (ADA 562), Gabby qui, prête à tout pour soustraire ses neveux à la violence de leur père, part se cacher avec eux à l'autre bout du pays, avant de comprendre que la fuite n'est jamais qu'une issue provisoire, et qu'il lui faudra tôt ou tard... faire face.

Oui, faire face, quoi qu'il en coûte. Faire face à la réalité et à sa propre vérité. Tenter de comprendre l'autre, se remettre en question : c'est aussi le chemin qu'accomplissent Burke et Abby confrontés à la fugue de leur fils adolescent, et qui osent enfin s'interroger sur leur divorce, sur leur comportement de parents et d'amants (ADA 563).

Enfin, c'est tôt ou tard l'épreuve qui attend Stephanie, l'héroïne de *L'Aventure d'une nuit* (ADA 564). Trouvera-t-elle le courage de dire à son mari la vérité sur une enfance qui lui fait honte ? Elle le doit si elle veut sauver son mariage, mais cela signifie aussi affronter de terrifiants fantômes, se battre. Et elle n'a aucune arme pour le faire.

Hormis... l'amour.

Bonne lecture à toutes !

La Responsable de collection

L'aventure d'une nuit

KAREN YOUNG

L'aventure d'une nuit

AMOURS D'AUJOURD'HUI

Cet ouvrage a été publié en langue anglaise
sous le titre :
HAVING HIS BABY

Traduction française de
LAURE TERILLI

⟨H⟩ et HARLEQUIN sont les marques déposées de
Harlequin Enterprises Limited au Canada.
La collection Amours d'Aujourd'hui
est la marque de commerce de
Harlequin Enterprises Limited.

Toute représentation ou reproduction, par quelque procédé que ce soit, constitue-
rait une contrefaçon sanctionnée par les articles 425 et suivants du Code pénal.
© 1996, Karen Stone, © 1997, Traduction française ; Harlequin S.A,
83-85, boulevard Vincent-Auriol, 75013 Paris — Tél, ; 01 42 16 63 63
ISBN 2-280-07564-4 — ISSN 1264-0409

1.

Félicitations! Vous attendez un enfant. La grossesse est un heureux événement. A partir de ce jour, votre corps, votre vie vont connaître de profonds bouleversements. Idéalement vous avez souhaité cet enfant et déjà vous l'aimez. Au cours des neuf prochains mois, un lien physique et spirituel intense vous reliera au bébé et à son père.

Demandez l'avis du Dr Meredith.

Stéphanie Sheldon considéra avec désarroi la petite bandelette de papier rose vif qu'elle avait sous les yeux. Le test de grossesse était positif. Enceinte. Elle était enceinte! Mais non, c'était impossible, insensé... Pourtant, le résultat du test était là. Et la nuit qu'elle avait passée dans les bras de cet homme avait bel et bien existé! S'il y avait une chose insensée dans cette histoire, c'était son comportement : elle avait fait l'amour avec un inconnu... Enfin, presque un inconnu!

Les mains tremblantes, elle jeta le test à la poubelle, ouvrit le robinet du lavabo et se lava scrupuleusement mains et avant-bras, comme avant une opération chirurgicale. A mi-chemin de ce rituel, elle s'arrêta brusquement. Le minuscule embryon dans son utérus n'avait rien d'un microbe dont on se débarrasse avec un peu de savon et de désinfectant. C'était un enfant.

Une sensation de vertige l'envahit soudain, l'obligeant à s'asseoir. Et son métier? Et sa réputation? Elle avait travaillé si dur, surmonté tant d'obstacles pour arriver à la situation de gynécologue-obstétricien à l'hôpital des Femmes de La Nouvelle-Orléans. Les doigts pressés sur ses tempes, elle lutta contre la panique. Que faire?

Et dire que, trois fois par semaine, elle prêchait devant un groupe d'adolescentes la contraception et la nécessité de prendre ses responsabilités. Quand sa grossesse serait visible, comment expliquerait-elle à son auditoire qu'elle ne mettait pas en pratique les conseils qu'elle prônait? Car elle aurait cet enfant. En effet, il était hors de question d'avorter. Avant son divorce, elle avait fait une fausse couche, et elle l'avait très mal vécue. Par conséquent, en dépit des difficultés que soulevait une grossesse inopportune, elle garderait cet enfant.

Néanmoins, il y avait plus grave que les ragots et le qu'en-dira-t-on auxquels elle allait devoir faire face. Quelle conduite adopter vis-à-vis de Peter Robin, le père de l'enfant?

En proie à un curieux sentiment d'irréalité, les yeux fermés, elle enlaça ses genoux et se balança doucement d'avant en arrière, à la manière d'une petite fille désœuvrée. Elle ne parvenait toujours pas à comprendre ce qui s'était passé ce soir-là, à Boston. Elle était venue pour participer à une conférence médicale. C'était le dernier jour. Le lendemain matin, elle devait prendre l'avion pour La Nouvelle-Orléans. Elle passait devant le bar de l'hôtel quand les accents douloureux d'un vieux blues l'avaient troublée. Et comme la perspective d'une nouvelle soirée solitaire ne l'enchantait pas, elle était entrée pour écouter la musique. Peter se trouvait dans la salle.

Intervenant-vedette de la conférence, le Dr Robin était le chirurgien en chef de l'hôpital des Femmes de La Nouvelle-Orléans où Stéphanie travaillait. Bien qu'elle l'admirât pour son intelligence et son dévouement exemplaire, elle n'avait jamais établi avec lui d'autres rapports que ceux dictés par les relations professionnelles.

Jusqu'à ce qu'ils passent ensemble cette dernière nuit à Boston.

Sans doute était-ce à cause du vin. Il n'y avait pas d'autre explication. A moins que... Le 31 juillet était une date très symbolique pour tous les deux. C'était l'anniversaire du divorce de Stéphanie qui avait été prononcé cinq ans auparavant et, curieuse coïncidence, c'était aussi la date à laquelle l'épouse du Dr Robin avait trouvé la mort, victime d'une fusillade, à quelques mètres du dispensaire de soins gratuits qui se situait sur Esplanade Avenue. Tout naturellement, ils s'étaient livrés à ces confidences en prenant un verre, puis en dînant ensemble. Ensuite... ils avaient commis l'irréparable. Décidément, la solitude était responsable de bien des folies. Et maintenant, Peter Robin allait être le père de son enfant.

Lorsqu'elle arriva à l'hôpital, une heure plus tard, elle n'avait toujours pas surmonté le choc de cette nouvelle. Pour éviter de rencontrer ses collègues de travail, elle ne prit pas l'ascenseur de service et attendit celui qui était emprunté par le public. En dehors de la terrible angoisse qui la tenaillait, elle se sentait bien physiquement, et pour l'instant, elle ne souffrait pas de nausées. C'était déjà ça !

L'ascenseur arriva. Quelqu'un s'y engouffra après elle. Les yeux obstinément fixés sur les boutons de commande, elle appuya sur celui du quatrième étage et recula d'un pas. Elle faillit alors perdre l'équilibre en heurtant la personne qui se trouvait au fond de la cabine et dont elle n'avait pas remarqué la présence. Heureusement, deux mains puissantes la retinrent par la taille.

— Attention !

La voix familière la fit tressaillir. Elle se retourna.

— Excuse-moi, Peter, balbutia-t-elle. Je ne t'avais pas vu.

— Quand on avance tête baissée, il est difficile de voir ce qui se passe autour de soi, répliqua-t-il en la lâchant.

— Je ne faisais pas attention.

— N'est-ce pas plutôt le contraire ?

Elle ne put s'empêcher d'imaginer la réaction de Peter si elle lui disait brusquement la vérité. La porte de l'ascenseur se referma et soudain, elle eut du mal à respirer.

— Quel étage ? demanda-t-elle, s'apprêtant à appuyer sur l'un des boutons de commande.

— Le même que le tien.

Interdite, elle leva les yeux. Peter la regardait d'un air peiné.

— Pourquoi m'évites-tu, Stéphanie ?

— Je...

— Voilà deux semaines que nous sommes rentrés de Boston. Et depuis, c'est à peine si j'ai le temps de te dire bonjour ou au revoir. Tu t'esquives toujours...

— Ne sois pas ridicule.

— S'agit-il d'un jeu ?

— Mais non, tu...

— Nous sommes des adultes, Stéphanie. Nous avons passé un moment agréable à Boston. Nous avons bavardé, dîné et...

— Je t'en prie, murmura-t-elle. Je sais parfaitement ce qui s'est passé et je me demande bien comment j'ai pu me conduire avec autant de légèreté.

Il l'observa en silence.

— C'était donc si déplaisant ?

— Il ne s'agit pas de cela, Peter. Quoi que tu puisses en penser, je n'ai pas l'habitude de me comporter de cette façon, en particulier avec un parfait inconnu.

Il croisa les bras sur sa poitrine.

— Mais nous nous connaissons depuis plus de trois ans !

Exaspérée, elle ferma les yeux.

— Tout juste. Nous ne nous sommes jamais fréquentés et nous n'avons jamais passé ne serait-ce qu'une heure ensemble, sauf peut-être une fois ou deux pour parler de nos malades. Vraiment, comment nous...

Sa voix se brisa et elle s'éclaircit la gorge.

— Comment avons-nous pu...

En proie à une profonde détresse, elle leva les yeux, et s'aperçut que son embarras amusait Peter. Une attitude qui ne manqua pas de l'agacer. Elle se ressaisit aussitôt.

— C'est un comportement totalement irresponsable, reprit-elle avec fermeté. Je ne me conduis jamais comme ça, d'ordinaire.

Peter rit tout bas.

— Il n'y a rien d'ordinaire en toi, Stéphanie, dit-il sur un ton qui la fit rougir. Et puis, tu n'es pas la seule responsable de ce moment d'égarement. N'oublie pas que nous étions deux, ce soir-là.

Comment aurait-elle pu l'oublier ? En vérité, elle ne s'en souvenait que trop bien. Quelle catastrophe ! Mais sans doute valait-il mieux en finir une fois pour toutes.

— En fait, il y a une chose que...

L'ascenseur s'immobilisa, la porte de la cabine s'ouvrit, et ils se retrouvèrent tous les deux dans le couloir. Des patients, pressés de se rendre à leur rendez-vous, les bousculèrent. L'emploi du temps de Stéphanie était particulièrement chargé. Dans six minutes exactement, elle devait donner son cours de conseils psychologiques et pratiques à un groupe d'adolescentes enceintes.

— Tu disais?

La jeune femme posa sur Peter un regard distrait.

— Euh...

Il attendit, la dévisageant avec intensité, comme il l'avait déjà fait dans l'ascenseur. A quoi pouvait-il donc penser?

— Je me demandais... il faudrait... enfin, je...

Le sourire de Peter fit place à une expression inquiète.

— Stéphanie, que se passe-t-il?

Un long soupir échappa à la jeune femme.

— Pouvons-nous prendre un verre ce soir? demanda-t-elle d'une voix sourde. A l'heure que tu voudras.

Voyant que cette invitation le surprenait, elle reprit vivement :

— Enfin, si tu es pris, ce n'est pas grave, je...

— Non, je n'ai aucun engagement que je ne puisse remettre, mais après notre soirée à Boston, j'ai eu la nette impression que tu supportais mal l'alcool.

En effet, ce soir-là, elle avait enfreint l'une de ses règles cardinales en buvant deux verres de vin. Pourtant, ce n'était pas dans une prétendue griserie qu'il fallait chercher la justification de sa conduite. Non, il avait dû se passer autre chose, ce soir-là. Elle observa Peter. Les cheveux et les yeux presque noirs, la peau mate, il avait la sveltesse et la musculature d'un sportif accompli. Pourtant, de longues journées de travail le retenaient à l'hôpital, et il consacrait chaque semaine plusieurs heures au dispensaire de soins gratuits qu'il avait créé. Au fond, elle ne savait rien de cet homme, en dehors de sa vie professionnelle. Ce constat ajouta encore à son désarroi. N'était-elle pas sur le point de lui annoncer qu'elle portait son enfant?

12

— Coucou! fit-il en agitant un doigt devant elle.

Elle battit des paupières.

— Excuse-moi, je...

— Tu me proposais de prendre un verre avec toi, ce soir. Pourquoi ne pas dîner ensemble, plutôt? Je connais un endroit...

— Non, non, euh, enfin, c'est inutile, mais si tu ne veux pas...

— Après avoir essayé en vain d'attirer ton attention depuis deux semaines, je me rends volontiers à toutes tes suggestions. A quelle heure dois-je venir te chercher?

— Oh, je prendrai un taxi, dit-elle vivement. Pour le dîner... oui, je veux bien, à condition que ce ne soit pas dans un restaurant de la chaîne Robin!

En effet, s'ils dînaient dans un établissement appartenant à l'un des membres de la famille de Peter, elle ne se sentirait pas libre de lui parler en toute franchise.

Peter avait l'air extrêmement surpris mais il acquiesça d'un signe de tête, gardant manifestement ses questions pour plus tard.

— Entendu. A 8 heures, au Commandeur?

Elle se détendit. Le pire était passé, du moins pour l'instant.

— A 8 heures au Commandeur, répéta-t-elle.

— Je réserverai une table.

— Parfait. A ce soir.

Et sans lui laisser le temps d'ajouter un mot, elle s'éloigna d'un pas pressé.

Les cours de conseils psychologiques et pratiques pour adolescentes enceintes occupaient au sein de la structure hospitalière la place du parent pauvre. Le simple fait de trouver une salle avait relevé de l'exploit. Après avoir remué ciel et terre, Stéphanie avait fini par obtenir l'autorisation d'utiliser une petite pièce qui ressemblait étrangement à un débarras, et dont elle n'ouvrait jamais la porte sans un sentiment de dépit. Benedict Galloway, le directeur de l'hôpital, avait toujours désapprouvé ce programme d'éducation parentale qui s'adressait à des patientes en général mineures, sans couverture sociale et venant de milieux défavorisés. Stéphanie aurait pu voir dans cette hostilité l'expression d'une antipathie à son égard, mais Benedict menait également la vie dure à Peter à qui il ne pardonnait pas d'avoir fondé le dispensaire de soins gratuits qui se situait dans un quartier chaud de la ville et que l'hôpital parrainait.

Tout en gagnant la salle de cours, Stéphanie songea que, d'ici à quelque temps, il lui faudrait plus de place pour apprendre à ses élèves comment pratiquer les techniques de relaxation destinées à lutter contre la peur qu'inspire la perspective d'un accouchement. Mais elle se contentait pour l'instant de surveiller la grossesse des adolescentes et leur apprenait à être de bonnes mamans. Par conséquent, cette petite pièce suffisait.

Les sept adolescentes qui l'attendaient devant la porte faisaient cercle autour d'une grande jeune fille en jean, aux longs cheveux couleur maïs, assise par terre en tailleur. Le regard de Stéphanie se posa machinalement sur le ventre de l'inconnue. Si elle était enceinte, cela ne se voyait pas encore.

— Bonjour, dit-elle gentiment. Je suis le Dr Sheldon.

— Salut, je m'appelle Keely, répondit la jeune fille sans se lever. Je ne dis jamais mon nom de famille parce que je trouve que ce n'est pas pertinent.

Pertinent. Voilà un mot que Stéphanie n'entendait pas souvent dans la bouche de ses élèves. La plupart n'avaient guère l'occasion d'enrichir leur vocabulaire.

Certaines ne savaient même pas lire. Si Keely tenait à préserver son anonymat, c'était sans doute parce qu'elle avait fait une fugue.

— Keely est juste de passage, expliqua Jolène Johnson qui faisait figure de chef du groupe.

— C'est vrai, dit cette dernière. Je ne suis pas enceinte, mais j'ai une amie qui se trouve dans cette situation, et je viens assister aux cours à sa place.

— De combien de mois est-elle enceinte ? demanda Stéphanie.

— Oh, ça ne fait pas longtemps, répondit Keely négligemment. Il n'y a pas de quoi en faire un plat.

— Bien au contraire, répliqua Stéphanie avec fermeté, c'est une affaire très sérieuse. Je te donnerai un formulaire d'inscription que tu lui demanderas de remplir. Même si elle n'assiste pas à notre séminaire, il faut qu'elle consulte un médecin au plus vite. Connais-tu le dispensaire de soins gratuits d'Esplanade Avenue ?

— Non, je ne suis à La Nouvelle-Orléans que depuis deux jours.

— Où habites-tu ? demanda Stéphanie, les sourcils froncés.

Keely se leva.

— Jolène, je croyais qu'on ne vous posait aucune question, ici.

— Keely a un domicile, intervint Jolène. Elle vit chez moi.

Stéphanie songea que Keely ne resterait certainement pas très longtemps chez Jolène qui habitait, avec sa mère et ses quatre jeunes sœurs, une petite maison de bois dans un quartier où les cheveux blonds et les yeux clairs de Keely ne passeraient pas inaperçus. Néanmoins, une solidarité à toute épreuve unissait les adolescentes, et si elles avaient accepté Keely au sein de leur cercle restreint, elles avaient dû également lui trouver un hébergement tranquille et sécurisant. En admettant qu'il existât un endroit semblable au monde pour des êtres aussi désorientés.

Le groupe cosmopolite se constituait de trois Afro-américaines — Jolène, Chantal et Melissa —, deux Blanches — Chrissy et Leanne — et deux Hispano-américaines —Teresa et Angela. Sur les douze élèves inscrites en début d'année, cinq avaient cessé de venir. Les sept restantes étaient les plus déterminées, les plus responsables et les plus consciencieuses.

La première découverte que Stéphanie avait faite concernant ses auditrices, c'est que le concept de discipline leur était totalement inconnu. Elles avaient mis des mois à lui accorder leur confiance et à se permettre quelques confidences.

Chantal Watson, qui était plutôt du genre silencieux, voulut, ce jour-là, ouvrir le débat.

— Stéphanie, tu parles toujours de nos responsabilités. Et les mecs, alors, ils n'en ont pas? Pourquoi est-ce toujours à la femme d'être responsable?

Chantal ne connaissait pas son père. Elle et ses quatre frères avaient été élevés par une mère seule et épuisée. Chantal était l'aînée; elle avait particulièrement souffert de cette enfance escamotée qui s'était terminée bien trop tôt. Pourtant, elle souhaitait prendre sa vie en main. Avec une peau de pêche et de superbes yeux noirs, elle avait le physique d'un mannequin. Mais à quatorze ans, elle était enceinte de six mois.

— Idéalement, tout individu, homme ou femme, devrait avoir le sens de ses responsabilités, répondit Stéphanie. Malheureusement, il n'en va pas toujours ainsi. De nombreux facteurs interviennent et déterminent le comportement de chacun.

— Si un mec voit tout le monde autour de lui se comporter n'importe comment, il fera n'importe quoi, expliqua Jolène.

Stéphanie savait que tous les partenaires de ces jeunes filles avaient rompu quand ils avaient su qu'elles attendaient un enfant.

— En effet, on a tendance à reproduire ce que l'on voit autour de soi, acquiesça-t-elle.

— Il n'y a pas que les garçons qui se conduisent mal, dit Melissa qui, à seize ans, arrivait au terme de sa grossesse. On a vraiment l'air de cloches avec nos ventres d'hippopotame.

— La nuit où je suis tombée enceinte, je n'ai pas pensé aux conséquences : je voulais juste vivre le moment présent, dit Leanne, les yeux fixés sur ses chevilles enflées. J'ai eu neuf mois pour comprendre mon erreur. Maintenant, j'essaie d'assumer la situation. On ne peut pas obliger un mec à se conduire en adulte s'il n'est encore qu'un gamin. C'est ça, être responsable.

— On s'en fiche des garçons, renchérit Jolène avec son franc-parler habituel. Il ne faut pas attendre qu'ils s'occupent de nous : il faut le faire nous-mêmes !

Comme à son habitude, elle allait droit au but.

— Stéphanie ne s'intéresserait pas à un bon à rien, reprit-elle, et jamais elle ne commettrait l'erreur de faire l'amour sans protection. C'est ce qu'il faut qu'on retienne de ses cours. On ne doit plus agir sans réfléchir, ni se laisser berner par les bobards que les types nous racontent.

— Exact ! s'écrièrent les adolescentes d'une seule et même voix.

Jamais Stéphanie ne s'était sentie aussi hypocrite.

∗

— Papa, tu sors ?

— Bonsoir, ma chérie.

Peter donna à sa fille de treize ans un baiser sur la joue.

— Mmm. Tu sens bon. Qu'est-ce que c'est, essence de pépites de chocolat ?

— Tu sors encore ce soir ? répéta Alison sans rire de la plaisanterie de son père.

Il enfila sa veste et caressa les cheveux de sa fille.

— Eh oui.

— Tu sors sans arrêt ! Je m'ennuie toute seule.

Il prit son trousseau de clés.

— Tu n'es pas seule. Il y a Mimi qui te tient compagnie.

Alison fit la grimace.

— Tu sais bien que ce n'est pas pareil. Mimi est une bonne. Mes amies ne sont pas obligées de rester avec leur bonne.

Vérifiant une dernière fois son apparence dans le miroir, il croisa le regard accusateur de sa fille.

— Les parents de tes amies ne sortent donc jamais ?

— Si, ça leur arrive, admit-elle à contrecœur, mais ils sortent ensemble, le mari et la femme.

Un bras sur les épaules de sa fille, il entraîna Alison hors de la salle de bains.

— Et que font-ils de leur progéniture ? Ils la laissent seule à la maison ?

En souriant, il observait sa fille. Alison n'avait rien de sa mère, Diana, qui était blonde aux yeux bleus. Sa peau mate, ses cheveux et ses yeux noirs étaient un héritage direct des Robin.

— Tu as rendez-vous avec une femme, c'est ça ? demanda soudain Alison. Ce n'est pas un rendez-vous d'affaires, en tout cas !

— D'une certaine façon, si, c'en est un, répondit-il après une courte hésitation. Je dîne avec une collègue de l'hôpital.

— Pourquoi « d'une certaine façon » ?

Il s'arrêta et lui pinça le nez.

— Tu ne cesseras donc jamais de poser des questions, mademoiselle la curieuse ?

— Elle ne me plaît pas.

— Tu ne la connais pas.

— Si elle travaille à l'hôpital, elle est sûrement amoureuse de toi.

— Le Dr Sheldon serait la première à te dire que ta remarque est totalement déplacée, Alison. Bon, à plus tard. J'ai un quart d'heure pour me rendre au Commandeur.

— Ce qu'elles sont idiotes, ces femmes de l'hôpital, à tomber amoureuses de toi !

Peter toisa Alison d'un regard sévère.

— Ça suffit, jeune fille.

— Je croyais que tu n'aimais pas mêler le travail et le plaisir.

— Alison Robin...

Elle se détourna brusquement.

— Oh, d'accord, vas-y à ton rendez-vous ! Passe la nuit avec elle ! Je m'en fiche complètement.

Il l'arrêta en posant une main sur son épaule.

— Je vais dîner avec le Dr Sheldon, et ensuite je rentrerai. S'il n'est pas encore 10 h 30, heure à laquelle tu es censée te coucher puisque demain tu as cours, alors nous parlerons. En attendant, fais tes devoirs et sois moins grognon.

Dix minutes plus tard, Peter Robin arrêtait sa voiture devant le restaurant. La conduite d'Alison le mettait hors de lui. Elle qui, pendant des années, avait été une véritable petite fille modèle ! Voilà qu'elle devenait difficile, capricieuse, ombrageuse. Bien sûr, ce changement de caractère était dû à la crise de puberté que tout enfant de son âge traversait. Jusqu'à présent, il avait toujours considéré l'adolescence comme un simple fait médical. Mais depuis quelque temps, il se rendait compte qu'il avait méconnu la complexité de ce bouleversement et qu'en tant que parent, il n'y était nullement préparé.

Il descendit de voiture et donna ses clés au portier pour qu'il la garât. Il espérait que Stéphanie ne serait pas fâchée. Il était rarement en retard à ses rendez-vous, et celui-ci revêtait une importance particulière à ses yeux. Depuis qu'ils avaient fait l'amour ensemble, le souvenir de Stéphanie Sheldon le hantait.

— Bonsoir, docteur Robin, quel plaisir de vous recevoir, dit le maître d'hôtel avec un sourire affable. Votre invitée...

— Je suis ici.

Stéphanie s'avançait, la main tendue. Si elle parvenait à prétendre qu'aucun lien n'existait entre eux, il n'en était pas de même pour Peter : les quelques heures qu'ils avaient passées ensemble à Boston avaient transformé sa vie, et il espérait en apprendre davantage sur la jeune femme.

— Navré pour ce retard, dit-il quand le maître d'hôtel s'en alla avec leur commande. Un petit problème à régler à la maison.

— Rien de grave, j'espère ? Tu aurais pu annuler notre rendez-vous. Je t'ai sauté dessus, ce matin. J'aurais dû te donner le numéro de téléphone de ma voiture. Je n'y ai pas...

— Stéphanie.

Elle le regarda. A la lumière des bougies, elle était ravissante. Comment faisait-elle pour avoir ce teint frais et velouté ? Il se rappela ce qu'il avait ressenti en la caressant. Quant à ses yeux, il avait remarqué, ce soir-là, qu'ils n'étaient ni tout à fait gris, ni tout à fait verts, mais les deux à la fois, une couleur qui évoquait une mer de tempête.

— Je ne voulais pas annuler notre rendez-vous, dit-il. C'est ma fille. Elle a treize ans. Ça veut tout dire.

Stéphanie eut un air compatissant.

— Parfois, elle donne l'impression d'avoir trois ans, parfois vingt-trois, expliqua-t-il. Ce soir, c'était comme ça.

La maladresse de cette réflexion parut amuser Stéphanie.

— Elle avait trois ans ou vingt-trois?

— Les deux.

— L'adolescence est un âge difficile. Pour les parents, bien sûr, ajouta-t-elle avec un sourire entendu.

— Tu devrais faire ça plus souvent.

— Quoi?

— Sourire. Tu es ravissante.

— Sois sérieux, je t'en prie.

— Pour en revenir à Alison, dit-il, je ne sais plus à quel saint me vouer. Puisque tu t'occupes d'adolescentes en difficulté, cela ne devrait pas t'étonner. A mon avis, elle a plus besoin de sa mère que de moi en ce moment.

— Je suis sûre que tu fais ce qu'il faut.

— Pas vraiment. Je peux opérer pendant six heures et participer ensuite à une conférence. Tous les jours, je prends des décisions qui concernent la vie de mes patients, mais quand il s'agit de ma propre fille, je ne me sens pas à la hauteur.

— Etre parent est une tâche complexe. Il suffit, pour s'en apercevoir, de tenter d'inculquer quelques principes d'éducation à des adolescentes sur le point d'accoucher.

— Heureusement, les problèmes que me pose Alison

sont plus simples. Il faut relativiser. Si elle était enceinte, ce serait beaucoup plus grave.

A ces mots, Stéphanie songea que c'était le moment ou jamais de mettre Peter au courant de leur situation. Elle posa les mains à plat sur la nappe et le regarda dans les yeux.

— Peter, j'ai quelque chose à te dire.

Peter s'immobilisa, la bouche ouverte, la fourchette en l'air.

— Oui ?

Elle baissa les yeux sur sa soupe à la tortue à laquelle elle n'avait pas encore touché. Comment aborder cette délicate question ?

— Tu avais raison, ce matin, quand tu m'as accusée de t'éviter.

Il avait une minuscule cicatrice à côté du sourcil. Etait-ce dû à un accident ? A une chute quand il était enfant ? Elle n'en saurait probablement jamais rien. Après la nouvelle qu'elle allait lui assener, elle ne pouvait imaginer de relation intime avec Peter Robin. Au mieux, ils garderaient des rapports courtois mais distants.

— Stéphanie, que se passe-t-il ? Qu'est-ce que tu as ?

Elle avala sa salive, porta la main à son front.

— C'est tellement difficile, Peter, murmura-t-elle.

— Tu commences à m'inquiéter, Steph. Est-ce ton travail ? Est-ce à cause de Galloway ?

D'emblée, le directeur de l'hôpital avait été hostile à l'idée de Stéphanie qui souhaitait organiser des cours de soutien psychologique aux filles mères en détresse. Grâce à l'intervention de Peter, il avait cédé, mais il guettait la première occasion pour saborder ce programme.

Elle secoua la tête.

— Non, ça n'a rien à voir avec le travail. C'est... personnel. Je... tu devrais finir ton vin.

— Mon vin ?

Bien qu'il fût surpris, il obtempéra.

— Cette nuit que nous avons passée à Boston, balbutia-t-elle, s'obligeant à soutenir le regard de Peter. Je crois que c'est à cause de l'alcool... D'habitude, je ne bois pas comme ça.

Et sans y prêter attention, ses yeux se portèrent sur le verre d'eau minérale posé devant elle.

— Et puis, les circonstances. Mon divorce, ma fausse couche.

— Le décès de ma femme et la fin de ton mariage, tous les deux le même jour, rappela Peter. Si je croyais au destin...

— Tu ne vas pas tarder à parler de terrible malchance. Nous n'allons pas pouvoir oublier ce qui s'est passé cette nuit-là.

— Oublier, c'est ton idée à toi, ça n'a jamais été la mienne, dit-il tranquillement.

— C'est vrai, bredouilla-t-elle avant de s'éclaircir la voix. Mais tu risques de changer d'avis quand tu sauras...

— Stéphanie, où veux-tu en venir ? Je t'en prie, parle.

Elle se redressa un peu sur sa chaise.

— Depuis combien de temps possédais-tu le préservatif que tu as utilisé cette nuit-là ?

Le visage de Peter se figea.

— Pourquoi ?

— Je suis enceinte.

La violence du choc se lut sur le visage de Peter.

— Tu en es sûre ? demanda-t-il d'un ton nettement plus froid.

— Oui. J'ai fait un test de grossesse ce matin. Je suis enceinte de deux semaines à peine, mais je voulais t'en parler au plus tôt. J'ignore quelle est ton opinion en matière d'avortement, mais pour moi, ce n'est pas une solution envisageable. J'ai déjà perdu un bébé par accident, et même si cette grossesse tombe mal, je ne veux pas y mettre un terme. Je sais que...

— Un instant. Tu veux bien me donner une minute ?

— Oui, bien sûr. Excuse-moi.

Elle ferma les yeux, regrettant de ne pouvoir quitter la table, ou le restaurant, ou mieux encore la ville. Elle aurait voulu disparaître à jamais afin de ne pas avoir à affronter le scandale que cette catastrophe n'allait pas tarder à provoquer...

— Le préservatif était neuf. Je l'ai acheté au restaurant, après le dîner. Il y avait un distributeur dans les lavabos.

Ces simples mots eurent raison du calme que Stéphanie s'efforçait d'afficher depuis le début de la soirée.

— Alors, il était défectueux puisque je suis enceinte !

— C'est ce que tu dis.

Elle le dévisagea.

— Que dois-je comprendre ?

— Stéphanie, nous avons passé une seule nuit ensemble en utilisant un moyen de contraception universellement reconnu. Or, tu m'annonces que tu es enceinte, et je suppose que tu veux me faire croire que je suis le père de cet enfant. C'est beaucoup me demander.

Indignée, elle jeta sa serviette sur la table et prit son châle de soie d'une main mal assurée.

— Que fais-tu ?

— Je m'en vais.

Elle saisit son sac, mais la fermeture s'ouvrit et des objets se répandirent sur le sol. Elle les ramassa à la hâte.

— Je n'ai jamais eu l'intention de t'imposer la responsabilité de ce bébé. Je me suis sentie moralement obligée de te dire que tu en étais le père, mais puisque c'est une vérité que tu refuses, je n'ai aucune raison de m'attarder ici.

— Bon sang, Stéphanie ! Rassieds-toi.

— Au revoir, docteur Robin, lança-t-elle en se levant.
Peter se leva à son tour.

— Stéphanie...

Les larmes aux yeux, la jeune femme gagna la sortie.
Comment avait-elle pu se méprendre à ce point sur Peter
Robin ? Croyait-il vraiment qu'elle cherchait à lui extor-
quer une reconnaissance de paternité ou une pension ali-
mentaire ? Craignait-il qu'elle rendît publique leur aventure d'une nuit ? Quel mufle !

Dans l'atmosphère moite du mois d'août, elle resta
quelques secondes immobile sur le trottoir. Le portier
s'avança. Elle tourna alors brusquement les talons et se
dirigea vers sa maison. Demeurant tout près d'ici, elle
était venue à pied, ce qui, à la réflexion, était une excellente idée. Marcher lui ferait le plus grand bien.

Un cri de surprise lui échappa soudain. Une main
venait de se refermer sur son bras.

— Il est hors de question que tu marches dans ton état,
dit Peter.

— Je suis enceinte, pas malade, répliqua-t-elle.

Tout en marchant, il tamponna avec un Kleenex les
yeux de la jeune femme qui continuait de pleurer.

— Excuse-moi, Stéphanie. Je n'ai pas réfléchi. C'est
le choc ou un accès de folie. Mais ce n'est pas tous les
jours que j'apprends que je deviens père après une seule
nuit passée avec une femme.

— Combien de temps te faut-il, d'habitude ?

— Veux-tu la vérité ? dit-il d'un ton plus léger. C'est
la première fois que cela m'arrive.

— Eh bien, ne t'attends pas à ce que je compatisse.

— Non, bien sûr que non. Stéphanie, si seulement je
pouvais revenir en arrière de quelques minutes. J'ai été
tellement surpris. J'ai réagi sans réfléchir. J'étais loin de

m'attendre à une nouvelle pareille quand tu m'as donné rendez-vous, ce matin. Il me faut encore un peu de temps pour m'y faire.

— Tu as tout le temps qu'il te faut, rétorqua-t-elle. Je me sentais tenue de te mettre au courant. A présent, je n'ai plus rien à ajouter.

Il l'obligea à s'arrêter.

— Ecoute-moi, Stéphanie. Il faut qu'on parle, mais pas dans un lieu public. Pourquoi ne pas aller chez toi ? Tu habites seule, n'est-ce pas ?

— Ma mère adoptive vit avec moi.

— Ta mère adoptive ? répéta-t-il, étonné. Tu n'as donc pas de famille ?

Stéphanie se remit à marcher.

— En quoi est-ce important ? J'habite dans le quartier. Nous pourrons parler dans mon bureau. Camille nous laissera tranquilles.

2.

*Outre les changements que vit votre corps, attendre un
enfant communique souvent une impression de fragilité.
Tâchez d'entretenir des pensées positives. Au cours des
premières semaines, il se peut que vous ressentiez le
besoin d'être entourée et dorlotée. N'hésitez pas à en
parler à votre partenaire.*

Demandez l'avis du Dr Meredith.

14 août 1995, deuxième semaine

La jeune femme s'interrogeait sur ce que Peter pensait,
sans pour autant savoir ce qu'elle attendait de lui. Mais
curieusement, sa première réaction l'avait profondément
blessée.

Elle gravit les marches du porche et jeta un coup d'œil
par la fenêtre. Apparemment, Camille n'était pas encore
rentrée.

— Tu as une jolie maison, dit Peter en s'effaçant pour
la laisser passer quand elle ouvrit la porte.

— Oui. C'est petit, mais je m'y plais.

Elle posa son châle sur une chaise et parcourut le vesti-
bule avec l'impression de le découvrir pour la première
fois. Comme de nombreuses demeures du Garden Dis-

trict, sa maison datait du début du siècle. De dimensions modestes, elle convenait parfaitement à un couple ou à une personne seule. Stéphanie en était fière et avait eu plaisir à la meubler.

Elle s'était retrouvée orpheline à seize ans, et c'est Camille qui l'avait encouragée à donner le meilleur d'elle-même. Sa première ambition avait été de devenir médecin. Quant à sa maison, ce n'était pas la plus luxueuse de la rue, mais dès son arrivée à La Nouvelle-Orléans, elle avait eu envie de vivre dans ce quartier résidentiel, et finalement, elle y était parvenue.

— Où est ta mère adoptive ? s'enquit Peter.

— Elle joue au bridge chez des amis. Ne t'inquiète pas, même si elle était ici et surprenait notre conversation, elle ne dirait jamais rien qui risquerait de t'embarrasser.

— Stéphanie, dit Peter en lui prenant la main, je suis désolé que la soirée ait si mal commencé. Peu m'importe que Camille surprenne notre conversation et qu'elle soit incapable de garder un secret. J'ai mal réagi et je te demande de m'en excuser. Maintenant, pouvons-nous parler en adultes responsables de ce problème ?

— Mon bébé n'est pas un problème.

— Oh, Stéphanie, je t'en prie ! Tu sais bien que ce n'est pas ce que j'ai voulu dire.

— Non, je n'en sais rien. Après tout, je ne te connais pas. C'est d'ailleurs ce qui rend cette situation si bizarre.

— Merci de ne pas l'avoir qualifiée d'horrible !

Machinalement, elle posa une main sur son ventre plat.

— Aucune grossesse ne peut être horrible, murmura-t-elle. Même si l'enfant que l'on porte est la conséquence d'un accident.

Il lui effleura doucement la joue.

— Est-ce le genre de propos que tu tiens à tes adolescentes en détresse ?

Obéissant soudain à une impulsion, elle nicha son visage dans la paume de sa main.

— Tous les encouragements sont bons pour qu'elles deviennent des mamans heureuses et que leur bébé se sente désiré et aimé.

— Notre bébé est déjà désiré et aimé. Tu as bien l'intention de le mettre au monde, n'est-ce pas ? Et de l'élever quoi que j'en pense ?

— Oui, dit-elle, le regard résolu.

— Bon, pouvons-nous en parler ?

Avec un petit rire nerveux, elle acquiesça d'un signe de tête et ouvrit la porte de son bureau. Comme elle se dirigeait vers son fauteuil, derrière sa table de travail, il l'arrêta.

— Installons-nous ici, suggéra-t-il en indiquant de la main une causeuse sous deux fenêtres jumelles. C'est plus sympathique.

— Tu veux un café, ou un alcool ? proposa-t-elle, toujours debout.

— Non, merci.

Soudain, une lueur inquiète traversa les yeux de Peter.

— Je ne t'ai même pas demandé comment tu te sentais.

— Oh, ça va, dit-elle avec un haussement d'épaules et un léger sourire. Il est encore trop tôt pour les nausées.

Ils s'observèrent en silence. Troublée par la sollicitude de Peter qui semblait sincère, Stéphanie se prit à déplorer que leur relation fût d'emblée aussi compliquée.

— Stéphanie...

Elle tressaillit.

— Allons-nous parler debout ?

La jeune femme s'assit avec précaution au bord du petit canapé où Peter prit place à son tour. Il croisa les jambes et, un bras allongé sur le haut du dossier, il semblait disposé à attendre aussi longtemps que nécessaire le bon vouloir de Stéphanie. L'anxiété de la jeune femme allait grandissant. Si seulement il ne l'avait pas toisée de cet air sévère ! Mais il devait être encore sous le choc de la nouvelle qu'elle venait de lui assener !

— J'ignore ce que tu attends de moi, Peter, commença-t-elle d'un ton hésitant. Je...

— Voilà qui est mieux, dit-il en hochant la tête. J'avais peur que tu ne m'appelles plus jamais par mon prénom.

— Nous nous soucierons de ce genre de détails lorsque nous aurons décidé de notre avenir, répliqua-t-elle.

— Mais il me semble que tout soit décidé. Puisque tu veux garder l'enfant, il n'y a qu'une chose à faire : nous marier.

— Je t'en prie, essaie d'être un peu sérieux ! s'écria-t-elle. C'est la vie d'un enfant qui est en jeu.

— Et aussi celle de deux adultes ! As-tu pensé à ce qui se passera quand la nouvelle aura fait le tour de l'hôpital ?

— Bien sûr ! Je n'ai guère pensé à autre chose depuis que j'ai vu cette stupide bandelette de papier rose, ce matin.

— Je te rappelle que tu es censée donner l'exemple aux adolescentes en détresse que tu essaies d'aider. Le jour où elles apprendront que tu es enceinte, elles te retireront leur confiance et t'accuseront de malhonnêteté.

Incapable de rester plus longtemps immobile, Stéphanie se leva.

— Inutile de me mettre les points sur les i, Peter. Je sais très bien comment elles réagiront. Et cesse donc de me juger !

— Je ne te juge pas. Tu me prends vraiment pour le pire des salauds. Je suis pourtant bien placé pour savoir que tu n'es pas quelqu'un d'irresponsable. J'envisage simplement les difficultés que nous rencontrerons quand ton état sera connu de tous.

— Pourquoi nous ? Tu as tort de t'inquiéter. Je n'exigerai pas de reconnaissance de paternité, je te l'ai déjà dit, et je ne raconterai pas à tout le monde qui est le père de mon enfant.

— Mais c'est aussi le mien ! s'écria-t-il en bondissant sur ses pieds. Tu parles comme si tu étais la seule en cause. Mais moi aussi, j'ai une réputation à sauver. Depuis la mort de Diana, je prêche l'importance des valeurs familiales, je dénonce l'incapacité de certains parents à prendre leurs responsabilités, je déplore que des gosses soient livrés à eux-mêmes, et tu crois que je vais t'abandonner sans me soucier de ce qui t'arrive ?

— Je suppose que non.

— Tu supposes que non ?

Un silence pesant s'installa dans la pièce.

— Tu vois bien que le mariage est la seule solution !

— Mais enfin, Peter, murmura-t-elle, je n'ai jamais voulu...

— Je sais, pourtant il y a un problème urgent à régler. Si tu as une autre solution à proposer, je t'écoute.

Stéphanie se contenta de hausser les épaules.

— Bon. Quitte à nous marier, mieux vaut ne pas tarder, d'accord ?

Stéphanie ne savait que penser. La perspective d'avoir un enfant seule ne l'avait pas vraiment effrayée. Maintenant, elle se sentait accablée, terrifiée, hébétée. Elle secoua la tête comme pour s'éclaircir les idées.

— Je n'ai pas besoin que tu m'épouses, Peter.

— Je m'en doute, mais n'est-ce pas la meilleure solution ? Pour le bébé et aussi pour nous deux ?

— Mais ce mariage sera une mascarade, et dès que

nous aurons obtenu le divorce, tout le monde comprendra.

— Pas si vite, s'il te plaît. Qui te parle de divorcer ?

— Voyons, Peter, pour l'amour du ciel, sois honnête. Nous ne nous aimons pas, et si nous nous marions, c'est pour une mauvaise raison.

— Un bébé est une excellente raison de se marier.

— Oui, mais en général, quand on fait un bébé, c'est parce qu'on s'aime. Aurais-tu oublié ce que tu m'as dit ce soir-là ? Depuis la disparition de ta femme, tu as l'impression que quelque chose est mort en toi, que tu n'as plus d'amour à donner. Comment, dans ces conditions, peux-tu envisager un mariage durable entre nous ?

Le cœur de Stéphanie se serra car Peter ne chercha pas à nier, ni à la convaincre qu'il éprouvait pour elle plus qu'une simple attirance sexuelle. Quelle idiote elle faisait ! Voilà qu'elle lui demandait d'être honnête alors qu'elle ne l'était même pas vis-à-vis de lui ? S'il savait quelle enfance hideuse elle avait eue, souhaiterait-il encore l'épouser ? Voudrait-il qu'elle fût la mère de son enfant ? Si elle lui révélait ses secrets honteux, se donnerait-il autant de mal pour la persuader de partager sa vie ?

— Et ta fille ? demanda-t-elle d'un ton inquiet.

— Nous allons lui en parler au plus vite.

— Au plus vite ?

Stéphanie avait espéré bénéficier d'un peu de temps. En l'espace d'une journée, il lui fallait se faire à l'idée d'une grossesse, d'un mariage et d'une belle-fille. Un seul de ces événements représentait déjà un bouleversement radical, mais les trois réunis constituaient une perspective pour le moins alarmante.

— Oui. Demain, j'ai une journée très remplie, et il est trop tard pour déplacer des rendez-vous. C'est probablement la même chose pour toi ?

Elle acquiesça en silence.

— Viens donc chez moi vers 8 heures.

— Que vas-tu lui dire?

— Que nous nous marions.

— Ça ne va pas lui plaire.

Il se rembrunit.

— Qu'en sais-tu?

— Aucune adolescente de treize ans qui a son père pour elle toute seule n'accueillerait avec joie une belle-mère enceinte.

— Rien ne nous oblige à lui dire tout de suite que tu es enceinte.

— Bien sûr que non, mais elle n'aura que quelques semaines pour s'habituer à cette idée avant que la réalité s'impose à elle.

— D'ici là, Alison aura appris à te connaître, et elle t'aimera, tu verras.

Avec un rire doux et triste, Stéphanie préféra ne pas le contredire. Qui sait? Peut-être qu'un miracle se produira et donnera raison à Peter. Mais elle n'y croyait guère.

— Et tes parents?

— Ils sont en croisière avec ma sœur, Abby, qui habite Long Island. A moins que tu y tiennes, il ne me paraît pas nécessaire de leur demander de modifier leurs plans. Par contre, mon frère, Travis, sera là. Ça te va?

— Oui.

— Bon, parfait.

Et il se frotta les mains. Elle l'observa, interdite.

— Tu as presque l'air content.

— C'est parce qu'au fond, je ne suis pas mécontent, répondit-il. Et toi, es-tu réellement malheureuse de ton sort?

Stéphanie avait l'air abattu et indécis.

— Non, pas vraiment... avoir un bébé, ça me plaît,

mais... d'un autre côté... c'est tellement... tellement... Enfin, Peter, réfléchis, ajouta-t-elle en l'implorant du regard. Tout le monde va jaser à notre sujet. Jusqu'à présent, c'est à peine si on s'adressait la parole, et voilà que brusquement, on se marie. Si tu crois que c'est la meilleure façon de faire taire les ragots, tu te trompes.

— O.K., nous serons l'attraction de la semaine. Et la semaine prochaine, ce sera le tour de quelqu'un d'autre.

Stéphanie le dévisagea, médusée. Il parlait si légèrement ! A croire qu'il n'avait jamais été l'objet de médisances !

Il s'assit à côté d'elle et l'enlaça.

— Nous avons éprouvé de l'attirance l'un pour l'autre, à Boston, n'est-ce pas ?

Comme elle gardait un silence buté, il plongea son regard dans les yeux de la jeune femme.

— N'est-ce pas, docteur Sheldon ?

— Oui, chuchota-t-elle.

Au point où elle en était, pourquoi ne pas l'admettre ?

— Eh bien, ça me semble être un excellent départ.

Quand elle se retrouva seule, Stéphanie se mit à arpenter son bureau, s'efforçant de se faire à l'idée qu'elle allait épouser Peter Robin. Plus elle y réfléchissait, plus le mariage lui semblait être la meilleure solution.

Mais Peter serait-il aussi désireux de l'épouser s'il connaissait ses origines sociales ? Sa famille à lui remontait aux premiers planteurs de Louisiane. En revanche, elle ne connaissait même pas le nom de son père. La famille de Peter possédait une chaîne de restaurants réputés dans toute La Nouvelle-Orléans. Avant que Camille ne l'eût adoptée, elle n'avait jamais mangé dans un restaurant...

34

L'arrivée de Camille la tira de sa rêverie. Il était minuit passé. Une immense lassitude l'envahit.

— Tu es encore debout ? dit Camille d'un ton de doux reproche.

La vieille dame jugeait que Stéphanie travaillait trop dur et ne prenait pas assez de repos.

— Tu n'as pas une césarienne prévue demain matin à 7 heures ?

— Je n'arrivais pas à dormir.

— Qu'est-ce qui ne va pas ?

Camille avait près de soixante-dix ans. Elle était petite, avec des cheveux et des yeux noirs, et une bonne dizaine de kilos superflus : une malédiction de ses ancêtres Cajuns, prétendait-elle.

L'espace d'un instant, Stéphanie eut l'impression d'avoir seize ans de nouveau. Comme elle aurait aimé pouvoir se blottir dans ses bras et lui confier le soin de régler ses problèmes !

A cet instant, on entendit la sirène d'une ambulance qui passait à toute vitesse. Stéphanie habitait près de l'hôpital des Femmes, et quand ce hurlement strident retentissait, elle se demandait toujours quelle était cette vie qui tenait à un fil.

— Ma chérie ?

A ce terme d'affection dont Camille usait à son égard, Stéphanie sentit son cœur se serrer.

— Tu te souviens de ce voyage que j'ai fait à Boston, il y a trois semaines ? Vois-tu, je... j'ai rencontré quelqu'un, au bar de l'hôtel. Nous nous connaissions déjà, mais de manière superficielle. Nous travaillons ensemble. Il habite ici. Je... je l'ai suivi dans sa chambre.

— Tu es une adulte, Stéphanie. Pour l'instant, je ne vois rien de choquant. Est-il marié ?

— Non. Nous étions deux adultes libres et consentants, expliqua Stéphanie avec un petit rire de dérision.

Elle ferma les yeux, inspira profondément.

— Je suis enceinte.

— Oh, mon Dieu !

Camille s'assit. Une ambulance fonça dans la nuit.

— C'est incroyable, reprit Stéphanie. Comment ai-je pu me conduire ainsi, je...

— Qui est-ce ?

— Peter Robin.

— Ah !

Intriguée, Stéphanie regarda la vieille dame.

— Pourquoi ce « ah » énigmatique ?

— Tu t'interroges sur ta conduite. Analyse donc plutôt tes sentiments, ma chérie. Pense au nombre de fois où tu m'as vanté les qualités et les mérites de Peter Robin. Dr Robin par-ci, Dr Robin par-là.

— Tu exagères, dit Stéphanie, niant d'instinct ce qui semblait une évidence pour Camille.

— Tu as donc couché avec un homme qui ne te plaisait pas ?

— Non, c'est vrai que j'admire Peter. Il est brillant, charmant. Il ne ressemble en rien à ces chirurgiens imbus d'eux-mêmes que je croise chaque jour à l'hôpital. Il a toujours du temps pour ses patients, il...

L'expression amusée de Camille lui imposa le silence.

— Tu te méprends sur un seul point, ma chérie.

— Lequel ?

— Il n'y a rien d'incroyable dans cette histoire. Elle était même inévitable.

— C'était inévitable que je me retrouve enceinte après une nuit passée dans les bras d'un homme ? s'écria Stéphanie, incrédule.

— Mais non, ma chérie. Il était inévitable que tu t'aperçoives un jour que tu étais amoureuse de Peter Robin.

Camille s'assit, ôta ses escarpins noirs et commença à

se masser les pieds, un geste qu'elle faisait toujours après avoir porté ce qu'elle appelait « ses chaussures de ville » pendant plus d'une heure.

— Je m'étonne même que vous ayez mis tant de temps à vous décider.

Stéphanie se laissa tomber sur le siège à côté de Camille.

— Nous allons nous marier.

— Excellente idée.

— D'ici à quelques jours.

— C'est ce que vous ferez de mieux.

— Il a une fille de treize ans. Alison.

— Ah! ça c'est un problème.

Stéphanie sourit.

— Tu m'approuves sur toute la ligne, mais il suffit que je mentionne l'existence d'une adolescente pour que tu fasses la grimace.

— C'est un âge difficile.

Stéphanie pensa à la jeune fugueuse qu'elle avait été autrefois. Sans Camille, que serait elle devenue? Il en allait de même pour Tessa. Comme toujours quand elle pensait à sa sœur jumelle, une douleur l'étreignit, si aiguë et si profonde que l'espace de quelques secondes, elle suffoqua.

A quinze ans, les deux sœurs étaient pupilles de l'Etat. Un jour, les circonstances les amenèrent à quitter Memphis et les parents adoptifs chez qui on les avait placées. N'ayant pas d'argent, elles avaient dû faire de l'auto-stop. Un énorme poids lourd de dix-huit roues les avait emmenées à La Nouvelle-Orléans.

Camille Landry, infirmière à l'hôpital de la Charité, les avait croisées dans un fast-food où elles essayaient de convaincre le gérant de les embaucher pour pouvoir se payer un repas. Camille les avait logées et nourries. Surtout, elle leur avait donné de l'espoir, de l'amour, des conseils, de la stabilité, un vrai foyer. Stéphanie lui devait tout.

Son regard inquiet croisa celui de Camille.

— Peter appartient à un milieu différent du mien.

— Vous exercez tous les deux le même métier, vous partagez le même souci des autres, vous vous plaisez et vous avez fait un bébé ensemble. Je ne vois aucune différence entre vous, conclut la vieille dame en écartant les mains en signe d'évidence.

Stéphanie sourit.

— Tu trouves toujours les mots justes.

Camille lui prit la main.

— Tout se passera bien, ma chérie, tu verras. Peter est un homme bien. Je lui fais confiance.

Camille exerça une dernière pression sur la main de Stéphanie, en un geste d'affection, avant de se lever, ses chaussures à la main.

— Maintenant, va te coucher et tâche de dormir.

— Bonne nuit, Camille.

Allongé dans son lit, Peter réfléchissait. Il était bouleversé à l'idée de devenir père une deuxième fois. Il se rappela le jour où Diana lui avait annoncé qu'elle était enceinte. Elle était furieuse. Elle lui avait même demandé de pratiquer lui-même l'avortement car elle ne voulait pas de cet enfant. Si ça se passait chez eux, personne n'en saurait rien. Elle ne lui avait jamais vraiment pardonné son refus.

Deux femmes enceintes, deux réactions différentes.

Mais Stéphanie et Diana ne se ressemblaient en rien. Stéphanie était consciencieuse, attentionnée, sincère. Il suffisait de voir quelle place les adolescentes dont elle s'occupait tenaient dans sa vie. On ne pouvait feindre pareil dévouement.

Sa décision d'épouser Stéphanie l'emplissait d'un étonnant bien-être. C'était une jeune femme belle, élégante, sensuelle, passionnée. Il n'avait pas oublié la nuit qu'ils avaient passée à Boston. Oui, en dépit des difficultés qu'ils allaient devoir surmonter, il était certain que ce mariage serait une réussite. Bon sang, il se sentait merveilleusement optimiste !

3.

Au fur et à mesure que votre enfant se développe, il se tisse un lien spécial entre lui et vous. Ce lien fondamental est bénéfique au bien-être du bébé. Des études suggèrent qu'il existe une étroite corrélation entre la santé de l'enfant et l'attitude mentale de la mère. N'oubliez pas d'inclure votre partenaire.

Demandez l'avis du Dr Meredith.

21 août 1995, troisième semaine

— Poussez, Julie, poussez. Bien, très bien.

Stéphanie parlait d'une voix calme. La patiente était complètement dilatée, les contractions profondes et constantes. Le bébé se présentait bien.

En relevant la tête, Stéphanie remarqua la pâleur de Robert, le mari de Julie. Peter Haywood, l'infirmier qui l'assistait, lui adressa un regard entendu. Stéphanie sourit. Peter s'occuperait de Robert s'il craquait.

— Poussez, Julie. Plus fort. Respirez bien. N'oubliez pas de haleter. Voilà... encore...

Stéphanie ne quittait pas des yeux la petite tête du bébé qui émergeait, noire et pleine de sang.

— Ça y est presque...

Robert vacilla et Peter l'aida à s'allonger par terre avant de reprendre sa place au chevet de Julie. Absorbée par l'intensité du travail qu'elle devait fournir, cette dernière ne remarqua pas que son mari était victime d'un malaise.

— Et voilà !

Le bébé glissa doucement dans les mains de Stéphanie. Malgré le nombre d'accouchements qu'elle avait déjà pratiqués, ce moment la bouleversait toujours.

— C'est une fille !

Les parents avaient déjà trois garçons.

— Oh... oh... montrez-la-moi.

Epuisée mais heureuse, Julie souriait. On lui donna son enfant.

— Oh, Robert, regarde. Elle est ravissante !

— Il est sorti prendre l'air, dit Stéphanie en se haussant sur la pointe des pieds pour voir si le géant de plus d'un mètre quatre-vingts s'était relevé.

Mais non, il était toujours évanoui.

Stéphanie coupa le cordon ombilical, évacua le placenta, arrêta les saignements, nettoya et sutura la plaie car l'enfant, qui pesait plus de quatre kilos, avait provoqué une déchirure. Puis elle laissa sa place à l'interne.

— Vous pouvez terminer, docteur Simmons.

Elle gagna la porte et sourit au père du bébé que Peter aidait à se relever.

— Toutes mes félicitations !

Dans la salle de préparation, elle enleva ses gants de latex, se lava et s'essuya les mains avant de les placer sur son abdomen. Son enfant à elle avait tout juste la taille d'une mandarine. Mais il était bien réel, cependant.

— Alors, mon amour, comment ça va aujourd'hui ? murmura-t-elle.

— J'aimerais bien le savoir, moi aussi.

Elle se retourna vivement. Les mains dans ses poches, Peter l'observait d'un air amusé.

Rouge de confusion, Stéphanie se baissa pour ôter ses bottes de chirurgie. L'arrivée inopinée de Peter ne la laissait pas indifférente. Sous sa blouse blanche qu'il avait négligé de boutonner, il portait un simple polo blanc sur un jean gris délavé, et le contraste avec sa peau mate et ses yeux noirs était saisissant. Ce n'était pas étonnant qu'il fût la coqueluche de l'hôpital. Et dire qu'elle allait épouser cet homme dans trois jours !

— Je parlais au bébé. J'ai peut-être l'air d'une toquée, mais ça me plaît. C'est pour garder le contact.

— Tu n'as rien d'une toquée, Stéphanie.

Il s'approcha et déposa un baiser sur sa joue. De nouveau, elle se troubla. Peter tenait tellement bien son rôle de fiancé amoureux !

— Te rends-tu compte que tu n'arrêtes pas de travailler ? dit-il en jetant un coup d'œil à la pendule, au-dessus de leur tête. Un accouchement à 5 h 40 du matin, un autre à 8 h 10. Maintenant, celui-ci. J'ai consulté ton planning. Tu avais une césarienne prévue à 7 heures. C'est à peine si tu as dormi quatre heures, cette nuit.

— Je ne suis pas responsable de ce programme, dit-elle. Les bébés naissent quand ils le décident, et ce n'est pas toujours au moment où ça arrange le médecin.

Elle jeta bonnet et bottes dans une poubelle.

— L'accouchement prévu pour 5 heures s'est déroulé normalement, mais un peu plus tôt. Quant à Julie, elle a accouché d'une petite fille de quatre kilos et demi.

— Aucun problème particulier ?

— Aucun, répondit-elle, un grand sourire aux lèvres. Exception faite du père qui s'est évanoui au moment crucial.

— Non ?

— Il a pourtant l'air fort comme un séquoia !

Peter la poussa vers la porte.

— Allez, viens, je t'emmène déjeuner.

— Je vois clair dans ton jeu, dit Stéphanie en entrant dans l'ascenseur. Je ne dis rien pour cette fois, mais ne t'avise pas de me surveiller comme le lait sur le feu pendant ma grossesse. Je suis tout à fait capable de prendre soin de notre bébé.

— Je sais, dit Peter de son ton tranquille, pourtant il faut bien que je me fasse à l'idée que je vais être père pour la deuxième fois.

A la cafétéria, ils firent la queue derrière Benedict Galloway. Stéphanie vit Peter se raidir. Tout l'hôpital savait que les deux hommes étaient à couteaux tirés. Le fils de Galloway était mort la même nuit que Diana. La tragédie s'était produite au dispensaire de soins gratuits où Ben Jr., jeune interne plein de promesse, travaillait souvent comme bénévole. Galloway, qui s'était toujours opposé à ce que le personnel de l'hôpital des Femmes travaillât au dispensaire, en voulait terriblement à Peter qu'il jugeait responsable de la mort de son fils.

Le regard glacial, c'est tout juste s'il adressa un signe de tête à Peter. Son attention se reporta sur Stéphanie.

— Docteur Sheldon, pourriez-vous me retrouver dans mon bureau à 3 heures ? dit-il de son ton sec. Un adjoint du gouverneur m'a appris que votre demande de subvention fédérale avait été acceptée.

— Formidable ! s'écria la jeune femme, radieuse. Mes cours d'éducation parentale vont probablement être subventionnés, expliqua-t-elle à Peter.

— Voilà une supposition prématurée, docteur Sheldon, répliqua Galloway. Il existe, à l'hôpital, d'autres programmes, au moins aussi intéressants que le vôtre, qui manquent également de moyens financiers. Puis-je vous rappeler que votre demande de subvention les inclut au même titre que votre projet favori ? Malgré votre enthousiasme, le cours d'éducation parentale est loin d'être une priorité. Il n'a pas encore fait ses preuves, et je ne suis toujours pas convaincu que sa responsabilité incombe à notre hôpital.

A ces mots, Peter ne put réprimer un rire sarcastique.

— Le conseil d'administration préférerait probablement parrainer la création d'un centre à la mode du genre « halte au tabac » ou « halte au stress des hommes d'affaires ! »

Les deux hommes se foudroyèrent du regard.

— Il y a un besoin criant pour les deux, Peter.

— D'autant plus qu'à La Nouvelle-Orléans, une cinquantaine de programmes de ce style sont proposés par une cinquantaine de cliniques privées !

Le visage de Galloway semblait fait de granit.

— Que feriez-vous de cette subvention, Peter ? Vous monteriez un deuxième dispensaire ou vous agrandiriez celui d'Esplanade Avenue ?

— Pourquoi pas les deux ?

— Deux vies gâchées ne vous suffisent donc pas ?

— C'est d'accord pour 3 heures, intervint Stéphanie.

Déjà, des regards curieux se tournaient vers eux. De toute évidence, la mort de Ben Jr. demeurait un point d'achoppement entre les deux hommes. Pourtant, la disparition d'un parent proche aurait pu les réunir. Mais, de toute évidence, ce n'était pas le cas.

— A 3 heures donc, répéta Galloway en prenant son plateau. Tâchez d'être à l'heure, docteur Sheldon. J'ai beaucoup à faire.

Il leur adressa un rapide signe de tête et s'éloigna.

— A bon entendeur, salut ! murmura Peter.

44

D'un geste brusque, il poussa son plateau, et son thé glacé se renversa sur son hamburger. Stéphanie soupira.

— Ça va être un drôle de marchandage. Pour obtenir plus de place et de matériel pour mes adolescentes, je vais devoir accepter qu'il organise des séminaires ridicules et inutiles.

— Quel prétentieux, ce type !

— J'ai vraiment eu l'impression que vous étiez à deux doigts d'en venir aux mains, dit-elle en essuyant le thé renversé avec une poignée de serviettes en papier. Ton hamburger est fichu, Peter.

— De toute façon, je n'ai plus faim.

— C'est toujours comme ça avec Benedict ?

— Toujours. Jamais il ne voudra...

Peter se dirigea vers une table vide en secouant la tête.

— Bah, n'en parlons plus. Je suis désolé. Je devrais être plus philosophe, après toutes ces années. Mange, ajouta-t-il avec un geste vers l'assiette de Stéphanie. Il n'y a aucune raison pour que nous soyons deux à pâtir de la mauvaise foi de Galloway.

Stéphanie garda le silence. De quel droit lui soutirerait-elle des confidences alors qu'elle ne lui avait toujours pas avoué ses propres secrets ? Après tout, ils ignoraient comment allait évoluer leur relation lorsqu'ils seraient mariés. Cet après-midi, ils allaient au laboratoire pour une analyse de sang. Samedi, ils se mariaient. Ce soir, ils parlaient à Alison. S'il y avait une chose qui pouvait lui ôter l'envie de manger, c'était bien la perspective de cette entrevue.

Elle regarda un instant le hamburger posé sur son assiette avant de le prendre et d'y mordre à pleines dents. Apparemment, rien ne pouvait couper l'appétit d'une femme enceinte.

**

Peter habitait une villa somptueuse : l'une des plus belles du *Garden District*. Du fer forgé ornait le balcon de l'étage et les fenêtres du rez-de-chaussée. Le portail au motif emberlificoté était cité dans les guides touristiques. Tout en appuyant sur la sonnette, Stéphanie se demanda, non sans un certain malaise, si elle vivrait ici. La lumière du porche s'alluma soudain, et la porte s'ouvrit tout aussi brusquement.

— Bonsoir, je suis Stéphanie Sheldon, dit elle en souriant à l'adolescente qui lui faisait face. Tu dois être Alison ?

— Oui.

La jeune fille était le portrait de Peter : yeux noirs, cheveux noirs, peau mate, et le même visage. Avec une bouche bien dessinée malgré la moue qu'elle venait d'afficher, elle était jolie, très jolie. Pauvre Peter ! Elle ne lui faciliterait guère la vie quand les garçons lui feraient la cour, ou quand elle leur courrait après !

— Entrez, maugréa-t-elle, non sans une certaine réticence.

En dépit de cet accueil dépourvu de courtoisie, Stéphanie garda un visage détendu et affable.

— Tu as une maison superbe, dit-elle tout en songeant que sa remarque était d'une extrême banalité.

La villa de Peter Robin semblait sortie d'un film. Du luxueux hall d'entrée éclairé par un magnifique lustre de cristal, partait un large escalier. Plusieurs portes ouvertes laissaient entrevoir un mobilier riche et de bon goût.

— C'est un véritable palais de conte de fées, ajouta-t-elle. Je suis ravie de faire la connaissance de la princesse de ces lieux.

L'espace d'un instant, elle eut l'impression que la jeune fille allait se radoucir, mais sa moue réapparut et elle haussa les épaules.

— Connais-tu l'histoire de cette maison? demanda Stéphanie.

— Un planteur de canne à sucre l'a construite en 1870, mais elle tombait littéralement en ruine quand mon père l'a achetée.

Stéphanie admira le médaillon de stuc au plafond où était accroché le lustre.

— Le travail de restauration est splendide.

— C'est ma mère qui s'en est chargée, expliqua Alison d'un ton suffisant.

— Ah, oui, eh bien, c'est parfait, murmura Stéphanie.

Il y eut un bruit de pas, et elle se retourna. Peter descendait l'escalier.

— Stéphanie! Je ne savais pas que tu étais arrivée. Tu es là depuis longtemps?

— Quelques minutes à peine. Alison est venue m'ouvrir.

Le regard de Peter passa de l'une à l'autre.

— Avez-vous fait les présentations?

— Bien sûr, papa, répliqua Alison d'un ton sec en rejetant ses cheveux noirs par-dessus une épaule. Je sais comment recevoir.

— Nous parlions de ta maison, s'empressa de dire Stéphanie, désireuse de détendre l'atmosphère. Elle est superbe. Mais je suppose qu'on te le dit souvent.

— C'est toujours agréable d'entendre un compliment, dit-il.

La prenant par le bras, il la conduisit vers une porte ouverte au fond du hall.

A l'inverse de l'élégance raffinée des pièces du devant, il se dégageait de ce bureau une réelle intimité. Sur l'immense canapé de cuir s'entassait un nombre inouï de coussins dont les motifs représentaient, pour la plupart, des scènes de chasse. Deux murs entiers étaient couverts de livres. Cette ambiance masculine laissait immédiatement deviner que la pièce était le domaine de Peter.

Il fit asseoir Stéphanie sur le canapé.

— Bon, dit-il en se frottant vivement les mains, il y a du café, du thé, des boissons fraîches, du vin. Que désires-tu ?

— Oh, rien, vraiment.

— Voyons...

— Un verre d'eau minérale, alors, s'il te plaît.

Il se tourna vers sa fille.

— Veux-tu bien nous apporter deux verres d'eau minérale ? Choisis pour toi ce que tu veux.

— Tu prends de l'eau ? s'écria Alison. Mais tu n'en bois jamais !

— Ce soir, je fais une exception à la règle.

Tirant légèrement sur les longs cheveux de l'adolescente, il lui adressa un clin d'œil.

— Mais demain, je reprendrai mes mauvaises habitudes.

— Tu n'as pas de mauvaises habitudes. Du moins, pas encore, marmonna Alison en jetant un regard hostile à Stéphanie, juste avant de quitter la pièce.

Peter voulut la rappeler à l'ordre, mais d'un geste, Stéphanie l'en dissuada. Il s'assit à côté d'elle, l'air troublé.

— Mieux vaut lui parler sans détour, dit-il. Cela va lui faire un choc, mais elle ne fera pas de scène, ne serait-ce que par politesse. Si on attend, ce sera plus difficile pour nous tous.

Stéphanie avait décidé de ne pas reprendre Alison sur ses manières, dans un premier temps. La vie de la jeune fille allait connaître incessamment un changement radical, et elle avait droit à un peu d'indulgence.

— Voilà l'eau minérale.

Alison posa le plateau sur une table basse, sans beaucoup de soin pour les trois beaux verres en cristal remplis d'eau gazeuse. Stéphanie accepta le sien en murmurant un merci. Après avoir servi son père, Alison alla s'asseoir dans le fauteuil qui faisait face au canapé.

— Que se passe-t-il, papa? Tu ne rentres jamais aussi tôt en semaine, sauf pour des raisons précises.

— Je suis souvent à la maison à cette heure-ci, Alison.

— Seulement si c'est pour me faire un sermon.

— Quelle idée! Ce que j'ai à te dire te plaira peut-être.

Alison parut soudain intéressée.

— Nous partons skier pour Thanksgiving, comme tu me l'as promis?

— Je ne t'ai rien promis du tout, j'ai dit que j'y réfléchirais... Non, il ne s'agit pas d'un séjour à la montagne.

L'air rebelle, Alison s'enfonça dans son fauteuil.

— Alors, c'est bien ce que je disais. C'est un sermon.

Stéphanie jeta un coup d'œil à Peter qui, les sourcils froncés, la mâchoire contractée, semblait profondément agacé. Voyait-il avec quelle habileté Alison avait saisi le contrôle de la situation?

— J'ai toujours aimé le ski, dit-elle, s'efforçant une fois de plus de détendre l'atmosphère. Tu as de la chance d'avoir appris si jeune. Je n'oublierai jamais ma première tentative. J'ai dû rester sur la piste des débutants pendant des heures et des heures.

— C'est facile, répliqua Alison d'un ton bref.

— Je ne suis sans doute pas assez sportive, reconnut Stéphanie.

Peter paraissait à bout de patience.

— La prochaine fois que nous irons skier, Alison, tu donneras des leçons à Stéphanie.

Une vive détresse se lut sur le visage de l'adolescente, mais elle garda le silence, même s'il était clair qu'il lui en coûtait de ne pas rétorquer un « plutôt mourir! » bien théâtral.

— Enfin, peu importe, reprit Peter du ton coupant qu'il employait aux réunions du personnel de l'hôpital quand la discussion piétinait. Si Stéphanie et moi souhaitions te parler ce soir, c'est pour que tu sois la première à apprendre que nous avons décidé de nous marier.

— Comment?

Alison se redressa légèrement de son fauteuil.

— Nous allons nous marier.

— Non! s'écria-t-elle en se levant d'un bond. C'est impossible. Tu ne peux pas me faire ça. Je t'en empêcherai.

Peter se leva à son tour et saisit sa fille par le bras, mais Alison se dégagea vivement, et ses longs cheveux volèrent autour de son visage. Elle avait les larmes aux yeux.

— Pourquoi te marier, papa? On est si bien tous les deux!

— C'est vrai, Ali, mais ce n'est pas une raison.

— Mais pourquoi maintenant? Tu pourrais attendre que j'aille à l'université!

— Six ans? précisa Peter d'un ton affectueux. Cela ferait des fiançailles bien longues, tu ne trouves pas?

Alison renifla, puis s'essuya les yeux du revers de la main.

— Peut-être que d'ici là, tu aurais recouvré ton bon sens.

Le sourire de Peter s'évanouit.

— Alison...

— Je m'en fiche! Tu veux que je saute de joie parce que tu vas épouser une femme que je vois ce soir pour la première fois? Tu crois que je vais monter sagement dans ma chambre sans rien dire? Eh bien, non, non et non!

— Ça suffit, Alison.

D'un geste ferme, il la secoua. Stéphanie devina qu'il

avait rarement été obligé d'utiliser la force avec sa fille. Quel dommage qu'elle en fût la cause !

— Je sais que ce mariage est un choc pour toi, mais c'est la vie. Tu le comprendras un jour, quand tu seras plus âgée.

« Oh, Peter, pas ça ! » faillit s'écrier Stéphanie.

— Je peux difficilement vieillir en une soirée, répliqua Alison. Par conséquent, je ne comprends pas.

Stéphanie ne pouvait s'empêcher de compatir au dépit de la jeune fille. Elle se souvenait de la frustration que l'on peut éprouver à son âge. Mais du moins, Alison avait un père qui l'aimait, et la certitude que rien ne pourrait jamais altérer ce sentiment.

— C'est pour quand ce mariage ?

Un silence embarrassé accueillit sa question.

— Samedi, répondit Peter.

— Samedi ? Mais c'est dans deux jours !

— Je sais, Alison. Je ne doute pas un instant que tu aies l'intention d'exprimer là aussi ton mécontentement, mais puisque tu ne peux rien y changer, je crois qu'il est inutile de prolonger cette conversation.

— Papa, s'il te plaît...

— La cérémonie aura lieu à la chapelle St Luc. Je veux que tu t'achètes une robe pour l'occasion. Nous la choisirons ensemble.

Avec un cri de désarroi, Alison quitta la pièce en courant.

4.

*Toutes les femmes enceintes ne souffrent pas de nau-
sées. Une sur deux en est dispensée. Mais mieux vaut se
préparer à cette éventualité. Ayez toujours sur votre table
de chevet des petits biscuits salés et une tasse de thé.
C'est pendant une grossesse que votre partenaire peut se
montrer vraiment compréhensif.*

Demandez l'avis du Dr Meredith.

28 août 1995, quatrième semaine

Peter alla ouvrir au chasseur de l'hôtel qui apportait
des fruits et du champagne. Le cœur lourd, Stéphanie se
tourna vers la fenêtre, regardant distraitement les
lumières de la ville qui se découpaient sur fond de nuit.

Depuis 4 heures de l'après-midi, elle s'appelait
Mme Peter Robin. Trois invités seulement avaient assisté
à la cérémonie : Camille, Alison et Travis, le frère de
Peter. Plus ouvert et plus décontracté que Peter, ce dernier ne semblait pas le moins du monde décontenancé par
ce mariage précipité. C'était le beau-frère idéal. Il avait
déposé sur ses joues un baiser sonore en déclarant que
son frère avait bien de la chance, puis il lui avait demandé
si elle n'avait pas une sœur aussi jolie qu'elle. A ces

mots, Stéphanie avait failli éclater en sanglots. En effet, il existait bel et bien une jeune femme qui lui ressemblait de manière frappante mais dont elle avait perdu toute trace...

Où es-tu, Tessa ?

Tout au long de cette semaine, le souvenir de sa jumelle n'avait cessé de la hanter. Elle était habitée par une impression étrange, comme si Tessa avait été tout près d'elle. C'était insensé. Dix-sept ans s'étaient écoulés depuis son départ de chez Camille.

Elle regarda Peter qui la rejoignait, et pour la troisième fois de la journée, elle sentit son estomac se nouer.

La première fois, c'était à la chapelle St Luc, en attendant son fiancé. Malgré les circonstances particulières de leur mariage, elle avait préféré qu'ils se retrouvent devant l'église. Malheureusement, il avait eu quelques minutes de retard, et elle s'était affolée, redoutant tout à coup qu'il n'eût changé d'avis. C'est à peine si elle avait entendu ses explications, quelque chose au sujet de la robe d'Alison et de la grand-mère de la jeune fille qui l'avait retenu au téléphone. En fait, le véritable choc s'était produit quand elle avait compris, non sans soulagement, qu'il avait toujours l'intention de l'épouser. Jusqu'alors, elle ignorait à quel point il était important pour elle d'épouser le père de son enfant... Enfin, d'épouser Peter Robin puisque c'était de lui qu'il s'agissait.

Le deuxième choc qui l'avait ébranlée s'était produit au cours du dîner. N'ayant pas eu le temps de réorganiser leurs plannings respectifs pour partir en voyage de noces, ils avaient réservé une suite à l'hôtel Royal Sonesta. Comment cela avait-il été possible dans un délai aussi bref, c'était un mystère. Pour réaliser cette prouesse, la jeune femme soupçonnait Peter d'avoir fait jouer ses relations dans le milieu de l'hôtellerie.

A la demande de Stéphanie qui préférait éviter de se rendre dans un restaurant appartenant aux Robin, le dîner eut lieu, en tête à tête, dans un établissement réputé du Vieux Carré : Chez Arnaud. Apparemment aussi peu désireux qu'elle de se retrouver en famille, Peter s'était plié volontiers à cette requête.

— Nous avons à parler, dit-il quand ils eurent commandé.

— N'est-ce pas un peu tard ?

Elle déplia sa serviette, l'étala avec soin sur ses genoux.

— Je ne faisais allusion ni au mariage ni au bébé.

Il exerça une pression sur la main de la jeune femme, l'obligeant à le regarder.

— Tu es inquiète pour ce soir ?

Comment faisait-il pour deviner ses sentiments les plus secrets ? Et pourquoi rougissait-elle comme une collégienne ?

— Pas vraiment, murmura-t-elle. Je suppose que notre mariage sera un mariage normal.

Il sourit.

— Tu ne peux pas savoir combien je suis soulagé de t'entendre parler ainsi.

— Enfin, je veux dire... ce n'est pas comme si... euh...

— Après tout, nous avons déjà fait l'amour ensemble.

— Oui.

— Et c'était bien.

Elle le regarda droit dans les yeux.

— Oui, c'est vrai.

— As-tu des arrière-pensées, des doutes ?

Elle n'en manquait pas, car on ne peut miser sur une unique nuit d'amour.

— Pas vraiment, dit-elle, préférant opter pour le mensonge.

54

Le sourire de Peter s'accentua. De ses doigts fermes et tièdes, il exerça une nouvelle pression sur sa main, puis la lâcha et s'appuya contre le dossier de sa chaise.

— Bien, maintenant que ce problème est réglé, il ne nous reste plus qu'à savourer notre dîner. Je n'ai pas eu le temps de déjeuner et je meurs de faim. Ça va?

— Très bien.

Où avait-elle appris à mentir aussi aisément?

— Parle-moi des adolescentes avec qui tu travailles. Je parie qu'il y a des moments passionnants dans vos discussions.

— Passionnants, intéressants, dérangeants, amusants, déconcertants..., au choix, dit-elle.

— Pourquoi ce sourire?

— Je pensais à une nouvelle qui vient d'arriver. Elle s'appelle Keely et prétend ne pas être enceinte mais venir à la place d'une amie qui elle, est concernée, et envisage de se joindre au groupe. Vraiment...

Stéphanie leva les yeux au ciel.

— On entend de ces histoires!

— Tu crois qu'elle ment?

— Oui, c'est probable, mais avec elles, mieux vaut ne pas faire trop de suppositions.

— Si elle cherche à cacher sa grossesse, c'est sans doute qu'elle a peur?

— Aucune idée.

Stéphanie avala une gorgée d'eau.

— Keely est bizarre. Vois-tu, enchaîna-t-elle sans prêter attention au sourire amusé de Peter, je m'efforce de ne pas avoir des rapports trop personnels avec ces adolescentes, mais parfois, il y en a une qui revêt plus d'importance que les autres.

Il hocha la tête.

— En quoi Keely est-elle différente?

— Elle est intelligente et s'exprime bien. Elle est débrouillarde aussi. J'ignore dans quelles circonstances elle est venue à La Nouvelle-Orléans, mais à son accent, il est clair qu'elle n'est pas d'ici. A-t-elle fait une fugue? A-t-elle subi des mauvais traitements?

Stéphanie reposa son verre.

— Je pourrais expliquer sa présence ici par une bonne dizaine de raisons, mais aucune ne semble convenir.

— Je me demande si ces adolescentes se rendent compte qu'elles ont une véritable alliée en toi.

— Oh, je ne suis pas la seule à me soucier d'elles. En fait, la plupart des gens sont conscients des problèmes qui frappent ces jeunes filles issues de milieux défavorisés, mais ils ne disposent pas des moyens nécessaires pour leur venir en aide. Alors que moi, je les ai.

— Et tu te donnes à fond dans ce travail.

Elle sourit.

— Au fait, y a-t-il eu de nouveaux heurts avec Galloway?

— C'est marrant que tu me poses cette question, dit Peter en découpant son filet de poisson grillé. Pas plus tard qu'hier, il m'a annoncé que nous étions poursuivis en justice. Le dispensaire est en cause. On a administré de la pénicilline à un patient hospitalisé de jour, et il a fait une méchante allergie. Par chance, il s'en est sorti, mais après cinq jours en soins intensifs. Un patient sans sécurité sociale qu'on garde en soins intensifs se traduit par un océan d'encre rouge. Ce sont les termes de Galloway, pas les miens.

— Il fait son travail, murmura-t-elle. Mais il témoigne d'une absence totale de conscience sociale.

— Ne parlons pas de Benedict ce soir, dit Peter. J'ai mentionné cet incident sans y penser.

— Histoire d'alimenter la conversation?

56

— Il s'agit de notre repas de noces, et si tu veux mon avis, je te trouve trop nerveuse.

— Ce n'est pas tous les jours que je me marie précipitamment.

— Je sais.

Il posa ses couverts et lui prit la main.

— Tout se passera bien, Stéphanie.

Lorsqu'ils regagnèrent leur suite, Stéphanie sentit de nouveau son estomac se contracter. Pendant le dîner, elle avait réussi à se détendre suffisamment pour faire honneur au repas, mais maintenant, elle commençait à regretter d'avoir choisi un plat de fruits de mer nappés d'une riche sauce à la crème. Et dire que le matin même, elle s'était vantée à Camille de ne pas avoir de nausées ! Avait-elle parlé trop vite ?

Pour se changer les idées, elle parcourut des yeux le salon dont les dimensions auraient permis de donner une grande réception. Quant au lit, sa taille impressionnante lui rappelait la vaste étendue du lac Pontchartrain le long duquel s'étend La Nouvelle-Orléans !

— Regarde, on nous a monté du champagne !

Peter se dirigeait vers une table où se trouvait une bouteille glacée dans son seau.

— Ton frère ?

— Oui.

Il étudia l'étiquette.

— Il ne s'est pas moqué de nous !

— C'est gentil de sa part, murmura Stéphanie.

— Penses-tu pouvoir en goûter ?

— Oh, un soupçon.

— Bon, je nous sers une coupe.

Il se débarrassa de sa veste de smoking qu'il jeta sur une chaise, et elle se demanda s'il était de ces hommes si peu soigneux qu'il fallait ramasser leurs vêtements après leur passage. Cela avait été un point de discorde entre son ancien mari et elle. Elle avait souffert, pendant son internat, du désordre de Donald. Entre les heures de cours, le stress, la cuisine et le ménage, elle était épuisée, et le laisser-aller de Donald la rendait folle. Une vive panique l'envahit tout à coup.

Que savait-elle au juste de Peter ?

Elle eut un violent haut-le-cœur et courut dans la salle de bains.

Son malaise passé, elle resta un moment à genoux devant la coiffeuse. De l'autre côté de la porte, Peter l'appelait, la pressait de lui répondre. Elle aurait donné cher pour être dans son lit ou, du moins, pour ne pas être avec Peter. Il était impossible de vomir avec discrétion, mais le fait que cela se produisît le jour de son mariage était terriblement embarrassant.

— Stéphanie, je t'en prie, ouvre-moi...

Elle se releva tant bien que mal et chancela jusqu'au lavabo. Ses mains tremblaient tellement qu'elle eut du mal à ouvrir le robinet. Elle se rinça le visage et les mains.

— Stéphanie, s'il te plaît... Je suis médecin, tout de même !

Une fois rafraîchie, elle se regarda quelques instants dans le miroir. Pourquoi disait-on toujours qu'une femme enceinte rayonnait de beauté ? En vérité, elle avait une mine de déterrée. Sa peau avait la couleur du papier mâché, ses lèvres étaient bleues, les mèches de cheveux, qu'elle avait mouillées en se rafraîchissant, retombaient autour de son visage comme des baguettes. Elle ferma les yeux. Sa trousse à maquillage était dans son sac de voyage qui se trouvait lui-même dans la chambre.

Le front appuyé contre la porte, elle chuchota :

— Peter, veux-tu me passer ma trousse de toilette ?

Il y eut un silence.

— Comment?

— Ma trousse de toilette, s'il te plaît.

— Tout de suite.

Elle l'entendit se déplacer dans la pièce, puis revenir.

— Tu peux ouvrir.

Ereintée, les yeux toujours fermés, elle s'appuya contre le mur et tâtonna un instant avant de trouver le loquet et de le tourner.

— Que se passe-t-il?

Elle ouvrit brusquement les yeux. Peter se tenait devant elle, plein d'énergie, rayonnant de santé. Elle se détourna, se sentant encore plus mal fichue.

— J'ai vomi.

— Je sais. Mais pourquoi n'as-tu pas voulu que je t'aide?

— Je n'avais pas besoin d'aide.

— Nous sommes deux dans cette histoire. Je croyais que nous étions d'accord sur ce point.

— Nous sommes convenus de nous marier, mais il n'y a aucune raison pour que je partage mes malaises avec toi. Crois-moi, ça vaut mieux, conclut-elle avec un rire sans joie.

— Viens te reposer, dit Peter.

Un bras autour de sa taille, il la conduisit jusqu'au lit où elle s'assit, avec l'impression d'être une poupée de chiffon qui manque de rembourrage. Il la déchaussa.

— Tu vas te déshabiller et te coucher. Ne t'en fais pas, Stéphanie, ajouta-t-il en voyant son expression penaude, nos projets de soirée sont simplement remis à plus tard.

Il lui enleva son chemisier, puis son soutien-gorge balconnet en satin et dentelle ivoire qui, pour l'effet qu'il produisit sur Peter, aurait pu tout aussi bien être en vulgaire coton. A tâtons, elle saisit l'oreiller et l'entoura des deux bras. Il lui retira alors sa jupe et ses bas, et elle se retrouva en slip, soulagée de pouvoir cacher son visage sous l'oreiller.

— Nous attendrons pour faire l'amour, murmura-t-il.

— Merci, dit-elle dans un soupir.

Peter sortit de son sac de voyage la chemise de nuit en satin ivoire qu'elle avait prise sur les conseils de Camille, et tint un instant le vêtement à bout de bras pour trouver le devant. A contrecœur, elle lâcha l'oreiller et laissa Peter lui passer la chemise de nuit par la tête. Enfin, elle se coucha.

— As-tu besoin de quelque chose ? demanda-t-il, une lueur inquiète au fond des yeux.

— Non, merci. Jusqu'à présent, je n'avais pas été malade.

— J'espère que ce n'est pas à cause de moi !

Comme elle s'empressait de le rassurer, il secoua la tête pour lui faire comprendre qu'il n'était pas sérieux. Il éteignit la lampe de chevet, et la pièce fut plongée dans une demi-pénombre.

— Peter...

Sans doute serait-il plus aisé de parler dans la nuit.

— Oui ?

— Pendant le dîner, quand nous parlions de notre mariage, nous avons dit qu'il serait... normal..., tu t'en souviens ?

— Je m'en souviens.

— Eh bien, j'ai menti. Tu m'as demandé si j'avais des arrière-pensées.

— Et ?...

— J'en ai.

— De quelle nature ?

— Vois-tu, nous ne nous connaissons pas vraiment. C'est vrai que j'étais nerveuse, ce soir. En fait, je ne suis pas sûre de vouloir vivre une relation conjugale normale avec toi, du moins pour l'instant.

C'est à peine si, dans l'obscurité, elle distinguait la silhouette de Peter que les lampes du salon éclairaient à contre-jour. La tête légèrement penchée, il se passa une main sur la nuque, un geste qui trahissait sa frustration. L'avait-elle fâché? L'agaçait-elle parce qu'une fois mariée, elle adoptait une attitude différente de celle qu'elle avait eue jusqu'alors? Et s'il la jugeait instable ou manipulatrice, pouvait-elle lui en vouloir?

— Je sais bien que nous avons déjà fait l'amour à Boston et que ça nous a plu, mais...

— C'est juste, et tu ne peux rien y changer, Stéphanie.

— Je ne veux rien y changer.

— Explique-toi, alors.

— J'ai aimé faire l'amour avec toi. Je ne vois pas comment te le dire plus simplement. Mais tu n'ignores pas dans quelles circonstances nous nous marions. Nous...

— Tu attends mon enfant, interrompit-il. Il n'y a pas de meilleure raison pour se marier.

Que devenait l'amour dans tout ça?

Au cours de la nuit qu'ils avaient passée ensemble, à aucun moment Peter n'avait prétendu qu'il éprouvait des sentiments pour elle. Au contraire, il avait été très clair sur ce point puisqu'il lui avait expliqué qu'il n'avait plus rien à donner, et de toute évidence, il restait sur ses positions.

— Peter, je ne veux pas me disputer.

— Moi non plus. Si tu souhaites que notre relation reste platonique, je ne peux que m'incliner. J'ai horreur de m'imposer.

— Il s'agit de notre vie de couple, Peter.

— Je te laisse libre de définir les règles du jeu, Stéphanie.

Et il se dirigea vers la porte.

— Peter, attends...

Il s'immobilisa, la main sur la poignée de la porte, mais ne se retourna pas. De nouveau, c'est son profil qu'elle vit. Quelque chose, dans ses traits figés, trahissait sa déconvenue.

— Je suis désolée de t'avoir déçu.

— Mais non, je ne suis pas déçu.

— Inutile de mentir. Quant à définir les règles du jeu, ce n'est pas en ces termes que je conçois notre relation. Je cherche à être honnête avec toi. Tant que nous ne nous connaîtrons pas mieux, je ne me sentirai pas à l'aise à l'idée de partager ton intimité. Je te demande simplement de m'accorder du temps. Je t'en prie, Peter, essaie de me comprendre.

Il se retourna, mais son visage resta dans l'ombre.

— Ne t'inquiète pas pour ce soir, Stéphanie. Tu as sans doute raison. Peut-être, en effet, avons-nous besoin de temps pour apprendre à mieux nous connaître.

Il se tut un instant avant de reprendre avec une sincérité manifeste :

— Aucune relation conjugale, que tu l'appelles mariage, liaison, aventure, ne peut survivre sur la simple base de l'amitié, du respect, de l'intérêt partagé pour une même profession. Tôt ou tard, il nous faudra franchir le seuil de cette intimité qui te pose problème, faire face à notre désir, et parce que notre première nuit d'amour nous a comblés, à mon avis, le plus tôt sera le mieux. Mais j'attendrai que tu sois prête. Bonne nuit.

— Bonne nuit, Peter.

Stéphanie mit du temps à s'endormir.

*

— Allez, Steph, pas de cachotteries avec nous ! Le Dr Peter est-il un bon amant ? demanda Jolène avec un sourire complice.

— Nous ne sommes pas ici pour parler de ma vie privée, Jolène, répliqua Stéphanie en allant au tableau. Bien, aujourd'hui, nous allons nous intéresser à la nutrition.

— Et pourquoi ? répliqua Jolène qui, fidèle à son habitude, revint à la charge. Nous étalons bien la nôtre au grand jour. Est-ce que l'amour entre médecins est différent ?

— Jolène ! s'écria Chantal d'un ton plein de reproches.

Sans se départir de son calme, Stéphanie écrivit le mot *antioxydants*.

— Qui connaît le sens de ce mot ?

— C'est un élément qui apparaît dans la composition de certains aliments comme les vitamines et les minéraux, répondit Keely, assise par terre, en tailleur, comme à son habitude.

Stéphanie ne s'étonnait plus du savoir de Keely. Cependant, la jeune fille s'obstinait à prétendre qu'elle n'était pas enceinte. Stéphanie allait bientôt devoir la pousser dans ses retranchements.

— Pourrais-tu nous donner quelques exemples ?

— Epinards, salades, brocolis, bref des trucs dégueulasses.

Stéphanie écrivit les mots au tableau.

— Mais bons pour le bébé.

— Pourquoi tu nous as caché que tu sortais avec le Dr Robin ? reprit Jolène.

— Tu ne peux pas laisser tomber, Jo ? dit Keely d'un air las.

Melissa hocha la tête.

— C'est vrai, Jolène. Steph a le droit d'avoir des secrets.

— Je ne vois pas pourquoi.

Jolène se leva brusquement.

— Steph dit toujours qu'il faut qu'on lui fasse confiance, et voilà qu'elle se marie en cachette. Pour moi, c'est de la trahison, et ça n'a rien à voir avec la confiance dont elle parle !

Avec un soupir, Stéphanie posa son marqueur et fit face aux huit paires d'yeux fixés sur elle. Elle devait s'incliner. Il avait été naïf de sa part de supposer qu'elle pourrait annoncer son mariage avec Peter sans avoir à satisfaire la curiosité de ce groupe de jeunes filles à qui aucun ragot n'échappait.

Mais que pouvait-elle leur dire ? Peter avait repris son poste le lendemain de leur week-end au Royal Sonesta, et elle avait pris une semaine supplémentaire de congé. Une idée de Peter à laquelle elle avait vivement souscrit, tant elle redoutait les commérages qui ne manqueraient pas de gagner l'hôpital avec la rapidité d'un feu de forêt. Mais sans doute devait-elle à ces adolescentes, qu'elle suivait depuis le début de l'année, un peu plus que la version officielle des faits.

— Je connais le Dr Robin depuis plusieurs années, dit-elle en s'asseyant. Quand je suis venue travailler dans cet hôpital, il était déjà chirurgien en chef. Nous n'avions alors que des rapports strictement professionnels. Je venais de divorcer et je tenais avant tout à reprendre ma vie en main.

— Tu as connu sa femme ? s'enquit Jolène.

— Je l'ai entrevue deux ou trois fois.

— Robin est sympa, dit Angela. Je le vois au dispensaire, et il est super avec mon petit frère qui est souvent malade.

— Sa femme est morte dans une fusillade, tout près d'ici, dit Jolène. Tu le savais ?

— Oui, je le savais.

— Ça n'a pas dû être facile pour la gosse, dit Keely. Comment s'appelle-t-elle déjà ? Alison ?

— Oui, la mort de sa mère a été un choc effroyable pour Alison.

— C'est sans doute pour ça que Robin l'a tellement pourrie, lança Jolène.

Stéphanie fronça les sourcils.

— Comment peux-tu affirmer une chose pareille, Jolène ?

L'adolescente haussa les épaules.

— Cette Alison est une vraie peste. On a vérifié.

— Vous avez vérifié ?...

Pendant quelques secondes, Stéphanie ne sut que dire.

— Mais comment ?

— Nous afons les moyens de fous vaire barler, dit Keely en se lissant une moustache imaginaire.

— Elle va au collège du Sacré-Cœur, elle joue au tennis, elle va au théâtre, énuméra Jolène en comptant sur ses doigts.

— Pauvre petite princesse qui a perdu sa maman chérie, s'écria Keely.

Stéphanie croisa les bras et étudia le groupe de jeunes filles en silence. Elle savait à quel point il était difficile de résister à leurs joutes verbales. Mais parfois, il suffisait de les toiser avec sévérité pour leur imposer le silence et les faire réfléchir sur leurs propos.

— Bon, d'accord, tu préfères qu'on ne se prononce pas encore sur cette gamine, dit Jolène en s'étirant sur sa chaise et en posant les mains sur son ventre.

Stéphanie acquiesça de la tête.

— Ce serait chouette.

Jolène jeta un coup d'œil à ses amies.

— Le fils de ce salaud de Benedict est mort dans la fusillade, lui aussi, dit-elle.

Un soupir les échappa à Stéphanie.

— Jolène, combien de fois...

— Vrai ? s'écria Keely, se tournant vers Stéphanie pour avoir la confirmation de cette information.

— Oh, ce n'est pas une grande perte, lança Jolène avec un sourire malicieux. Il était nul.

— Jolène !

— Bon, bon...

Même Jolène finissait par se taire quand Stéphanie se fâchait.

— Pour en revenir au sujet qui nous intéresse, parlons de toi et de Robin.

— Vraiment, il n'y a pas grand-chose à dire, Jolène.

— Ma mère prétend qu'une femme ne connaît pas vraiment un homme avant d'avoir vécu avec lui pendant quelque temps, dit Angela.

— Je pense qu'elle n'a pas tort, dit Stéphanie avec un sourire. Nous en reparlerons plus tard.

Elle se leva. Toutefois, quelques réponses évasives n'avaient pas suffi à satisfaire la curiosité des adolescentes.

— Depuis combien de temps vous sortez ensemble ? demanda Chantal.

— Sa famille possède une chaîne de restaurants, dit Leanne. Tu manges toujours gratis ?

— Dis-nous comment il est au lit, insista Jolène.

— Est-ce que tu vas habiter chez lui, avec sa fille ?

— J'ai passé précisément ces derniers jours à emménager dans ma nouvelle maison, dit Stéphanie, intriguée par le ton sur lequel Keely avait posé cette question. J'ai eu du mal à prendre cette décision parce que j'adore ma maison et que j'hésitais à laisser Camille seule.

— Une femme doit vivre avec son mec, déclara Jolène.

Une phrase qui reflétait exactement les sentiments de Peter, même s'il ne les exprimait pas en ces termes. De toute façon, Stéphanie n'avait pas vraiment eu le choix. La villa de Peter pouvait loger une famille de douze personnes, alors que la sienne suffisait tout juste pour Camille et elle. Et quand ils avaient discuté des dispositions à prendre, Camille avait affirmé qu'elle préférait rester dans la petite maison. Ainsi, avant que Stéphanie ait pu réagir, on avait emporté ses affaires dans la grande demeure de Peter dont elle partageait à présent la chambre.

Il avait refusé tout compromis sur ce point. Quelle fût ou non prête à avoir une relation physique avec lui, il était hors de question qu'ils fissent chambre à part. Le lit était grand et il ne la gênerait pas. Il en était donc ainsi depuis leur première nuit de couple marié. Ils étaient ensemble, mais séparés.

— C'est comme ça quand on se marie, on quitte sa maison et ses parents, dit Chantal avec envie.

— A condition d'avoir une maison et des parents, observa Keely en ricanant. Comment ça se passe avec la princesse ? demanda-t-elle aussitôt, comme pour déjouer la curiosité que sa réflexion aurait pu provoquer chez Stéphanie.

— Tout le monde doit faire des efforts de compréhension quand on se marie pour la deuxième fois, répondit la jeune femme. Les enfants comme les adultes.

— Ouais, ce n'est pas génial, si je comprends bien.

Voilà qui lui apprendrait à vouloir présenter une image idyllique de son mariage. Ses élèves lisaient beaucoup trop bien en elle.

— J'imagine qu'il est difficile pour une enfant d'accueillir une étrangère dans sa maison, mais nous faisons de notre mieux pour nous entendre.

Du moins, essayait-elle.

Keely hocha la tête d'un air docte.

— Il y a des gens qui ne connaissent pas leur chance.

Déconcertée par cette remarque, Stéphanie regarda Keely, s'interrogeant une fois de plus sur le secret que la jeune fille gardait pour elle. Un jour viendrait où Keely serait prête à le lui confier. Elle le savait. D'ailleurs, mieux que quiconque, elle comprenait le besoin de garder des secrets. N'en avait-elle pas elle-même enfoui quelques-uns au fond de son cœur?

5.

Une grossesse peut rendre les relations familiales plus difficiles. Votre attention se focalisant presque exclusivement sur le bébé, les autres membres de votre famille risquent de se sentir exclus. La grossesse est une affaire de famille! Il faut la partager.
Demandez l'avis du Dr Meredith.

25 septembre 1995, huitième semaine

Stéphanie sortit de la douche et se sécha. La journée avait été longue. A seize ans, Melissa avait accouché d'un bébé trop petit. En dépit de l'insistance avec laquelle Stéphanie avait répété qu'une bonne alimentation était essentielle pour le développement du fœtus, Melissa, qui n'était encore qu'une enfant, n'avait pas suffisamment pris soin de sa santé. Si le bébé survivait, il fallait espérer qu'elle devînt une mère responsable.

Elle examina dans le miroir son ventre qui, même de profil, restait plat. Mais à huit semaines, une grossesse n'était pas censée se voir. En attendant, si ça ne se voyait pas encore, elle commençait à prendre un peu de poids... Ce qui lui rappela qu'elle s'était acheté une lotion hydratante pour le corps afin d'éviter les vergetures. Une peau souple et bien hydratée ne craquait pas. C'était, d'ailleurs, un conseil qu'elle ne manquait jamais de donner à ses patientes.

Elle ouvrit l'armoire à pharmacie et poussa flacons et boîtes, à la recherche de son produit. Zut! A croire que, dans cette maison, les objets avaient le pouvoir de se déplacer! D'abord, c'était son mascara neuf qui avait disparu, puis un bain moussant. Elle trouva le coton, le savon, la crème à raser de son mari, mais pas de lotion hydratante. Au moment où elle tendait la main vers l'eau de Cologne de Peter, un bruit dans la chambre la fit sursauter. Elle se retourna et heurta le flacon qui se brisa sur le dallage de marbre. Avec un cri, elle recula d'un pas, et son pied se posa sur un morceau de verre. Elle ressentit une vive douleur. Elle venait de se couper. La porte s'ouvrit brusquement.

— Que se passe-t-il? demanda Peter.

En voyant les débris de verre par terre, il n'attendit pas la réponse de Stéphanie.

— Ne bouge pas.

Il traversa la salle de bains et la souleva dans ses bras.

— Je viens de casser ton flacon d'eau de Cologne.

— Ce n'est rien.

— J'ai marché sur un morceau de verre. Attention, il va y avoir du sang sur la moquette.

— Bah, ça se nettoie.

Peter déposa Stéphanie sur une ravissante causeuse de style victorien et lui examina le pied. La plaie saignait abondamment.

— Le morceau de verre est entré dans la chair.

Il se releva.

— Je vais chercher une pince à épiler et des pansements. J'en ai pour une seconde.

A cause du morceau de verre, elle ne pouvait appliquer

de pression sur sa blessure. Serrant les dents, elle appuya la tête sur le dossier de la causeuse et n'ouvrit les yeux que lorsque Peter revint.

— Je ne savais pas que tu portais des lunettes, dit-elle.

— Uniquement pour voir de près, murmura-t-il, son attention entièrement tournée vers ce qu'il faisait.

— Ça te va bien.

Il releva vivement la tête, et quelque chose dans son regard troubla profondément Stéphanie. Elle se rappela alors qu'elle était nue sous son drap de bain qui, malgré ses dimensions généreuses, laissait voir une bonne partie de son corps.

— Tu l'as retiré ?

— Oui, répondit Peter d'une voix grave et profonde.

L'espace d'une seconde, ce fut comme s'ils étaient envoûtés. Puis Peter bougea et le charme fut rompu. Il appuya fermement sur la plaie pour arrêter l'hémorragie, puis il désinfecta. Une grimace de douleur échappa à la jeune femme. Il s'excusa et lui banda le pied.

— Merci, bredouilla-t-elle. Je te rachèterai de l'eau de Cologne.

— Inutile, j'en ai une bouteille en réserve dans ma trousse de voyage.

La main de Peter remonta le long du mollet de Stéphanie. Il avait les mains tièdes, et l'intensité de son regard noir arracha à la jeune femme des frissons. Son cœur se mit à palpiter étrangement.

— Si tu as mal, j'ai probablement...

— Non, merci, je n'ai besoin de rien.

Des deux mains, Peter se mit à lui caresser la jambe. Elle retint son souffle lorsqu'il pencha la tête et, lentement, déposa un baiser sur sa cuisse. Le cœur de Stéphanie s'emballa. Les cheveux de Peter étaient aussi noirs que la nuit contre sa peau pâle. Elle avait envie de les toucher.

— Stéphanie, murmura-t-il, son haleine tiède contre sa peau encore humide de la douche. Tu as un corps magnifique.

Et elle frémit sous la caresse des lèvres qui s'attardaient sur ses cuisses. Frémissante, saisie d'ivresse et de volupté, elle aurait voulu se débarrasser du mince tissu qui la recouvrait, fermer les yeux et laisser Peter l'emporter sur les vagues de plaisir qu'il provoquait. Sa bouche la brûlait, ses mains l'exploraient. Elle avait du mal à respirer, à résister, à raisonner. Qu'avait-il dit le soir de leur nuit de noces ?

« Le mariage ne peut survivre sur la base de l'amitié, du respect, de l'intérêt partagé pour une même profession. Tôt ou tard, il nous faudra faire face à notre désir, et le plus tôt sera le mieux. »

— Peter...

Il la regarda puis, avec un gémissement, s'étendit contre elle. Il enleva ses lunettes et l'enlaça, sans lui laisser le temps de protester. Enflammés par le désir, ils s'embrassèrent. Les mains de Peter brûlaient tout ce qu'elles touchaient, et sa bouche dévorait celle de Stéphanie. Sous ses baisers et ses caresses, des sensations inattendues s'éveillaient chez la jeune femme. Elle chercha à déboutonner sa chemise car elle voulait toucher sa peau nue.

Soudain, on frappa à la porte.

Le front appuyé contre celui de Stéphanie, Peter laissa échapper un rire dépourvu d'humour.

— Je n'arrive pas à y croire, murmura-t-il.

Il se redressa et demanda à haute voix :

— Qui est-ce ?

— C'est moi, papa, répondit Alison d'une voix tendue, comme si elle était fâchée de trouver la porte fermée. Je peux entrer ?

— Un instant.

Peter se leva.

— Tu es superbe, murmura-t-il à Stéphanie qui resserrait la serviette autour d'elle.

Malgré cette interruption, il semblait ravi, mais Stéphanie n'eut pas le temps de lui demander la raison de son contentement car Alison frappa de nouveau à la porte.

— Papa!

— J'arrive. Attends encore un peu avant de marcher sur ton pied blessé, recommanda-t-il à Stéphanie.

Puis il alla ouvrir la porte.

Alison attendait, les bras croisés, la mine courroucée, une attitude qui trahissait une impatience mal contenue.

— Tu en as mis du temps! Qu'est-ce que tu faisais?

— Ça ne te regarde pas.

Le regard inquisiteur de l'adolescente se posa sur Stéphanie.

— Oh! J'aurais dû m'en douter.

— Stéphanie a cassé un flacon dans la salle de bains, et elle s'est coupé le pied en marchant sur un morceau de verre, expliqua Peter sans relever la réflexion déplacée de sa fille. Veux-tu aller chercher une pelle et une balayette, Alison, s'il te plaît?

Un instant, la jeune fille fut sur le point de refuser, mais le regard de son père eut raison de son insolence et sans un mot, elle quitta la pièce.

Peter se tourna vers Stéphanie.

— Il faut patienter, ça lui passera, dit-il, visiblement soucieux de se rassurer lui-même sur ce point.

— Bien sûr que ça lui passera, répondit Stéphanie. Mais il est inutile de t'excuser à sa place. C'est moi l'intruse dans cette maison, et elle n'a pas encore accepté que j'envahisse son territoire.

— Quand l'acceptera-t-elle?

Un sourire espiègle se dessina sur les lèvres de Stéphanie.

— Peut-être devrons-nous attendre qu'elle aille à l'université?

— Super!

Se rendant compte du désordre de sa tenue, il rentra rapidement sa chemise dans son pantalon. Quant à Stéphanie, elle se recoiffa du bout des doigts. Ni l'un ni l'autre ne songeaient vraiment à l'adolescente rebelle, mais plutôt au fait que si Alison ne les avait pas dérangés à un moment crucial, ils auraient fait l'amour.

— A quoi penses-tu? demanda Peter.

— Je pense qu'Alison nous a rendu un fier service.

— Steph..., commença-t-il en s'approchant de la jeune femme.

— Voilà!

Alison tendit d'un air soupçonneux la pelle et la balayette à son père.

— Fais attention, dit-il. Il y a des débris de verre partout.

— Tu veux que je les ramasse? s'écria la jeune fille, offusquée.

— Tout juste.

— Mais ce n'est pas moi qui ai cassé le flacon.

— Pendant que tu balaies, je m'occupe de Stéphanie qui ne peut pas marcher tellement sa blessure saigne.

Stéphanie songea que le père et la fille étaient aussi têtus l'un que l'autre.

Lançant un regard assassin à Stéphanie, Alison obéit.

— Et balaie avec soin, ajouta Peter. Si tu oublies des morceaux de verre, tout le monde se blessera.

Seul un marmonnement lui répondit. Peter et Stéphanie se regardèrent en souriant. C'était un moment de complicité, l'un de ces brefs instants qui séduisaient tant Stéphanie et lui faisaient presque croire que son mariage survivrait, en dépit des nombreux éléments qui jouaient en sa défaveur.

— Je me demande bien comment ça s'est produit, dit Alison, depuis la salle de bains, en élevant la voix pour se faire entendre malgré le raclement de la pelle et des débris de verre sur le sol.

— Je cherchais ma lotion pour le corps, et le flacon d'eau de Cologne de ton père m'a échappé des mains.

— Oh !

Pour une fois, il n'y eut ni réponse insolente ni ronchonnement.

Peter prit Stéphanie dans ses bras.

— Et l'as-tu trouvée ?

Il était si près d'elle qu'elle voyait les minuscules taches d'or qui dansaient dans ses yeux.

— Non.

Pendant plusieurs secondes, ils furent pris dans un tourbillon de sensations où se mêlaient la force de Peter, la vulnérabilité de Stéphanie, le contact de leurs corps, leurs battements de cœur, la montée de leur désir que rien ne semblait pouvoir arrêter.

— J'ai fini.

De nouveau, Alison brisait leur intimité. Le faisait-elle exprès ? A certains moments, son hostilité était si manifeste que la jeune femme était convaincue de ne jamais parvenir à se faire accepter. On ne pouvait, en effet, négliger la réaction d'Alison. Si elle persistait dans cette voie, la maison ne tarderait pas à ressembler à un champ de bataille. Qu'adviendrait-il alors de Stéphanie et de son bébé ?

Peter aida la jeune femme à s'allonger sur le lit.

— Glisse quelques coussins derrière l'oreiller, Alison, ordonna-t-il, et mets-en un sous le pied de Stéphanie.

— Je ne suis pas une bonne, maugréa l'adolescente.

Elle obéit cependant et, plaçant les coussins comme on le lui demandait, s'approcha suffisamment de Stéphanie pour que celle-ci reconnût le parfum de sa lotion hydratante. Alison lui volait-elle ses produits de beauté et de maquillage?

— J'aimerais parler à mon père, dit Alison.

— D'accord, répondit Stéphanie, une vague inquiétude au cœur.

Eux aussi avaient à parler, mais ils attendraient.

— Comment va ton pied?

Stéphanie releva la tête, abandonnant un instant le dossier sur lequel elle travaillait et dont les feuillets étaient étalés sur son lit. Peter s'approcha en déboutonnant sa chemise, et la jeune femme sentit son pouls battre plus fort tandis qu'elle assistait à ce rituel désormais familier. Il enleva sa chemise, puis ses chaussures et ses chaussettes, et enfin son pantalon. En caleçon, il alla jusqu'à la penderie dont il revint en pantalon de jogging. Il n'avait pas de pyjama, et elle le soupçonnait de porter cette tenue par égard pour elle quand il traînait dans la maison avant de se coucher car il dormait en caleçon.

— Ça va. D'ici à lundi matin, je pourrai marcher normalement.

— Comment te sens-tu, sinon? Je n'ai même pas eu le temps de te le demander.

Elle revissa son stylo qu'elle posa sur la table de chevet.

— J'ai un peu plus sommeil que d'habitude, mais je me sens bien.

Elle rassembla ses papiers en une pile ordonnée et les rangea dans le tiroir de sa table de chevet.

— Tant mieux, dit-il en venant s'asseoir dans le lit.

Leurs regards se croisèrent et elle eut l'impression que les yeux noirs de Peter la transperçaient jusqu'au plus profond de son âme. Le moment de passion qu'ils avaient partagé en début de soirée lui revint à la mémoire. Peter devait y penser, lui aussi. Si seulement elle pouvait maîtriser son désir, et ne plus s'abandonner dans des instants pareils !

— Comment ça s'est passé avec Alison ? demanda-t-elle, désireuse de détourner l'attention de Peter sur un autre sujet.

— Comme toujours depuis quelque temps, répondit-il. Elle se montre tour à tour raisonnable et capricieuse. De quoi me rendre fou !

— Si cela peut te rassurer, sa conduite lui échappe probablement autant qu'à toi. Pour ma part, je ne lui en veux pas. Moi-même, je me sens perdue.

— Il ne faut pas.

La cuisse ferme et musclée de Peter s'appuyait contre celle de Stéphanie. A travers le drap, elle sentit la chaleur de son corps. Oui, elle reconnaissait sans équivoque le désir dans les yeux de Peter, et si elle n'avait pas craint de passer pour une pudibonde, elle aurait volontiers remonté les couvertures jusqu'à son menton.

— Que lui as-tu dit ?

— Pas grand-chose. Ce qui se passe entre toi et moi ne la regarde pas. Nous sommes mariés. Il faudra bien qu'elle se rende à l'évidence.

Un long silence suivit, comme si tous deux réfléchissaient à la portée de ces mots.

— A ce sujet, Peter, je voulais te dire...

Stéphanie enlaça ses genoux pliés.

— Je ne regrette pas qu'Alison soit venue nous interrompre. Je sais que nous nous entendons bien au lit,

Peter, mais cela ne suffit pas à créer un lien stable entre deux personnes. Tu vois, je ne cesse de penser à ce que tu m'as dit à Boston. Tu m'as expliqué que je n'avais rien à attendre de toi, sentimentalement parlant.

Au froncement de sourcils de Peter, Stéphanie comprit qu'il n'aimait pas qu'on lui rappelât cette phrase.

— J'ai parlé sans réfléchir, murmura-t-il. Nous avons beaucoup de choses en commun, Steph : un respect mutuel, de l'amitié, notre métier, les mêmes idéologies.

— Je connais une vingtaine d'hommes avec qui je partage tout cela, et je n'ai aucune envie d'être leur femme.

Peter la dévisagea d'un air douloureux.

— Et avec moi ?

Elle soupira.

— Le problème n'est pas là. Je...

— Bien sûr que si, il est là !

Elle passa une main sur son front.

— J'essaie de t'expliquer la situation, Peter.

— Inutile. Je n'ai pas besoin que tu me fasses un dessin, répliqua-t-il d'un air furieux.

Il entreprit alors d'ôter son pantalon, s'attrapa un pied dedans, jura et perdit l'équilibre. Il se laissa choir sur le lit, rebondit légèrement et, avec un dernier coup de pied, réussit à enlever son pantalon qu'il jeta sur le coffre en osier. Le pantalon tomba à mi-course.

— J'ai horreur de ça, dit-elle. Tu vois bien que le couvercle du panier est fermé. Si je faisais la même chose avec mes vêtements, la chambre serait dans un désordre indescriptible. A moins que tu ne t'attendes à ce que je passe derrière toi pour ranger ?

En deux enjambées, il alla jusqu'au coffre, en souleva le couvercle et y fourra son pantalon.

— Voilà. Tu es contente ?

— Au moins, la chambre est en ordre.

— Bien. Merveilleux. Parfait.

Il se recoucha.

— Tu peux éteindre quand tu veux.

Sans un mot, elle éteignit.

Un silence pesant s'installa entre eux. Ce n'était plus le désir qui consumait Peter, mais la colère. Désemparée, Stéphanie songea qu'après tout, pour neutraliser le désir physique qu'ils éprouvaient l'un et l'autre, il lui suffisait de se transformer en harpie. Les larmes lui piquèrent les yeux.

Voilà qui lui apprendrait à vouloir parler de leurs problèmes !

Le lendemain matin, Stéphanie retrouva son groupe d'adolescentes dans un petit bureau du premier étage de l'hôpital. Toutes les trois semaines, elle vérifiait personnellement la tension et le poids de chacune d'entre elles. Le dispensaire se chargeait des soins prénatals, mais elle tenait à surveiller de près ses élèves. Livrées à elles-mêmes, celles-ci oubliaient parfois leur visite de contrôle.

Ce jour-là, elle était décidée à examiner Keely. Jusqu'à présent, cette dernière avait résisté à toutes les tentatives de Stéphanie qui, de peur que la jeune fille ne revînt pas, avait enfreint les règles en l'autorisant à suivre les cours sans se soumettre à un examen médical.

Stéphanie enleva le tensiomètre et inscrivit le résultat sur une fiche.

— Excellent, Chantal. 12, 8.

Chantal monta sur la balance.

— 66. Steph, je n'ai pris qu'un kilo depuis que je me suis pesée la semaine dernière.

— Super. Continue sur cette voie et quand le bébé sera

né, tu retrouveras ta taille de guêpe en un clin d'œil ! A qui le tour ?

A dessein, elle évita de croiser le regard de Keely.

— A moi, dit Jolène en remontant sa manche. Mais tu vas être fâchée. J'ai dévoré, hier soir.

— Où est Angela ? demanda Keely.

— Elle passe une échographie. Elle va nous rejoindre après.

Stéphanie fixa le tensiomètre autour du bras de Jolène et gonfla le brassard.

— C'est un peu élevé, Jolène. Montre-moi tes chevilles.

La jeune fille s'allongea sur la table d'examen. Comme Stéphanie s'y attendait, Jolène avait les chevilles enflées.

— En effet, tu as dû dévorer, hier soir. N'oublie pas qu'il y a beaucoup de sel dans la nourriture des fast-foods.

Au lieu de sermonner Jolène, elle se tourna vers le reste du groupe.

— Vous vous souvenez du cours sur la rétention d'eau ? Les reins travaillent deux fois plus pendant la grossesse, et un mauvais fonctionnement de cet organe peut avoir de graves conséquences. Il faut donc qu'il se repose. Ne salez pas trop vos plats, et si vous voulez mincir rapidement après l'accouchement, mangez beaucoup de fruits et de légumes.

— Pourquoi Angela passe-t-elle une échographie ? demanda Keely.

— Elle te le dira quand elle reviendra.

Son stéthoscope autour du cou, Stéphanie ramassa ses fiches.

— Quand accepteras-tu de te laisser examiner, Keely ?

— Je ne suis pas enceinte, répliqua cette dernière. C'est pour une amie que je suis ces cours.

Jolène leva les yeux au ciel.

— Tu te raccroches toujours à cette histoire ? On se doute bien que c'est toi qui es enceinte. Regarde-nous, ajouta-t-elle avec un geste de la main qui incluait chacune des adolescentes réunies dans la pièce, personne n'a de secret, ici.

Ulcérée, Keely posa les mains sur ses hanches.

— Je croyais qu'on n'avait pas de comptes à rendre ?

— On ne se ment pas non plus, dit Chantal gentiment.

Keely parut interdite. Puis, sans un mot, elle se dirigea vers la sortie.

— Non ! s'écria Stéphanie en se précipitant derrière elle.

Au même moment, la porte s'ouvrit sur Angela qui entra en courant, haletante, soutenant des deux mains son ventre rond. De toute évidence, elle avait une nouvelle extraordinaire à annoncer.

Jolène referma la porte et se planta devant. Keely allait devoir attendre qu'Angela eût parlé avant de s'en aller.

— Je vais avoir des jumeaux, s'écria Angela

— Tu plaisantes ! dit Chantal.

— Eh bien, plus question d'allaiter, dit Jolène en s'asseyant, accablée par cette perspective.

— Il est tout à fait possible d'allaiter des jumeaux, dit Stéphanie qui n'était absolument pas surprise par le résultat de l'échographie puisqu'il confirmait ses soupçons. Cela demande simplement un peu plus de dévouement.

Les beaux yeux noirs d'Angela s'emplirent de larmes.

— Ramon ne voudra jamais m'épouser, maintenant, murmura-t-elle.

Fidèle à son tempérament de justicier, Jolène se leva.

— Si ça ne lui plaît pas d'avoir des jumeaux, tant pis pour lui. De toute façon, il ne te mérite pas.

Et elle posa un bras sur l'épaule de son amie.

— Tu ne seras pas la première à élever deux enfants sans mari. Après tout, quelle différence ça fait s'ils naissent en même temps ?

Chrissy secoua la tête.

— Ça fait deux fois plus de couches et de biberons, deux lits, deux sièges de voiture, deux...

— Tais-toi, Chrissy ! s'écria Jolène.

— Bref, deux fois plus de travail, conclut cette dernière, sans se soucier, pour une fois, des ordres de Jolène.

— Moi, je trouve que c'est une chance, dit Keely.

— Je n'ai pourtant pas l'impression d'avoir de la chance, balbutia Angela, en larmes.

— Pense que c'est deux fois plus d'amour et deux fois plus de joies, dit Stéphanie.

Pour distraire Angela, elle lui prit la tension et la pesa. Puis une discussion animée sur les vrais et faux jumeaux suivit. C'était là un sujet qu'elle connaissait bien. Elle remarqua alors que Keely semblait particulièrement intéressée par cette conversation. Apparemment elle n'était plus aussi pressée de s'en aller. Stéphanie s'en félicita. Il y avait quelque chose chez cette jeune fille qui la différenciait des autres et l'intriguait...

— Ma mère a une sœur jumelle, dit soudain Keely.

Tous les regards se posèrent sur elle.

— Ta mère ? répéta Stéphanie, médusée.

— Oui, ma mère. Ce n'est pas parce que je n'ai pas de domicile que je n'ai pas de mère.

— Non, bien sûr que non, murmura Stéphanie, regrettant de l'avoir vexée.

Au contact de ce groupe, elle avait appris qu'il ne fallait jamais avoir de réactions trop vives. Pourquoi avait-elle oublié, avec Keely, les règles de prudence qu'elle s'était jusqu'alors imposées ? Etait-ce parce qu'elle avait peur de ne plus la revoir ?

— Excuse-moi, Keely.

Celle-ci haussa les épaules.

— Ce n'est pas que ma mère mérite qu'on parle d'elle.

Stéphanie sentit soudain son cœur battre plus fort.
Avec la tête légèrement penchée sur le côté, Keely lui
rappelait... elle ressemblait... Mais non, c'était impossible !

— Où est ta mère ? demanda-t-elle d'une voix sourde.

— Ça, je l'ignore, répondit Keely, les bras croisés, le
regard perdu au loin. Elle m'a placée dans une famille, il
y a deux ans, et elle a disparu de la circulation. Je ne l'ai
plus jamais revue.

— Et où habitiez-vous ?

— A Memphis.

— Memphis.

Stéphanie se laissa tomber sur son siège, une main sur
sa poitrine tant la douleur qui l'étreignait était vive. Elle
dévisageait fiévreusement Keely. Ces yeux bleus qu'elle
reconnaissait maintenant... Pourquoi n'avait-elle pas
deviné plus tôt ?

— Ta mère... elle s'appelait... Tessa ?

Le regard de Keely se posa sur l'affiche fixée au mur
qui décrivait les phases de développement d'un embryon
pendant les deux premiers mois de la grossesse. Stéphanie s'approcha et dut faire un effort pour ne pas céder à la
tentation de toucher les cheveux en désordre de la jeune
fille, des cheveux fins et soyeux, si semblables à ceux de
Tessa, si semblables aux siens.

— Keely, s'il te plaît, il faut que je sache.

La jeune fille haussa les épaules.

— A quoi bon ? En quoi est-ce important ?

— C'est plus important que tu ne peux le croire,
répondit Stéphanie d'une voix tremblante. C'est Tessa,
n'est-ce pas ?

Keely se retourna.

— Oui, c'est Tessa.

— Mon Dieu, chuchota Stéphanie, tandis qu'une vague de bonheur la submergeait.

Comme elle avait envie de serrer sa nièce dans ses bras ! Brusquement, tout en Keely lui parut familier : la forme de son visage, son sourire espiègle, le timbre de sa voix, les gestes qu'elle faisait en parlant, la longueur de ses jambes... Keely était comme une deuxième Tessa !

Mais quand elle croisa son regard, elle se figea. Les yeux de Keely, si semblables aux siens, avaient vu un monde trop dur. Elle se contenta donc d'offrir un sourire maladroit, timide et attendri. Mais en vérité, elle était transportée de joie.

6.

Pendant votre grossesse, évitez toute surcharge de responsabilités dans d'autres domaines : cela risquerait de nuire à votre résistance nerveuse. Il faut profiter, au contraire, de ce moment pour vous en remettre à votre partenaire.

Demandez l'avis du Dr Meredith.

26 septembre 1995, huitième semaine

Assises sur un banc, Stéphanie et Keely regardaient un gros pétrolier glisser lentement sur les eaux boueuses du Mississippi. Il y avait longtemps que Stéphanie n'était pas allée au *Moonwalk*, une promenade qui longe la digue protectrice contre les crues du fleuve et attire toujours beaucoup de touristes.

Ici, on ressentait l'animation du quartier français. Aux cris des mouettes et au ronronnement de la circulation, se mêlaient des accords de jazz, des éclats de rire, des coups de klaxon : les bruits familiers de La Nouvelle-Orléans toujours audacieuse, drôle, espiègle. Mais c'est à peine si Stéphanie les entendait tellement elle était attentive au récit de Keely.

Pourquoi Tessa avait-elle abandonné sa fille ? Avait-elle donc oublié que leur vie s'était transformée en un véritable cauchemar quand, après le décès de leur mère, elles s'étaient retrouvées orphelines ?

— Comment es-tu venue à La Nouvelle-Orléans ?

La brise du fleuve venait de se lever, et Keely plaqua les mains sur ses longs cheveux qui s'envolaient.

— Comme tout le monde, en stop.

Stéphanie frémit. Ainsi, l'histoire se répétait bel et bien. Mais son ton ne trahit aucune émotion quand elle demanda :

— As-tu eu des problèmes ?

— Pas vraiment. Je crois que j'ai eu de la chance. Enfin, je ne recommencerai pas l'expérience parce que, à la dernière halte, il y a un type qui n'a pas arrêté de me harceler. J'ai quand même réussi à m'en débarrasser, et un couple de retraités s'est arrêté pour me prendre.

Keely ramena les genoux à hauteur de son menton.

— Ils étaient chouettes. Des grands-parents rêvés.

Comme Stéphanie et Tessa, Keely ne pouvait qu'imaginer le bonheur que l'on ressentait à être entourée par une famille.

Avec un soupir maussade, la jeune fille posa le menton sur son genou, et si son regard n'avait pas été aussi grave, on aurait pu croire qu'elle était venue à La Nouvelle-Orléans pour goûter à la douceur du climat.

Mais toutes deux savaient qu'il n'en était rien. Keely était venue à La Nouvelle-Orléans à la recherche de Stéphanie.

— Pourquoi ne m'as-tu pas parlé plus tôt ?

— Je n'aime pas précipiter les choses. Je voulais te connaître un peu mieux. Il fallait que je puisse te faire confiance. J'avais peur que tu te précipites sur le téléphone pour prévenir les services sociaux en prétendant que c'était « pour mon bien ».

— Et aujourd'hui, tu n'as plus peur de moi ?

— Oh, je sais bien que tu vas essayer de me dire ce que je dois faire, où aller, où dormir, comment m'habiller et me nourrir, mais à mon avis, on peut trouver un terrain d'entente.

— Es-tu prête à accepter mes suggestions si je te promets de ne pas contacter les services sociaux ?

— Ça dépend.

— De quoi ?

Une joue posée sur son genou, Keely se tourna vers Stéphanie.

— J'ai besoin de ma liberté, Steph. J'ai été trop long-temps seule pour avoir la patience d'écouter un tas de bureaucrates débiles qui veulent diriger ma vie à ma place. Ils ne savent rien de moi, ni de ce que j'ai enduré.

Stéphanie était abasourdie. Comment une gamine de seize ans pouvait-elle formuler des opinions aussi sensées ? Et, dans un autre ordre d'idées, comment annonce-rait-elle à Peter que sa nièce allait venir habiter chez eux ? Car elle n'envisageait pas d'autre solution. Quand elle avait seize ans, le départ de sa sœur avait laissé en elle un vide affectif qui ne s'était jamais comblé. Il lui semblait donc évident de vivre avec Keely, Peter... et Alison.

Bien sûr, réunir sous le même toit deux adolescentes au caractère têtu et explosif, ce n'était pas forcément une bonne idée. Pauvre Peter ! Lui qui, jusqu'à leur mariage, vivait paisiblement en tête à tête avec sa fille... Sans oublier que d'ici à quelques mois, il y aurait le bébé.

Cette pensée l'apaisa. D'un geste machinal, elle porta une main sur son ventre comme pour protéger la petite vie qui s'y nichait. Et soudain, elle se sentit reliée à Tessa. Sa sœur semblait toute proche. En fermant les yeux, elle pouvait presque entendre sa voix. Cela se pro-duisait parfois. Jadis, elles étaient si unies qu'elles savaient toujours ce que l'autre faisait. Oui, jadis, malgré une vie difficile, le bonheur de l'une faisait le bonheur de l'autre ; la souffrance de l'une était ressentie par l'autre. Or, lorsque Tessa s'était enfuie pour une raison mystérieuse, ce lien avait été rompu.

Où es-tu, Tessa ?

Le sifflet long et morne d'un bateau résonna sur le fleuve. A Memphis, Tessa et elle avaient l'habitude de s'asseoir sur les hautes berges du Mississippi et de rêver qu'un jour, l'un de ces bateaux les emmènerait vers une existence meilleure.

Le regard tourné vers le fleuve qui étincelait au soleil, Stéphanie sentit les larmes lui monter aux yeux. Tessa pensait à elle. Elle le savait. Elle saisit la main de Keely, la serra fort. Tout espoir de revoir sa sœur l'avait presque abandonnée, mais assise à côté d'elle, sur ce banc, au soleil, il y avait sa fille.

Sa main effleura les cheveux blond paille de Keely.

— Tu veux bien me dire ton nom en entier ?

— Keely Ann Hamilton, dit l'adolescente avec un sourire.

Keely Ann. Ce deuxième prénom était aussi celui de Tessa et de Stéphanie. C'était une idée de leur mère, une idée qu'elles n'avaient jamais comprise et dont elles s'étaient toujours moquées, mais qui leur plaisait dans le secret de leur cœur... Keely Ann.

« Je veillerai sur elle, Tessa », promit Stéphanie.

— Viens, dit-elle en se levant, j'aimerais te présenter quelqu'un qui tient une grande place dans ma vie.

Ce soir-là, une ondée brève mais violente s'abattit sur la ville, et lorsque Peter rentra, il était trempé jusqu'aux os. Stéphanie, qui l'attendait, lui tendit en silence un verre d'alcool. Intrigué, il ôta sa veste mouillée avant de le prendre.

— Merci.

Il avala la moitié du verre en une seule gorgée.

— Que se passe-t-il?

— Pouvons-nous aller dans ton bureau?

Avec une galanterie exagérée, il fit un grand geste de la main.

— Après toi.

La jeune femme s'installa sur le canapé de cuir pendant que Peter se servait un deuxième verre. Elle percevait sa fatigue, son impatience, sa suspicion.

— J'ai eu une journée détestable, dit-il, et j'ai l'impression que ce que tu as à me dire ne va pas me remonter le moral.

— Pas vraiment.

— Alison?

— Non.

Du moins pas encore.

— Toi?

Elle le dévisagea un instant sans comprendre.

— Moi? Non, je vais bien, et ça n'a rien à voir avec le bébé.

Depuis son retour de chez Camille où elle avait laissé Keely, une heure auparavant, elle avait répété plusieurs fois son petit discours: en voiture, dans sa chambre et dans la cuisine en préparant le dîner. Mais à présent, cela lui paraissait beaucoup plus difficile.

— Ça me concerne, toutefois.

— Je t'en prie, Stéphanie, ce suspens me démolit les nerfs.

— Excuse-moi, murmura-t-elle, les yeux baissés sur ses mains.

Elle releva la tête.

— Ma nièce est ici.

— J'ignorais que tu avais une nièce.

Stéphanie se mit à aller et venir dans la pièce.

— Moi aussi, je l'ignorais jusqu'à aujourd'hui.

Il la dévisagea, incrédule.

— Tu plaisantes.

— Malheureusement, non.

Elle passa nerveusement la main dans ses cheveux.

— Elle faisait partie de mon groupe d'adolescentes en détresse. Tu te rends compte ? Depuis plusieurs semaines, elle venait et ne disait rien. Je t'ai déjà parlé de Keely, la jeune fille qui m'intriguait. Elle prétendait ne pas être enceinte. Aujourd'hui, j'ai insisté pour l'examiner, car sans m'attendre à une nouvelle pareille, je devinais qu'elle me cachait quelque chose. Quel choc quand elle m'a dit...

Elle jeta un coup d'œil à Peter. Elle craignait sa réaction, en particulier après leur dispute de la veille au soir. Il risquait fort de décider qu'il n'avait plus rien à faire avec elle, bébé ou pas. Néanmoins, elle devait le mettre au courant.

— L'ennui avec notre mariage, Peter, c'est que nous ignorons tout l'un de l'autre.

Et comme ces mots arrachaient à Peter une exclamation d'impatience, elle ajouta à la hâte :

— Je fais allusion à tous les détails, importants ou non, qui constituent notre personnalité.

Elle s'arrêta devant le portrait du grand-père de Peter suspendu au-dessus de la cheminée. Et dire qu'elle ne connaissait même pas le nom de ses grands-pères à elle !

— Je ne sais pratiquement rien de ta famille, et tu ignores tout de la mienne.

— Peu importe. Je sais qui tu es aujourd'hui. N'est-ce pas l'essentiel ?

La jeune femme eut un sourire amer.

— Dans un monde parfait, peut-être.

Elle fit quelques pas pour s'éloigner de lui, espérant ainsi vaincre sa peur et aller au bout de ses confidences.

— Je ne t'ai jamais dit que j'ai une sœur jumelle.

Le chagrin d'avoir perdu toute trace de Tessa lui noua la gorge et lui imposa temporairement le silence. Peter se leva, mais d'un geste de la main, elle le pria de rester à sa place.

— Tessa est partie, il y a dix-sept ans, reprit-elle. Nous avions quitté Memphis en faisant du stop. Quelques jours après notre arrivée à La Nouvelle-Orléans, nous avons rencontré Camille. J'ai toujours eu l'impression que la chance nous souriait enfin quand Camille nous a recueillies.

Un sourire tremblant se dessina sur les lèvres de Stéphanie.

— Jusqu'alors, nous n'aimions guère étudier, mais Camille nous a convaincues que c'était important. Elle nous menait la vie dure, parfois, mais compte tenu des circonstances dans lesquelles nous avions grandi, nous avions besoin de discipline. Elle était généreuse et affectueuse. Je ne vivais que pour elle.

Le sourire de Stéphanie disparut brusquement.

— Mais notre nouvelle vie ne convenait pas à Tessa. Elle détestait l'école, les autres filles, le règlement, l'absence de liberté. Elle était toujours en conflit avec les professeurs. Un jour, elle est partie, et je ne l'ai plus revue.

A l'étage, Alison écoutait de la musique si fort que les vibrations firent trembler les verres posés sur la table basse.

— Plus jamais?

Elle secoua la tête.

— Camille a essayé de retrouver sa trace, mais l'enquête de la police n'a pas abouti. Elle a tout simplement disparu.

— Comment peux-tu être sûre que Keely est ta nièce?

— Je le sais.

Un silence s'installa entre eux. Soudain, Peter se leva, visiblement excédé, et ouvrit la porte du hall.

— Alison! C'est trop fort. Ou tu baisses, ou tu éteins!

— Mais, papa, c'est mon nouveau CD et...

— Ou tu baisses ou tu éteins, répéta-t-il. A toi de choisir.

Quand il prit place sur le canapé, il tapota le siège à côté de lui pour inviter Stéphanie à l'y rejoindre. Elle s'assit tout au bord.

— Où est Keely, en ce moment?

— Chez Camille. J'ai pensé que ce serait mieux pour elle, du moins pour ce soir.

— Où est sa mère?

— Personne ne le sait, chuchota-t-elle d'une voix mal assurée.

Peter posa sur la jeune femme un regard ému.

— Que veux-tu faire?

Incapable de parler, elle esquissa un geste désemparé de la main. Peter l'enlaça et, pendant quelques instants, elle s'accorda le réconfort qu'il lui offrait. Puis elle s'écarta de lui. Cette conversation était difficile, et elle ne pourrait pas parler si elle restait dans ses bras.

— Tu aimerais qu'elle vienne vivre ici, avec nous, n'est-ce pas?

— J'aimerais...

— Quel âge a Camille? Presque soixante-dix ans? Je suis bien placé pour savoir qu'élever une adolescente, ce n'est pas une sinécure. Camille n'est plus assez jeune, même si ta nièce est douce comme un agneau. Nous irons

92

la chercher demain matin, et elle prendra la chambre qui se trouve à côté de celle d'Alison.

Et voilà, tout était dit. « Chez moi, c'est chez toi », avait répété Peter à plusieurs reprises lorsqu'elle avait fini par accepter d'emménager chez lui. Et en effet, il ouvrait la porte de sa maison à une nièce dont elle avait ignoré jusqu'à présent l'existence.

Un vif soulagement envahit Stéphanie auquel se mêla un réel espoir de bonheur. Peter était décidément merveilleux, et cet homme-là était son mari...

— Que se passe-t-il ?

Elle secoua la tête.

— C'est... c'est tellement inattendu. J'étais anéantie quand j'ai appris... J'étais loin de m'attendre...

Les larmes aux yeux, elle renifla.

— C'est ridicule, murmura-t-elle en sortant de sa poche un mouchoir en papier. Pleurer comme ça...

Elle sécha ses larmes et se moucha.

— C'est la grossesse, dit-elle avec un petit rire nerveux. Il n'y a pas d'autre explication. Un rien me fait pleurer, en ce moment. Je n'ai pas été comme ça depuis...

Elle se tut. Peter avait eu son compte, aujourd'hui. Elle n'avait nullement l'intention de lui révéler d'autres secrets.

Peter gara sa voiture et observa la maison que Camille habitait seule depuis le mariage de Stéphanie. Il était 10 heures du soir, mais par la porte vitrée se devinait de la lumière. Cette porte d'entrée n'était pas très solide, et il se demanda si la maison possédait un système d'alarme. Il ne manquerait pas de poser la question à Stéphanie. Les personnes âgées étaient particulièrement vulnérables quand elles vivaient seules.

Le timbre de la sonnette retentit, vieillot, illustrant le souci d'authenticité dont Stéphanie avait fait preuve en restaurant sa petite villa. Il se demanda soudain si cette maison lui manquait.

A travers les carreaux sertis de plomb, il aperçut une silhouette qui se rapprochait, celle d'une jeune fille, mince comme une allumette, avec de longs cheveux blonds, en jean et T-shirt. La nièce que Stéphanie venait de retrouver. Il aurait voulu s'assurer que l'identité de la jeune fille ne faisait aucun doute, mais au premier regard, il en eut la confirmation.

Elle le scruta à travers le panneau vitré de la porte avant d'ouvrir.

— Salut, je suis Peter Robin.

— Je sais. Je suis Keely.

Il sourit.

— Je l'aurais parié. Tu ressembles à Stéphanie. Camille est là?

Keely recula pour le laisser entrer.

— Elle est au téléphone, mais elle ne devrait pas tarder.

— Je sais qu'il est tard et que je ne l'ai pas prévenue, mais...

— Où est Steph?

— Elle se repose.

Il avait laissé la jeune femme, assoupie sur le canapé du bureau, de toute évidence épuisée par le choc émotionnel qu'avait provoqué la découverte de sa nièce.

Keely baissa les yeux.

— Ça a été rude pour elle.

Il hocha la tête.

— Oui.

Le regard bleu de la jeune fille se posa sur Peter.

— Vous voulez boire quelque chose? Un thé glacé?

94

— Non, merci.

Ils s'observèrent en silence. Peter songea que si Stéphanie attendait une fille, elle ressemblerait peut-être à Keely. Avec des yeux différents car ceux de Stéphanie hésitaient entre le gris et le vert. A part cela, Keely avait les mêmes pommettes saillantes, le même nez droit, la même mâchoire volontaire. Comme sa tante, elle serait une très belle jeune femme.

— Que se passe-t-il, docteur T. ?

Il rit. On ne l'avait encore jamais appelé ainsi.

— Est-ce ainsi que ma femme m'appelle ?

— Non, ce sont les filles du groupe.

Il ignorait que les futures jeunes mamans qui assistaient aux cours de Stéphanie étaient amenées à parler de lui. Etaient-elles également au courant de la grossesse de Stéphanie ? Cette dernière leur avait-elle annoncé la nouvelle sans lui demander son avis ?

— Vous préférez peut-être qu'on vous appelle docteur Robin.

Peter s'aperçut qu'il fronçait les sourcils.

— Comment ? Non, docteur T. me convient parfaitement.

Il fit un geste en direction du salon éclairé par la lumière tamisée d'une lampe.

— Pouvons-nous nous installer un instant dans cette pièce ? En fait, c'est pour te voir que je suis venu.

— Pour me voir ou pour me parler ?

Il croisa le regard de son interlocutrice qui ne cilla pas. Peu d'adolescentes de seize ans avaient autant d'aplomb.

— Pour te parler, Keely, répondit-il, amusé. Es-tu sur la défensive avec tout le monde ou est-ce uniquement avec moi ?

Elle s'assit sur le canapé en ramenant les jambes sous elle.

— Je tiens simplement à ce qu'on soit honnête avec

moi. Si tout le monde l'était, la vie serait plus simple, vous ne croyez pas ?

— Plus simple, oui, mais pas forcément plus facile.

Keely réfléchit un instant.

— J'ai rencontré beaucoup de gens qui étaient incapables d'être sincères. Ça m'a rendue méfiante. Bref, tout ça pour dire que je suis consciente d'avoir provoqué une drôle de commotion dans la vie de Steph, aujourd'hui, en lui apprenant qui j'étais. Elle m'a proposé de venir habiter chez elle, mais c'était avant de vous parler de moi. Et puis, vous venez à peine de vous marier. Vous savez, on m'a souvent fait le coup de me proposer quelque chose et puis de revenir sur sa parole. Ce n'est pas toujours facile d'être honnête. Je comprends qu'on puisse se tromper.

— Stéphanie était sincère, Keely.

— Bon, dans ce cas... Enfin, vous le savez, je ne suis pas une fleur de serre, comme votre fille. D'un autre côté, je ne vais pas me transformer en adolescente suicidaire si Steph doit revenir sur sa parole.

— Pourquoi dis-tu qu'Alison est une fleur de serre ?

Keely dévisagea Peter d'un air étonné.

— Mais parce que c'est la vérité. Toute sa vie, elle a été choyée, surprotégée. Mais attention, je ne critique pas. Au contraire, c'est une chance, à mon avis.

— Elle venait à peine d'avoir dix ans quand sa mère est morte.

— Elle en a eu une, c'est déjà pas mal ! Enfin, je ne me vexe pas que vous soyez venu vérifier ce que Steph vous a raconté à mon sujet. Elle vous a bien parlé de moi ? demanda-t-elle, l'idée d'une méprise lui traversant brusquement l'esprit.

Peter acquiesça d'un signe de tête, de plus en plus séduit par la personnalité de la jeune fille.

— O.K. Alors, pourquoi êtes-vous venu, docteur T. ?

Peter garda le silence, incapable de répondre à cette question. Avait-il agi par curiosité, par prudence, par sentiment du devoir? Il était parti de chez lui avec l'intention de s'assurer que Stéphanie n'était pas victime d'une mystification fabriquée de toutes pièces par quelque adolescente rusée et débrouillarde. S'il n'était pas parvenu à croire le récit de Keely, il se serait arrangé pour que Stéphanie en souffrît le moins possible. De plus en plus, il éprouvait un sentiment de protection vis-à-vis de sa femme, mais ce n'était pas là un sentiment qu'il souhaitait analyser. Pas ce soir, du moins.

— Ce n'est pas pour me dire que Stéphanie a changé d'avis et qu'elle ne veut plus que je vienne habiter chez vous?

— Non, Keely, Stéphanie n'a pas changé d'avis à ton sujet.

Et Peter comprit que sous ses airs bravaches, l'adolescente s'inquiétait à l'idée de perdre une tante qu'elle venait tout juste de trouver.

— Stéphanie ne sait pas que je suis ici. J'ai cédé à une impulsion. De la curiosité, sans doute. Excuse-moi.

— C'est parfaitement compréhensible.

— Sache donc que nous t'invitons, Stéphanie et moi, à venir vivre avec nous, à la maison.

De nouveau, elle lui adressa un long regard solennel.

— Et Alison?

— Ah! fit-il, ne sachant que répondre. Nous parlons à cœur ouvert, n'est-ce pas, Keely?

Et comme celle-ci hochait la tête, il enchaîna:

— Alison fera peut-être la grimace pendant quelques semaines, mais elle a un bon fond. Elle s'en remettra.

Face au silence sceptique de l'adolescente, Peter n'osa afficher plus d'optimisme car il n'ignorait pas que toute dynamique familiale obéissait à des facteurs d'une grande complexité, et que l'arrivée de Keely ne faciliterait en rien les problèmes que son mariage avec Stéphanie avaient déjà soulevés au sein de son foyer.

— Il va falloir t'inscrire dans un établissement scolaire. J'en ai discuté avec Steph, et nous avons pensé te mettre à l'institut du Sacré-Cœur où va Alison. Elle te fera connaître les lieux. Tu sais, elle ne voudra jamais l'avouer, mais tu es plus âgée qu'elle et ses aînés l'intimident toujours. Elle te respectera.

— Je n'en doute pas.

— Alors, à demain, 6 heures. Dis bonjour à Camille de ma part, ajouta-t-il en gagnant la porte. Bonne nuit.

— Bonne nuit.

Conscient que Keely le suivait du regard, il monta dans sa voiture et démarra en se demandant à quoi elle pouvait bien penser.

— Pas question qu'elle aille au Sacré-Cœur !

— Voyons, Alison, l'établissement est grand. Il y a de la place pour Keely et pour toi.

Pour la troisième fois en quelques minutes, Alison bondit du canapé et se mit à aller et venir fébrilement dans la pièce.

— Mais que vont dire mes amies ? Je vais être la risée de tout le collège. Ça va être affreux. Pourquoi faut-il qu'elle aille dans la même école que moi ? s'écria-t-elle en se plantant devant Peter.

— Quelle question ! Je ne vois pas pourquoi elle n'y irait pas.

Avec une exclamation de dégoût, Alison se laissa choir sur le canapé, croisa les bras et regarda droit devant elle. Ses yeux lançaient des éclairs, et Peter ne put s'empêcher de penser qu'elle ressemblait beaucoup à sa mère quand elle était en colère. Un soupir las lui échappa. Depuis l'arrivée de Keely, une semaine auparavant, il n'y avait pas eu un seul moment de calme ou de détente entre les différents membres de la famille.

— Alison, nous en avons parlé des dizaines de fois, reprit-il patiemment. Keely habite avec nous et il est normal qu'elle bénéficie des mêmes avantages que toi. Tu ne vois donc pas à quel point ta réaction est égoïste?

— Je m'en fiche. Je la déteste!

— Alison!

Furieux, il fit un pas vers sa fille, mais Stéphanie l'arrêta.

— Peter, nous devrions en reparler plus tard, en tête à tête.

— Personne ne me demande mon avis?

Tous les regards se tournèrent vers Keely qui, depuis le début de la discussion, avait gardé le silence.

— Docteur T., en toute franchise, je ne tiens pas à aller au même collège que votre fille. Vous comprenez, nous venons de deux planètes différentes. Si vous ne vous en êtes pas encore aperçu, Alison et moi, nous le savons. C'est ce qu'elle essaie de vous dire depuis tout à l'heure.

Keely s'adressait également à Stéphanie.

— Tout le monde saura que vous ignoriez mon existence jusqu'à la semaine dernière, et ce sera effectivement gênant pour Alison. C'est le genre de situation qu'on préfère éviter. Je la comprends.

— Tu vois? dit Alison en adressant à son père un regard chargé de reproches. Même elle, elle reconnaît que c'est une idée débile!

— As-tu une suggestion, Keely? demanda Stéphanie.

— Elle ne vous plaira probablement pas.

— Nous t'écoutons, dit Peter.

— Pourquoi ne pas m'inscrire au lycée où vont mes amies?

— Celles qui sont enceintes ? s'écria Alison, la mine dégoûtée.

Keely la foudroya du regard.

— Elles ne sont pas toutes enceintes !

— Bon, ça suffit, dit Peter en se passant une main sur la nuque.

Il se sentait presque aussi tendu que lorsqu'il tenait la vie d'un patient entre ses mains. Son regard croisa celui de Stéphanie.

— L'ambiance y est dangereuse, dit-elle.

— Ce sera intéressant, affirma Keely.

— De nombreuses ethnies s'y côtoient.

— J'ai toujours rêvé de connaître un Russe.

Stéphanie se mit à rire.

— Il n'y en a peut-être pas.

— Elle est folle, intervint Alison d'un air écœuré.

— Et toi, tu es une petite pimbêche, répliqua Keely.

Stéphanie leva la main.

— O.K., on fait la trêve.

Elle se tourna vers Peter.

— Pour ma part, je veux bien tenter cette expérience.

A côté d'elle, Keely s'agita.

— Tu as promis !

— Je sais, et je tiens compte de ton esprit d'indépendance, répondit Stéphanie. Peter, pourquoi ne pas faire un essai ? De toute façon, le programme est le même partout.

Peter songea que rien n'était plus différent que ces deux établissements. Dans celui que fréquentaient les amies de Keely, il y avait eu des actes de violence et, facteur plus inquiétant encore, il se situait sur Esplanade Avenue où la mère d'Alison avait été tuée. En revanche, le quartier le plus paisible de La Nouvelle-Orléans, le Garden District, abritait le collège du Sacré-Cœur. Pourquoi ferait-il une différence entre Keely et Alison ?

— S'il vous plaît, docteur T., supplia Keely. Je ne me sentirais pas à l'aise au Sacré-Cœur.

Il regarda ses trois interlocutrices qui, du moins, semblaient s'entendre à merveille pour régenter sa vie et, à contrecœur, il se rangea à leur avis.

Keely s'assit sur le lit et parcourut des yeux la pièce qui était désormais sa chambre. Tous les soirs, depuis que Stéphanie en avait ouvert la porte en lui disant de s'installer, elle passait un long moment à la regarder. C'était trop beau pour être vrai.

Elle ne parvenait pas à croire qu'elle avait retrouvé sa tante et que, désormais, son foyer était une villa somptueuse. Même dans ses rêves les plus fous, elle n'avait jamais rien imaginé d'aussi grandiose.

Un mélange de mobilier ancien et moderne décorait la chambre. Son meuble préféré était une grande armoire qui contenait un poste de télévision couleur et un lecteur de CD. Il y avait une cheminée devant laquelle se trouvait un drôle de petit guéridon pourvu d'un volet rond, un pare-feu, avait expliqué Stéphanie, destiné autrefois à protéger de la chaleur des flammes.

Pendant plus de deux ans, Keely avait cherché la trace de Stéphanie Sheldon. Elle ne pouvait rien reprocher à ses parents adoptifs, si ce n'est qu'elle ne se sentait pas à sa place chez eux. Elle avait cru alors que c'était sa mère qui lui manquait. Mais sa mère n'était pas venue à leur dernier rendez-vous. Keely avait donc fait une croix sur Tessa Sheldon.

Elle battit des paupières afin de chasser ses larmes, et posa une joue sur ses genoux. Il ne lui restait plus qu'à se construire un foyer chez sa tante. En dépit de toutes les difficultés, elle l'avait retrouvée. C'était un présage. Il y avait des gens qui ne croyaient pas aux signes du destin, mais Keely, elle, y croyait dur comme fer, et si elle était venue à La Nouvelle-Orléans, c'est qu'elle devait s'y trouver.

Les sourcils froncés, elle suivit des yeux le vol d'un petit papillon de nuit au-dessus de l'abat-jour de la lampe de chevet.

En ce qui concernait sa nouvelle situation, plusieurs points, toutefois, la préoccupaient. Tout d'abord, il y avait le mariage précipité de Steph avec Peter. Non pas que les mariés ne fussent pas faits l'un pour l'autre, bien au contraire, mais Jolène et les autres racontaient qu'ils ne se fréquentaient pas jusqu'au jour où ils s'étaient mariés. Et puis, il régnait une drôle de tension entre eux. Rien de bien terrible, mais tout de même, ce n'était pas le genre de rapport auquel on s'attendait quand un type sexy comme Peter et une jeune femme belle et élégante comme Stéphanie se mariaient.

Elle savait comment les gens se conduisaient quand ils étaient amoureux l'un de l'autre, et ces deux-là ne dégageaient pas ce genre de vibrations. Il lui faudrait donc se livrer à une analyse plus approfondie de la situation pour comprendre ce qui se passait exactement. En attendant, elle avait plutôt de la chance pour une adolescente en cavale !

Restait, bien sûr, un hic en la personne d'Alison, la petite chérie de cette villa de rêve, qui était loin de se réjouir à l'idée de devoir ouvrir sa porte à une étrangère.

Keely toucha d'un doigt la frange de l'abat-jour qui s'agita. Un soupir lui échappa. Rien n'était facile dans la vie. Alison était une odieuse enfant gâtée qui, de surcroît, ne portait guère sa belle-mère dans son cœur. Keely pinça les lèvres. Décidément Alison était bien sotte ! Si la vie lui avait donné une mère comme Tessa, elle reconnaîtrait sans hésitation les qualités de Stéphanie Sheldon.

Comment deux sœurs jumelles pouvaient-elles être aussi différentes ? Stéphanie et Tessa, toutes deux nées le même jour, à la même heure, avaient reçu la même éducation. L'une avait fait les bons choix, l'autre les mauvais.

Mais Keely ne voulait plus penser à sa vraie mère. Elle éteignit et ferma les yeux. D'ailleurs, elle n'avait plus de vraie mère.

7.

L'angoisse de perdre son bébé est universelle. De nombreuses femmes mènent une vie fatigante et stressante. Il faut ralentir votre rythme de vie, réduire vos heures de travail. Il ne faut pas de surmenage. Si vos finances vous le permettent, pourquoi ne pas interrompre temporairement toute activité professionnelle ? Discutez-en avec votre partenaire.

Demandez l'avis du Dr Meredith.

16 octobre 1995, onzième semaine

Peter quitta l'hôpital à 8 heures du soir, épuisé. Au cours d'une mastectomie qui avait eu lieu à 7 heures du matin, sa patiente avait fait un arrêt cardiaque. Il avait réussi à la sauver, mais il était sorti du bloc épuisé. Il avait enchaîné avec ses consultations jusqu'à 4 heures de l'après-midi, puis il avait assisté à une réunion interminable du conseil d'administration où on lui avait, une fois de plus, reproché d'apporter son soutien aux activités non lucratives de l'hôpital. Naturellement, c'était à Benedict Galloway qu'il devait le privilège d'occuper la place de l'accusé !

Il hésita à rentrer directement chez lui où, à l'exception

de la femme de ménage, il n'y avait encore personne. Le vendredi, Alison dormait chez une amie. Quant à Keely, elle avait accompagné Stéphanie au dispensaire. Il prit la direction d'Esplanade Avenue.

Il avait tenté de convaincre Stéphanie de ne plus faire de nuit au dispensaire, en particulier pendant le week-end où la violence redoublait dans la ville et où les urgences affluaient. En vérité, il n'aimait guère la savoir là-bas. Traumatisé par la mort de Diana, il redoutait qu'un accident semblable se reproduisît. Mais depuis leur mariage, il avait appris à respecter l'indépendance de la jeune femme.

Il longeait Canal et Rampart Avenue quand la sirène des pompiers attira son attention. Il baissa sa vitre et celle du passager pour tenter de localiser l'incendie. La Nouvelle-Orléans était particulièrement vulnérable au feu. De jour comme de nuit, touristes et voitures se pressaient dans le labyrinthe des étroites ruelles du *Vieux Carré*. Rien que pour atteindre ce quartier, il fallait se munir de patience.

Il effectua un demi-tour sur la ligne continue et freina à hauteur d'une voiture de police.

— C'est grave ? demanda-t-il au conducteur.

— Une alarme degré trois.

La radio émit un bruit confus de voix, et le policier leva une main pour écouter.

— Je dois me rendre sur place. Je ne vous dresse pas de procès verbal pour votre demi-tour, mais la prochaine fois...

— Je suis médecin, expliqua Peter. Je peux être utile.

— Dans ce cas, suivez-moi. C'est l'hôtel Bourgogne qui a brûlé, au croisement d'Esplanade Avenue et de Royal Avenue.

Peter connaissait bien cet ancien manoir à l'architecture vaguement victorienne qui reflétait le passé de La Nouvelle-Orléans et dont les publicités vantaient le « charme pittoresque ». En réalité, c'était un bâtiment délabré qui constituait la cible idéale des incendies et qui se situait à quelques centaines de mètres du dispensaire de soins gratuits. Peter fonça derrière la voiture de police. Stéphanie aurait besoin d'un coup de main.

Dans la salle d'attente, régnait une pagaille indescriptible. Infirmiers et ambulanciers administraient de l'oxygène, apaisaient les crises de nerfs et vérifiaient l'état des blessés. La plupart des victimes de l'incendie souffraient de troubles respiratoires dus aux vapeurs toxiques inhalées, ainsi que du traumatisme inhérent à tout accident. Un homme serrait un mouchoir ensanglanté sur son avant-bras. Sa chemise en lambeaux révélait un torse en sang, tailladé de coups de couteau. Dans un coin, deux policiers interrogeaient un couple. La femme sanglotait bruyamment et faisait des gestes véhéments en direction des salles de soins. Peter soupira. Décidément, rien ne changeait. Apercevant Keely qui tenait dans ses bras un petit garçon en larmes, il la rejoignit.

— Salut, docteur T. Si vous cherchez Steph, elle est occupée. Un enfant blessé par une balle de revolver. Ça avait l'air grave.

Il embrassa du regard la salle d'attente bondée.

— A-t-elle demandé du renfort ?

— Bien sûr, mais avec les embouteillages, le médecin de garde risque de mettre du temps pour arriver.

Soudain, le petit garçon se mit à hurler. Il venait de voir sa mère. Keely le posa par terre et il la rejoignit en courant.

— Où est-elle ?

— Dans le premier box, je crois.

Peter sortit son portefeuille de sa poche.

106

— Prends un taxi pour rentrer à la maison. Je ne sais pas pour combien de temps nous en avons ici, Stéphanie et moi.

— Oh, docteur T., j'aimerais tant rester ! Je suis utile ici.

— Je te donne la permission de 11 heures.

— Merci. Et si je ramenais la voiture de Steph ? C'est idiot que vous rentriez chacun de votre côté. J'ai mon permis depuis une semaine, et Steph m'a laissée conduire de la maison au dispensaire. Vous n'avez qu'à le lui demander.

— Bon, entendu, mais verrouille les portières et rentre directement à la maison.

— Bien sûr, répondit-elle, radieuse.

— Et appelle aux admissions dès que tu es arrivée. Compris ? ajouta-t-il d'un ton qui se voulait sévère.

— Vous pouvez compter sur moi.

— Parfait, dit-il, ravi de s'en sortir à si bon compte car dans une situation similaire, jamais Alison n'aurait obéi aussi facilement.

Tout en se dirigeant vers les salles de soins, il se demanda si cette différence de comportement s'expliquait par les trois ans qui séparaient les deux adolescentes, ou s'il s'agissait d'une question d'éducation, sa fille ayant été tout simplement trop gâtée.

Il trouva Stéphanie derrière le premier rideau qu'il écarta. Penchée sur un petit garçon, elle essayait, aidée d'une infirmière, d'arrêter l'hémorragie d'une blessure au cœur. Un sac de sang pendait à un pied à sérum, Peter comprit tout de suite que la situation était critique.

— Stéphanie, as-tu besoin d'aide ? demanda-t-il à mi-voix.

— Non, répondit-elle, lui accordant à peine un regard tandis qu'avec des gestes rapides et sûrs, elle examinait, tamponnait, nettoyait. Mais vérifie l'état du patient d'à côté, s'il te plaît.

— J'ai vu Keely, dit-il. Je lui ai donné la permission de ramener ta voiture à la maison. Elle a promis de faire attention et d'être rentrée pour 11 heures.

Stéphanie releva la tête, surprise.

— Il est si tard que ça ?

Peter connaissait ce sentiment. Le temps s'était écoulé à son insu, pendant qu'elle s'efforçait de sauver la vie de l'enfant.

— Ah ! docteur Robin, il me semblait bien reconnaître votre voix.

Peter se tourna vers l'infirmière qui venait de le rejoindre.

— Ellen, avez-vous besoin d'aide ? lui demanda-t-il.

— Toujours ! répondit cette dernière avec ferveur.

Indiquant d'un mouvement de la tête le box voisin dont elle venait de refermer le rideau, elle expliqua tout bas :

— Le type d'à côté était dans l'incendie du Bourgogne, mais il ne souffre pas de brûlures. C'est un problème de drogue. Quelqu'un l'a laissé dans la salle d'attente sans rien nous dire. On ne sait pas depuis combien de temps il attendait quand on s'est aperçu qu'il était au plus mal.

Peter se précipita au chevet du malade. Sur la table d'examen était allongé un jeune homme qui avait entre vingt-cinq et trente ans et présentait des symptômes inquiétants : teint blafard, sudation importante, agitation, propos incohérents. Mike Whitcomb, un infirmier, lui prenait la tension tout en lui parlant dans l'espoir d'obtenir une réponse distincte au lieu de simples gémissements.

— Qu'a-t-il pris ? demanda Peter en passant des gants.

— Aucune idée, mais c'est sérieux. Sa tension monte en flèche.

Le dispensaire traitait couramment des cas d'overdose,

mais en général, l'équipe soignante savait quelle était la drogue à combattre. Peter s'approcha du malade pour examiner ses pupilles. Soudain, l'homme se raidit, puis fut saisi de convulsions. Pendant les minutes qui suivirent, Peter, Mike et Ellen s'activèrent. Ignorer le nom du produit qui empoisonnait le malade était un inconvénient majeur, mais pire encore était le manque d'équipement. Dans un service de soins intensifs, des appareils surveillaient le cœur, la respiration, la tension. Au dispensaire, Peter ne disposait que de son instinct pour établir son diagnostic et choisir le médicament adéquat.

Les convulsions cessèrent et Peter se détendit un peu. Ellen et Mike respirèrent, eux aussi, plus librement.

— Il s'en est fallu de peu, dit Mike tandis que Peter plaçait son stéthoscope sur la poitrine de l'homme. Je ne sais pas ce qu'il a avalé, mais il a bien failli nous glisser entre les doigts.

— Le cœur ne bat plus, s'écria soudain Peter. Vite, ajouta-t-il en se débarrassant du stéthoscope, un chariot de réa !

Stéphanie entendit ces mots. Le cœur serré, elle suivit en partie le drame qui se déroulait dans le box voisin. Heureusement que Peter était venu en renfort ! Jusqu'à son arrivée, elle était le seul médecin au dispensaire, et elle était déjà au chevet de l'enfant quand on avait découvert le jeune homme inconscient dans la salle d'attente. Il lui avait suffi d'un regard pour savoir que son état était critique, mais celui de l'enfant l'était également. Et pour comble de malchance, le médecin de garde qu'elle avait appelé à la rescousse était pris dans les embouteillages provoqués par l'incendie.

— Reculez !

L'ordre venait de Peter. L'espace d'une seconde, les mains de Stéphanie s'immobilisèrent sur le petit garçon dans l'attente du choc électrique. Il y eut un bruit d'explosion.

— Encore !

Une autre décharge suivit.

Allez, allez...

Elle se surprit à encourager le malade à lutter. Sous ses mains, l'enfant se mit à gémir et à s'agiter. Heureusement que les enfants avaient du ressort ! Elle écouta son cœur, son pouls, l'observa d'un œil exercé à ce genre de situation. Un profond soupir de soulagement lui échappa. L'enfant ne courait plus aucun danger, et on pouvait le transporter sans risque à l'hôpital.

— On a fait du bon travail, Gloria, dit-elle en souriant à l'infirmière qui l'avait assistée.

N'étaient-ce pas ces petites victoires qui permettaient au dispensaire de survivre ? Elle retira son masque et s'apprêtait à quitter le box quand elle entendit Peter donner l'ordre pour un troisième choc électrique de défibrillation. Elle s'immobilisa. Un silence pesant suivit l'explosion. Elle imagina Peter penché sur son patient...

— Le cœur repart ! On a réussi.

— Super, docteur Robin !

— Vite, appelez une ambulance. Il va en soins intensifs.

— C'est déjà fait.

Otant ses gants, Stéphanie gagna le bureau de la réception. Le médecin de garde allait bientôt arriver, ainsi que le Dr Morgan de l'équipe de nuit. Le dispensaire étant mal équipé pour soigner les brûlures, les blessés les plus graves avaient été transportés dans des services hospitaliers adéquats. Toutefois, la salle d'attente ne désemplissait pas. Plusieurs victimes de l'incendie regardèrent Stéphanie avec des yeux pleins d'espoir. Elle se rendit brusquement compte qu'elle n'avait pas mangé depuis le

110

déjeuner et qu'elle avait très mal au dos. C'était maintenant qu'elle ressentait la fatigue de ses heures de travail. Derrière elle, retentit la voix de Peter, et elle fut tentée de lui dire qu'elle rentrait à la maison. Mais ce n'était pas juste. Lui aussi avait eu une dure journée.

Avec un soupir, elle prit la feuille que lui tendait Ellen et appela le patient suivant.

— Quelle nuit !

Stéphanie monta dans la voiture de Peter, ravie de ne pas avoir à conduire. Elle jeta un coup d'œil à sa montre. Sa journée avait commencé à 6 heures, elle avait donc travaillé sans relâche pendant plus de dix-huit heures.

— Vingt-deux patients traités pour inhalation de vapeurs toxiques, pour coupures et autres blessures mineures dues à l'incendie, dit-elle avec un sourire las. Et deux urgences graves. C'est le contraire d'une nuit calme, même pour le dispensaire.

— Oui.

Comme Peter s'engageait sur le rond-point de Lee Circle, elle lui jeta un coup d'œil à la dérobée. Il avait les traits tirés.

— Par quel heureux hasard es-tu venu au dispensaire ?

— Je n'avais rien d'autre à faire.

Ah ! Il était préoccupé. Elle soupira, trop lasse pour se pencher sur ce nouveau sujet de tracas. Elle souffrait toujours du dos, et un simple yaourt avalé sur le coup de minuit n'avait pas suffi à dissiper son mal de tête.

— Sans toi, le jeune homme qui a fait une overdose serait mort. Tu lui as sauvé la vie.

— L'enfant que tu as soigné peut dire la même chose de toi.

— Tous les deux étaient dans un état critique, murmura Stéphanie, la tête tournée vers la vitre.

Comme ils quittaient le quartier des affaires, les bâtiments délabrés et abandonnés furent peu à peu remplacés par des demeures propres et bien entretenues. Ils dépassèrent à toute vitesse les masses sombres des universités de Loyola et de Tulane. Sur leur gauche, le parc Audubon était désert, et ses énormes chênes évoquaient des sentinelles silencieuses.

Peter ralentit enfin pour s'engager entre les deux piliers imposants qui marquaient l'entrée de la résidence. Tout en regardant la succession de riches villas, Stéphanie songea que c'était désormais son quartier. Ils habitaient dans la dernière maison. Le portail de fer forgé s'ouvrit lentement. On se sentait à des années-lumière de la violence qui sévissait dans le centre-ville. Que savaient donc les habitants de ces résidences luxueuses de la misère et du désespoir?

— Si tu avais vu son visage, dit-elle, les yeux fixés sur les splendides colonnes de style colonial de la maison.

— De qui parles-tu?

— De la maman du petit garçon. Elle prétend qu'il a trouvé le revolver sous son matelas et qu'il jouait avec quand le coup est parti. Mais à mon avis, elle ment. Elle avait la lèvre fendue et la joue tuméfiée. Je crois plutôt qu'une violente dispute l'a opposée à son petit ami et que l'un d'entre eux tenait le revolver. Le coup est parti, et c'est l'enfant qui a reçu la balle.

— As-tu essayé d'en savoir davantage?

— C'est la police qui l'a accompagnée au dispensaire avec l'enfant. Ils ont dû l'interroger. Si c'est elle qui a tiré, elle a été punie car son petit garçon a frôlé la mort. Si c'est son ami qui, paraît-il, est le père de l'enfant, elle ne veut pas qu'il aille en prison.

— A ton avis, que faudrait-il faire?

Stéphanie plissa le front.

— Je l'ignore. Il existe des situations beaucoup trop complexes pour qu'on puisse se livrer à des jugements hâtifs. En toute sincérité, je suis ravie de laisser à la police le soin de mener une enquête, et de n'avoir à m'occuper que du problème physique ou du traumatisme émotionnel.

— Bon, Stéphanie, la coupe est pleine, dit soudain Peter en freinant dans le garage où il venait de rentrer la voiture. Je ne veux plus que tu travailles au dispensaire.

Elle le regarda, stupéfaite.

— Comment ?

— Inutile de chercher à me convaincre que tu fais du bon boulot là-bas et que c'est un travail nécessaire. Je le sais. Moi-même, je me donne un mal fou à l'hôpital pour apporter des soins à des gens dont personne ne se soucie. Je travaille un après-midi par semaine au dispensaire, je me rends régulièrement au conseil municipal de Baton Rouge pour essayer de renforcer la politique sociale du comté et, à la moindre occasion, je dis un mot en faveur de cette unité de soins que nous avons mise sur pied.

Stéphanie posa une main sur son ventre, une habitude qui lui était venue depuis sa grossesse. Quand elle se sentait menacée, son premier mouvement était de protéger le bébé.

— Alors pourquoi veux-tu que je cesse d'y travailler ?

Peter passa une main nerveuse dans ses cheveux.

— C'est beaucoup trop dangereux. La plupart des patients sont des déséquilibrés. L'accident dont le petit garçon de ce soir a été victime guette tout le monde, là-bas. Au dispensaire, à tout moment, ta vie est en danger.

— Mais tu ne raisonnais pas ainsi avant qu'on se marie.

— Précisément, j'ai le droit de me soucier du bien-être de ma femme ?

— De t'en soucier, d'accord, mais pas de m'imposer ton point de vue.

— Il ne s'agit pas uniquement de cela, Stéphanie ! Je te rappelle que tu es enceinte. Aujourd'hui, tu as travaillé dix-huit heures. C'est beaucoup trop, en particulier pour une future maman.

— Mais c'est exceptionnel. Il n'y a pas un incendie de cette gravité tous les vendredis soir.

— Si ce n'est pas un incendie, c'est une autre catastrophe. Les week-ends en particulier sont stressants. J'ai une proposition à te faire.

— Je meurs d'envie de l'entendre !

— Tu ne fais plus de garde de nuit. En revanche, tu conserves tes consultations de jour.

Stéphanie demeura bouche bée. S'imaginait-il réellement qu'il pouvait lui dicter sa conduite ? Croyait-il qu'elle allait lui permettre de régenter sa vie ?

— Je suis sérieux, Stéphanie. Plus de garde de nuit, ajouta-t-il d'un ton aussi implacable que son regard.

Sans un mot, elle ouvrit la portière.

— Tu es enceinte de presque trois mois, Stéphanie.

— Merci, j'allais l'oublier !

Elle descendit de voiture et claqua violemment la portière. Peter lui emboîta le pas.

— Si ce n'est pas pour toi, pense au bébé.

— Mon bébé se porte très bien.

Elle fouilla son sac à la recherche de ses clés.

— Excuse-moi, mais je croyais qu'il s'agissait de notre enfant. Tu as tort de t'imaginer que la question est réglée.

Elle se retourna vivement vers lui.

— Au contraire, Peter, dit-elle avec une colère contenue, nous savons désormais à quoi nous en tenir l'un vis-à-vis de l'autre. Si tu crois que je vais t'obéir au doigt et à l'œil, tu te trompes. Que fais-tu de mes désirs ?

114

Peter n'avait manifestement pas l'intention de lui répondre. A la lueur du clair de lune, son visage était impénétrable. Stéphanie sentit son énervement grandir.

— J'ai toujours été responsable de ma vie, et il n'y a aucune raison pour que ça change.

Soudain, ces mots lui semblèrent puérils et insensés. La nuit était calme, belle, immobile. Une lune ronde projetait des ombres argentées sur la maison et le patio. Peut-être était-ce pour cette raison qu'ils avaient eu autant de travail au dispensaire. Ce n'était pas la première fois qu'ils notaient le nombre particulièrement important d'accidents pendant les nuits de pleine lune... Ce travail de bénévole semblait tellement utile à Stéphanie. Comment aurait-elle pu y renoncer?

— Il est tard, murmura-t-elle. Je suis épuisée.

Sans un mot, Peter lui prit la clé des mains et ouvrit la porte. Ils entrèrent dans le hall éclairé par une lumière tamisée, et montèrent l'escalier. Ils se déshabillèrent dans un silence tendu. Stéphanie demanda poliment à Peter s'il voulait prendre sa douche le premier. Il répondit qu'il utiliserait celle de la chambre d'amis. Il voulait d'abord s'assurer que Keely était bien rentrée. A ces mots, Stéphanie se mordit la lèvre, un vif sentiment de culpabilité au cœur. Rassurée par le message que la jeune fille avait laissé à la réception du dispensaire, elle n'avait plus pensé à sa nièce.

Ereintée, elle préféra prendre une douche plutôt que de se faire couler un bain. Les questions continuaient de la harceler. Avait-elle réagi trop vivement vis-à-vis de Peter? Après tout, il se montrait soucieux de son bien-être et de sa santé. Oui, peut-être était-elle trop émotive. Sous le jet d'eau chaude, elle se mit à pleurer. Décidément, cela devenait une habitude depuis quelque temps!

C'est en se séchant qu'elle vit le sang. Le cri qui lui

échappa fut instinctif. C'était l'expression d'une angoisse pure qui devançait toute réfléxion.

Peter bondit dans la salle de bains.

— Que se passe-t-il?

Les yeux agrandis par la peur, elle serra la serviette qui l'enveloppait.

— Le bébé... je saigne.

Peter avait l'air pétrifié sous le choc que lui avaient causé ces mots.

— Viens t'étendre, dit-il après un silence, en la prenant par la main.

Elle avança avec précaution vers le lit.

— Je vais te chercher une chemise de nuit.

— Merci.

Il fouilla dans un tiroir de la commode, saisit la première chose soyeuse que ses doigts rencontrèrent et la lui passa par la tête. C'était un haut, court et sans manches, fermé par une rangée de minuscules boutons. Puis il l'aida à s'allonger. Les yeux fermés, ses cheveux couleur miel étalés sur l'oreiller, Stéphanie n'opposa aucune résistance. Des larmes roulaient lentement sur ses joues. Peter en avait le cœur déchiré. Il aurait voulu l'enlacer et lui dire que tout irait bien, mais elle était médecin et n'ignorait pas que de telles promesses ne rimaient à rien. Seul le temps leur dirait si elle risquait vraiment de perdre le bébé.

Il s'aperçut alors que cette pensée l'effrayait.

— J'appelle le Dr Duplantis, dit-il en s'asseyant sur le lit.

Evelyn Duplantis était la gynécologue de Stéphanie. Celle-ci acquiesça d'un signe de tête et détourna les yeux.

Quand Peter raccrocha, Stéphanie lui prit la main.

— Evelyn te recommande de rester couchée, dit-il. Si les saignements cessent, il faut que tu te reposes pendant

116

plusieurs jours. Si l'hémorragie continue, il faut aller à l'hôpital.

Stéphanie esquissa un semblant de sourire.

— Rien de nouveau sous le soleil !

— En effet, mais c'est elle la spécialiste, et je préfère lui déléguer les pouvoirs. Pour l'instant, je ne me sens pas dans la peau d'un médecin.

Les yeux gris-vert de Stéphanie croisèrent ceux de Peter.

— Je me sens anxieux comme un futur papa, expliqua-t-il.

— Moi aussi, murmura Stéphanie.

— Sauf que tu es une future maman, dit-il, malicieux.

Elle était si vulnérable et si différente de la jeune femme indignée et pleine d'assurance qui avait gravi l'escalier d'un pas énergique, moins d'une heure auparavant ! Il reconnut alors dans ses yeux une expression de culpabilité.

— Tu n'as rien à te reprocher, Steph. Tu sais bien que c'est pendant les trois premiers mois que le risque d'une fausse couche est le plus grand.

— Oui, je le sais, avoua-t-elle, les lèvres tremblantes. Néanmoins, j'ai travaillé dix-huit heures d'affilée, aujourd'hui.

— Ce sont les aléas du métier. Une fois au dispensaire, tu pouvais difficilement t'en aller alors que la salle d'attente était pleine de patients qui avaient besoin de toi. Tu es médecin.

— Pourquoi, alors, est-ce que je me sens coupable ?

— La grossesse, les hormones, la fatigue, que sais-je encore !

— J'ai tellement peur, Peter, murmura-t-elle avec un frisson.

— Oh, chérie...

Il lui lâcha la main et s'allongea à côté d'elle. Avec un gémissement étranglé, elle se tourna vers lui. Il ouvrit les bras et elle l'étreignit avec force, pressant le visage contre son torse. Secouée de tremblements, elle se sentait si petite, si fragile. Il posa la joue contre ses cheveux et l'enlaça. Alors, elle se mit à sangloter doucement. Tout en lui caressant les cheveux, il lui murmura des paroles apaisantes. Que pouvait-il faire d'autre?

Peter songea que, d'ordinaire, quand ils se couchaient et éteignaient la lumière, il subsistait une réserve entre eux. Mais ce soir, toute retenue avait disparu. Ils étaient simplement deux personnes réunies par le même souci. Pour la première fois depuis leur mariage, il se sentait vraiment l'époux de Stéphanie.

— Peter?

— Oui?

— Jusqu'à l'accouchement, je ne travaille plus à temps complet.

— On verra.

— Non, non, je suis sérieuse.

Elle se serra davantage contre lui, et l'effluve de son parfum fleuri vint chatouiller les narines de Peter.

— Maintenant que je suis enceinte, il y a des choses que je ne peux plus faire.

— Toutes les femmes passent par là.

— Mais je ne veux pas laisser tomber mes cours d'éducation parentale.

— D'accord.

— Et je continuerai à travailler au dispensaire. Je ne ferai plus de nuit car je dois penser à me reposer. Si je réduis mes consultations à l'hôpital, je peux recevoir un après-midi au dispensaire, le mercredi par exemple.

— C'est à toi de décider.

— Je ne veux pas mettre la vie de notre bébé en danger, dit-elle. C'est vrai, je n'ai pas été raisonnable. Tout ce que j'espère, c'est que l'alerte de ce soir n'est pas grave. Enfin, demain matin, nous serons fixés.

Comme il se demandait si elle allait se détourner de lui et si la nuit se terminerait comme toutes les précédentes, elle posa une main sur son torse.

— Excuse-moi pour ma colère de tout à l'heure.

— Je l'ai cherché, admit-il. Je n'avais pas l'intention de t'imposer quoi que ce soit, mais j'ai manqué de tact.

— Tu as été un peu brusque, c'est vrai.

Le silence s'installa entre eux, interrompu seulement par les bruits étouffés de la circulation au loin. Une ambulance passa à toute vitesse, sirène hurlante. Pour une raison inconnue, Peter revit le visage du patient qui avait fait l'overdose ; il se rappela les battements accélérés de son propre cœur quand celui du malade avait cessé de battre. Cette évocation lui rappela un épisode que, depuis trois ans, il tentait en vain d'oublier.

— A quoi penses-tu ? demanda Stéphanie.

Il songeait à Diana, à Ben Jr. Galloway, à la mort. Dans l'obscurité, il ferma les yeux afin de chasser cette image, et serra Stéphanie un peu plus fort contre lui. Elle était douce et chaude ; elle sentait bon. Elle lui apportait un immense bien-être. Si seulement il ne se souvenait d'aucune autre femme, d'aucune autre époque ! Gagné par le désir, il avait envie de vivre le même bonheur qu'il avait connu dans ses bras à Boston.

Génial, Robin. Ta femme est sur le point de faire une fausse couche et tu ne penses qu'à faire l'amour avec elle !

— Je travaillais au dispensaire, la nuit où Diana est morte, dit-il d'une voix sourde. Ce soir, j'y ai repensé.

— A cause de l'enfant blessé par une balle de revolver ?

— Non, à cause de mon patient, celui qui a fait l'overdose...

— Pour Diana, il n'y avait plus rien à faire, c'est bien ça ? dit-elle comme il se taisait. Du moins, c'est ce que les journaux ont rapporté.

— Les journaux ont eu une version édulcorée de cette affaire. Diana était dans le quartier pour acheter de la drogue, et le fils de Galloway, Ben Jr, qui travaillait au dispensaire, se droguait lui aussi. Ils venaient d'acheter du crack à un type qui en vend dans la rue derrière le dispensaire.

— Oh, non ! Quelle tragédie ! J'ignorais...

— Personne ne l'a su. On a mis leur mort sur le compte d'un acte de violence imprévisible. J'ai vu Ben Jr. avant qu'il meure. Sa blessure était grave mais il aurait pu survivre s'il n'avait pas fait une overdose. Pendant que j'essayais d'arrêter l'hémorragie, alors qu'il était encore sur le trottoir, un arrêt du cœur l'a terrassé.

— Comme le jeune homme de ce soir, dit Stéphanie. Et Diana ? Est-ce la drogue aussi ?

— Non, c'est une balle qui l'a tuée, mais elle vivrait aujourd'hui si elle n'avait pas eu besoin de cocaïne.

— Je suis désolée.

Peter eut un vague haussement d'épaules.

— Tout ça semble bien loin.

— Galloway est-il au courant ? demanda-t-elle après un silence.

— Non.

— Mais pourquoi ? Après tout, si son fils est mort, c'est qu'il était de garde au dispensaire ce soir-là.

— C'est pour des raisons personnelles que je n'ai pas jugé nécessaire de le détromper sur le compte de son fils. L'affaire aurait éclaté au grand jour : la toxicomanie de Ben Jr et celle de ma femme. Or, je voulais qu'Alison eût une image positive de sa mère.

— Je comprends, mais j'avoue que l'hostilité de Galloway à ton égard m'a toujours paru suspecte.

— Il s'imagine que je n'ai pas fait ce qu'il fallait pour sauver son fils. Et puis, il n'a jamais approuvé que l'hôpital prenne en charge le fonctionnement d'un dispensaire fréquenté par les gens pauvres de la ville. Ça, je ne te l'apprends pas.

— Je suis convaincue que les problèmes qu'il me pose au sujet de mon groupe d'adolescentes sont dus à ses préjugés.

Peter eut un rire bref.

— Benedict Galloway n'est qu'un petit-bourgeois, et la colère qu'il éprouve vis-à-vis de la mort de son fils se mêle au mépris qu'il ressent pour les patients du dispensaire...

— Je ne supporte pas la façon dont il essaie de te discréditer à la moindre occasion, dit Stéphanie avec feu. C'est tellement injuste. Si seulement il savait !

— Bah, ses attaques ne vont jamais bien loin, dit Peter, ravi que la jeune femme prît sa défense. La plupart des gens à l'hôpital doivent croire qu'il s'agit d'une rivalité professionnelle.

La compréhension que sa femme témoignait à son égard l'enchantait. Quelle différence de comportement avec Diana ! Il exerça une légère pression sur son bras.

— Mais si tu veux lui arracher les yeux de ma part, je ne t'en empêcherai pas.

Elle rit d'un rire doux qui ne manquait pas de sensualité, et se blottit un peu plus contre lui.

— Tu ne penses pas assez à toi.

— Tu te trompes.

— Ne m'as-tu pas épousée pour sauver ma réputation ?

— Il s'agissait de sauver la mienne également.

— Et pour comble, on ne couche même pas ensemble !

Elle déposa un baiser sur sa joue.

— Tu es un véritable chevalier des temps modernes.

— Nous dormons, cependant, dans le même lit.

Il lui prit le menton et l'embrassa, incapable de résister à la tentation. Il eut alors la satisfaction de voir qu'elle aussi le désirait. Il l'attira contre lui, de sorte que leurs corps s'emboîtèrent, et lui caressa le ventre, suppliant en silence le bébé de rester tranquillement en place.

La soirée qu'il venait de vivre avait marqué un tournant dans son existence. Désormais, il savait, sans l'ombre d'un doute, qu'il voulait le bébé et Stéphanie.

— Tu connais tous mes secrets, murmura-t-il, la bouche contre l'oreille de la jeune femme, avant de s'endormir.

8.

Ne soyez pas étonnée de découvrir que vous êtes capable d'éprouver un désir sexuel intense pendant votre grossesse. Ne soyez pas timide vis-à-vis de votre partenaire. Dites-lui ce que vous ressentez. Cela peut être l'occasion de vivre un réel épanouissement dans votre relation. Qui d'autre est plus intimement lié au miracle qui se produit à l'intérieur de votre corps ?
Demandez l'avis du Dr Meredith.

30 octobre 1995, treizième semaine

Deux semaines s'écoulèrent avant que Stéphanie pût écarter définitivement de son esprit toute crainte de fausse couche. Elle resta alitée deux jours entiers, et au moment de reprendre son travail, elle réduisit sérieusement son emploi du temps.

Le matin, dès le réveil, elle courait vomir aux toilettes, puis se glissait sous la douche et restait là, les jambes tremblantes, en attendant que ses nausées se dissipent. Quand elle sortait de la salle de bains, elle se sentait en pleine forme. C'était insensé, inexplicable. C'était la grossesse.

Au début, Peter avait voulu l'aider.

— Tu n'y peux rien, avait marmonné Stéphanie en se brossant les dents après avoir, une fois de plus, souffert de l'inévitable malaise. Et même si tu pouvais prendre ma place, je ne crois pas que ça t'enchanterait de vomir tous les matins.

— Mais ça finira bien par passer, non ? Les nausées ne sont pas censées durer plus de trois mois.

— Aujourd'hui, je suis enceinte de trois mois et une semaine, annonça-t-elle. Voilà pour les statistiques.

— Je ne me rappelle pas que Diana ait été malade une seule fois.

— Quelle chance !

— Je me sens tellement inutile...

— Il ne faut pas. Tu as rempli ton rôle.

Soudain, il éclata de rire, un rire qui se communiqua à Stéphanie. En effet, la situation avait aussi son côté cocasse.

— Le discours féministe sonne juste quand on se penche sur le problème de la grossesse, dit-il. Aucun homme doté d'un peu de bon sens ne se porterait volontaire pour passer neuf mois de son existence dans une situation pareille. Il doit exister une hormone ou une substance quelconque qui donne à la femme le courage et la force de vivre cette expérience.

Les mains sur son ventre, Stéphanie se mit à caresser la petite vie qu'elle portait en elle.

— C'est tout de même une drôle de chose, Peter. J'ai été tellement déconcertée, dépitée, quand j'ai appris que j'étais enceinte, et maintenant, c'est comme un rêve étrange. J'ai du mal à imaginer que j'aie pu rejeter cet enfant. Je me sens submergée d'amour pour lui. Je veux le protéger, je suis pleine d'espoir et pleine d'anxiété pour lui. Je me demande comment il sera, à qui il ressemblera, quelle mère je serai. Pourtant, je ne suis pas du genre rêveur ! conclut-elle. Tu peux demander à Camille.

Peter sourit. Il était torse nu, et Stéphanie le trouva beau comme un dieu. Prenant conscience de sa propre tenue, elle resserra la ceinture de son kimono de soie qui lui couvrait à peine les cuisses.

— A ton avis, c'est un garçon ou une fille?

— Aucune idée.

Peter s'approcha de la jeune femme, replaça quelques mèches de cheveux derrière ses oreilles.

— Garçon ou fille, peu m'importe. Je veux qu'il soit en bonne santé.

— Moi aussi.

Il l'enlaça. Il avait ce geste, parfois, comme si cette simple étreinte lui communiquait un réel plaisir. Elle se détendit contre lui. Depuis la nuit où elle avait failli perdre son bébé, elle se sentait bien dans les bras de Peter. Il lui semblait alors que les difficultés auxquelles se heurtait leur relation ne tarderaient pas à s'aplanir. Et pourtant, quand il la connaîtrait vraiment, ne la rejetterait-il pas? Cette question continuait à la tourmenter quelquefois, mais le souffle tiède de Peter sur sa nuque et ses mains qui la caressaient suffisaient à dissiper son appréhension. Elle aurait presque pu croire que seul l'amour les unissait...

— Mm, tu es belle, murmura-t-il, ses mains glissant sous le kimono et se posant sur la taille nue de la jeune femme.

Stéphanie songea brusquement à la nuit qu'ils avaient passée à Boston. Il lui avait fait l'amour lentement, doucement, tendrement. Il l'avait embrassée comme on ne l'avait jamais embrassée, et le souvenir de ses baisers la laissait encore haletante. Avec un gémissement, elle céda à la volupté de ce moment et étreignit Peter, désireuse avant tout de sentir son corps contre le sien. Sa poitrine se durcit. Depuis sa grossesse, elle avait remarqué que ses seins étaient plus sensibles. Elle avait envie qu'il les caressât. Comme s'il devinait ses pensées, il posa une main sur sa poitrine. Elle ferma les yeux, et tout au plaisir que lui procurait cette caresse, elle n'entendit pas les éclats de voix qui se rapprochaient dans le couloir.

La porte de la chambre s'ouvrit brusquement sur Alison qui bondit dans la pièce.

— Papa, c'est inadmissible ! Keely est encore sous la douche et je ne peux pas me préparer. C'est la deuxième fois que ça se produit. Je n'ai plus aucune intimité.

— Alison ! s'exclama Peter, furieux. Je ne t'ai pas entendue frapper.

Déconcertée par cette réaction, l'adolescente se figea sur place, et son regard interdit se posa sur les deux adultes. Resserrant aussi discrètement que possible la ceinture de son kimono, Stéphanie gagna la salle de bains.

— Papa, c'est dégoûtant, s'écria la jeune fille. On est le matin ! Comment peux-tu faire une chose pareille ?

— Alison, reprit Peter avec une colère grandissante, tu as exactement trois secondes pour quitter cette pièce. Stéphanie et moi, nous sommes comme toi : nous tenons à notre intimité. Est-ce clair ?

Mais l'adolescente ne battit pas en retraite pour autant.

— Qu'est-ce que je fais pour Keely ? C'est moi qui dois prendre ma douche en premier. Je n'ai pas beaucoup de temps. Je...

Keely parut soudain sur le seuil de la pièce.

— Tu mets une heure à te préparer, princesse, et si je veux arriver à l'heure au lycée, il faut que je me précipite dans la salle de bains avant que tu ne t'y enfermes.

— Je ne vais tout de même pas laisser la porte ouverte pour que tu viennes faire ta toilette en même temps que moi ! Et arrête de me traiter de princesse !

126

— A condition que tu te comportes comme une personne normale.

— Je suis une personne normale ! rétorqua Alison.

Elle se tourna vers son père.

— Papa, tu vois comment elle me traite ? Depuis qu'elle est chez nous, c'est intenable. Pourquoi faut-il qu'elle habite ici ?

Peter poussa les deux jeunes filles vers la porte.

— A partir d'aujourd'hui, vous êtes tenues de frapper poliment à la porte de cette chambre et d'attendre qu'on vous réponde pour y entrer, dit-il en les regardant d'un air sévère. Si on ne vous répond pas, vous n'entrez pas. Est-ce bien compris ?

Alison haussa les épaules.

— Alison ?...

— J'ai compris, murmura-t-elle.

— Keely ?

— Bien sûr ! Je n'aurais pas dû monter, mais j'ai entendu Alison gémir sur son sort...

— C'est faux ! Je ne gémisssais pas.

— D'accord, je vais reformuler ma phrase, répliqua Keely. Tu te plaignais. C'est mieux, comme ça ?

— Tu vois, papa, elle me nargue tout le temps.

— Uniquement quand tu lui en donnes l'occasion, princesse.

— Arrête de m'appeler princesse ! hurla Alison.

— Si vous ne vous taisez pas immédiatement, dit Peter, vous êtes privées de sorties jusqu'à votre majorité ! Depuis une semaine, je ne cesse d'entendre des disputes, des cris, des jérémiades, et j'en ai assez. Stéphanie aussi. Même Mimi s'est plainte de votre conduite. Quand donc allez-vous enterrer la hache de guerre ?

Il n'y eut pas de réponse.

— Nous formons une famille, reprit-il. Vous avez trop

tendance à l'oublier. Comme tous les membres d'une famille, nous sommes différents les uns des autres, mais cela ne doit pas nous empêcher de vivre en bonne intelligence. Nous devons tous faire un effort. Mais je vous préviens, si vous continuez à le prendre sur ce ton, vous aurez affaire à moi !

Alison, la mine boudeuse, regardait ses pieds.

— Ce n'est pas ma faute, marmonna-t-elle.

Les yeux de Keely lancèrent des éclairs.

— C'est donc la mienne, parce que j'ai osé m'introduire dans ton royaume ?

— Qu'est-ce que je viens de dire ? demanda Peter avec lassitude.

— Ne vous en faites pas, docteur T., dit Keely avec un soupir résigné. Cette histoire de salle de bains n'est qu'un prétexte. Je sais bien que je viens d'un autre milieu que celui d'Alison, et si j'étais à sa place, je supporterais probablement mal qu'une inconnue bouleverse mon petit confort.

— Tu entends, papa ? s'écria Alison, outragée. Même quand elle s'excuse, elle me fait passer pour une horrible chipie.

Cette fois-ci, ce fut au tour de Keely de lever les yeux au ciel, mais avant qu'elle ait pu régler son compte à Alison, Stéphanie sortit de la salle de bains et vint se placer à côté de Peter. Sans avoir l'expérience d'une mère de famille, elle avait assez de bon sens pour savoir que son rôle consistait à épauler son mari dans un conflit de cet ordre.

— Vous devriez avoir honte de parler ainsi, dit-elle.

Les deux jeunes filles baissèrent les yeux.

— Peter a raison. Si nous voulons former une famille, nous devons tous faire un effort, et cela signifie parfois ne pas penser uniquement à soi, mais respecter le désir de l'autre.

128

Peter passa un bras autour des épaules de Stéphanie. Alison et Keely se jetèrent un coup d'œil furtif.

— La maison est grande, et les salles de bains ne manquent pas, ajouta Stéphanie. S'il vous est impossible de partager celle qui se trouve à votre étage, l'une de vous devrait songer à utiliser la salle d'eau du rez-de-chaussée.

Un lourd silence suivit cette suggestion. Il était clair qu'Alison n'était pas disposée à céder sur ce point et qu'à ses yeux, c'était à Keely d'obtempérer.

— Alors ? interrogea Stéphanie.

— Je prendrai la salle d'eau du rez-de-chaussée, dit enfin Keely. J'aime bien ces gros robinets à l'ancienne.

— Parfait, lança Alison d'un ton narquois.

Comme son père et Stéphanie la foudroyaient du regard, elle prit une expression penaude.

— Bien, dit Peter qui approuvait l'intervention de Stéphanie. Voilà qui est mieux. Essayons de passer quelques jours sans nous disputer, d'accord ? Je vais dire à Mimi de vous commander une pizza pour le dîner. Stéphanie et moi, nous allons au restaurant, ce soir, ajouta-t-il sans paraître remarquer l'étonnement de sa femme. Ça vous va ?

— Bien sûr, dit Keely avant qu'Alison n'ait pu ouvrir la bouche et formuler son désaccord.

Cette dernière se mordit la lèvre. Si elle protestait, elle risquait de fournir une justification aux accusations peu flatteuses de Keely.

— D'accord, maugréa-t-elle, mais ne rentre pas trop tard, hein, papa !

— Au contraire, intervint Keely, profitez de votre soirée. Nous serons sages comme des images, la princesse et moi, ajouta-t-elle en donnant un petit coup de poing espiègle à Alison.

— Keely, j'aimerais que tu ne traites plus Alison de princesse, dit-il.

— Merci, papa, répliqua l'adolescente.

— Pas de problème, acquiesça Keely, une lueur malicieuse au fond de ses yeux bleus.

Stéphanie regagna la salle de bains avant que la fragile trêve ne fût de nouveau rompue. Avec deux adolescentes aussi exigeantes l'une que l'autre dans la maison, son mariage risquait fort de ne pas tenir le coup. Que se passerait-il le jour où Keely et Alison apprendraient qu'elle attendait un enfant?

Le groupe de futures mamans se retrouva l'après-midi même. Stéphanie avait demandé à Leanne, qui avait accouché huit semaines auparavant, de venir avec son petit garçon pour montrer aux autres comment on faisait la toilette d'un bébé.

— On va s'entraîner sur Tyler? demanda Jolène, tout excitée, en allongeant les jambes sur le siège qui se trouvait devant elle.

Elle avait les chevilles enflées, et Stéphanie se dit qu'elle allait vérifier sa tension.

Lorsque Leanne arriva, un large sourire aux lèvres, son bébé sur son ventre, dans une poche kangourou, tout le monde l'entoura. Stéphanie sourit devant l'enthousiasme des adolescentes qui ne cessaient de pousser des oh! et des ah! d'admiration en découvrant le nouveau-né. Et avec quelle émotion elles écoutèrent Leanne leur faire le récit de son accouchement!

— Et regardez!

Leanne brandit sa main gauche. Un anneau brillait à son doigt. Angela poussa un cri de joie, et Jolène prit un air soupçonneux.

130

— Michael et moi, on s'est mariés, annonça Leanne avec fierté.

— Quelle chance tu as !

— C'est plutôt Michael qui a de la chance d'avoir une femme comme Leanne, observa Jolène.

— Tout juste !

— Tu as raison.

— C'est sûr !

De son côté, Stéphanie songea que les chances de réussite d'un mariage dont les partenaires avaient quinze et dix-sept ans demeuraient malheureusement faibles.

— Toutes mes félicitations, Leanne, dit-elle, et nos meilleurs vœux de bonheur à tous les deux.

— Merci, Steph.

— C'est moi qui te remercie de nous amener Tyler.

Elle caressa le duvet soyeux qui recouvrait la tête de l'enfant, puis fit rouler au milieu de la salle un chariot sur lequel se trouvaient une bassine en plastique et des produits de toilette. Elle alla remplir la bassine d'eau chaude au lavabo de la salle de bains adjacente, revint et se baissa pour prendre des photocopies qu'elle avait l'intention de distribuer.

Quand elle voulut se relever, la pièce vacilla soudain. Une grande lassitude la saisit, et elle dut fermer les yeux pour lutter contre la sensation de vertige qui la gagnait. De peur de tomber, elle se retint au chariot. Une violente clameur retentissait dans sa tête. Des visages inquiets se penchaient vers elle. Jolène parlait, mais les mots demeuraient incohérents, comme assourdis. Puis ce fut le noir complet.

Lorsque Stéphanie sortit du cabinet d'Evelyn Duplantis, Peter bondit sur ses pieds.

— Tout va bien, dit-elle. Je te l'avais dit que ce n'était rien.

— Mais alors, pourquoi t'es-tu évanouie ?

Elle haussa les épaules et laissa Peter la guider vers la sortie. Dehors, la fraîcheur du mois d'octobre les accueillit.

— Je n'en sais rien, mais Evelyn m'a assuré que tout allait bien, et je ne vois pas pourquoi je ne la croirais pas. Sans doute ai-je brusquement manqué d'oxygène au moment de me relever.

— J'ai eu tellement peur !

Elle rit.

— Tu es aussi émotif que les filles du groupe. C'est incroyable ! La plupart d'entre elles ont déjà assisté à des fusillades, mais il a suffi que je m'évanouisse sous leurs yeux pour qu'elles s'affolent !

— Elles tiennent à toi.

— Je sais, dit Stéphanie avec un sourire ému. Enfin, maintenant, notre secret est éventé. Personne n'ignore plus que je suis enceinte.

— Bah, de toute façon, elles auraient fini par s'en apercevoir.

Il faisait nuit et le parking était désert. Il s'approcha dans le dos de Stéphanie et l'enlaça.

— Ton ventre commence à s'arrondir. Je l'ai vu ce matin.

— J'ai pris trois kilos.

Stéphanie s'appuya contre lui, savourant ce moment d'intimité. Depuis quand était-elle aussi sensuelle ? Etait-ce dû à sa grossesse ? Ou était-ce dû au charme de Peter ? Un changement s'opérait en elle, qui n'avait aucun rapport avec l'enfant. Si seulement elle avait été sûre des sentiments de Peter !

Il l'étreignit plus fort, et la jeune femme se lova contre lui.

— Tu te sens bien ? demanda-t-il.

— Oui.

Elle renversa la tête en arrière, l'appuyant contre le menton de Peter. Dans le cercle de ses bras, elle se sentait en sécurité. Sans cesser de lui caresser le ventre, il l'embrassait dans le cou, sur la tempe, sur la joue. Les yeux fermés, elle se balança doucement d'avant en arrière, s'abandonnant au plaisir qui l'envahissait. Elle aimait l'odeur de Peter, la chaleur, la force qu'il dégageait. Le désir insatisfait qu'il avait éveillé en elle le matin même revenait à l'assaut. Elle ne s'en cachait plus, maintenant. Sans la dispute d'Alison et de Keely, ils auraient fait l'amour.

— Steph, il faudrait monter en voiture, murmura-t-il soudain.

La jeune femme se tourna vers lui. Elle avait les joues empourprées par le désir, et ses yeux d'un gris foncé rappelaient un ciel d'orage.

— Où allons-nous ?

Elle cligna des yeux, tel un chat qui vient de se réveiller.

— Quelle heure est-il ?

— 7 heures moins le quart.

— Je peux retourner à mon bureau, mais il n'y a personne en dehors de ma secrétaire, puisque mes rendez-vous ont été reportés. Bien sûr, je pourrais toujours faire ma comptabilité.

Une expression d'exaspération et d'amusement mêlés apparut sur le visage de Peter. Il ouvrit la portière de la voiture.

— Ce n'est pas ce que je voulais dire, Stéphanie. Rentrons-nous à la maison pour que tu te reposes ou allons-nous dîner, comme prévu, au restaurant ? Pour ma part, je vote pour le restaurant, à condition, bien sûr, que tu te sentes en forme.

— Et toi ?

Il eut son sourire de séducteur.

— Je me sens prêt à tout.

Elle prit place dans la voiture et boucla sa ceinture de sécurité. Sans cesser de sourire, Peter s'installa au volant et démarra.

— Qu'y a-t-il donc de si drôle ?

Peter s'appuya contre le dossier de sa chaise, en faisant tourner le verre de vin qu'il tenait à la main.

— Ça.

Il indiquait d'un signe de la tête l'assiette de Stéphanie où il ne restait qu'un brin de persil et un quartier de citron.

— J'avais faim, répliqua-t-elle, sur la défensive.

— Je m'en suis aperçu.

Au lieu de répondre à sa plaisanterie, elle fut envahie par une vague d'incertitude et posa un regard chagrin sur son assiette.

— Les filles de mon groupe parlent toujours de leur appétit phénoménal et j'avoue que, jusqu'à présent, c'est une chose que je comprenais mal. Je n'ai jamais eu autant de plaisir à manger.

— Mon frère sera ravi de l'apprendre. Tiens, en parlant du loup...

Stéphanie se retourna. Travis s'avançait vers eux. Bien que moins grand, moins brun et d'une manière générale moins beau que Peter, il lui ressemblait étonnamment.

— Bonsoir, les amoureux, dit-il avec un large sourire, en s'asseyant à leur table. Je commençais à me dire que la cuisine de Mimi devait être exceptionnelle pour que vous ne veniez plus jamais au restaurant.

— Comment ça va, Travis ?

— Bonsoir, dit Stéphanie.

Les yeux de Travis se posèrent sur l'assiette de la jeune femme.

— Elle a un appétit d'ogre, expliqua Peter en adressant un clin d'œil malicieux à sa femme.

— Je vous propose un dessert offert par la maison ?

— Offert par la maison ! répéta Peter comme s'il s'agissait d'un cadeau inespéré.

— Oui, j'imagine que vous fêtez quelque chose, non ?

Stéphanie plongea le nez dans son café. Tant pis, Peter ferait face à la situation tout seul. Mais quelle ne fut pas sa surprise quand il lui prit la main.

— En effet, dit-il avec un sourire béat. Nous fêtons un heureux événement. Stéphanie attend un bébé.

— Sensationnel ! s'écria Travis.

Et il fit signe à un serveur.

— Ne parlons plus de dessert. C'est le champagne qui s'impose.

Il se tourna vers Stéphanie.

— Je sais que ce n'est pas recommandé, mais peut-être qu'une larme...

Elle sourit.

— D'accord, juste une larme.

Elle leva les yeux sur Peter et s'émut de l'expression radieuse qu'il affichait. Du moins ne cachait-il rien à son frère.

— Au bébé, dit Travis en levant son verre.

— A la santé et au bonheur de tous, dit Stéphanie qui, sous le regard intense de Peter, sentait son cœur s'emballer.

— A nous, murmura Peter.

**

Absorbés par le cheminement secret de leurs pensées, ils rentrèrent tranquillement à la maison. Stéphanie vanta la qualité du dîner et Peter acquiesça d'un air distrait.

Depuis trois mois qu'elle partageait sa vie, elle s'était aperçue qu'il faisait peu de cas de la fortune de sa famille, une absence de prétention qui se retrouvait chez Travis. Sans doute cette simplicité était-elle due à la vie aisée que les Robin menaient depuis des générations, à la stabilité des liens qui existaient entre eux et à la sécurité matérielle qui ne leur avait jamais fait défaut. Elle avait cessé de s'inquiéter de la réaction de Peter s'il apprenait quoi que ce fût sur son enfance, pour la bonne et simple raison qu'elle avait décidé de ne pas lui en parler.

La joie avec laquelle Travis avait accueilli la nouvelle de sa grossesse lui avait procuré un réel soulagement. Si seulement Alison pouvait réagir de la même façon ! *A priori*, Keely ne poserait aucun problème, mais Peter redoutait une scène de plus de la part de sa fille, et il ne se sentait pas prêt à y faire face dans l'immédiat, en tout cas pas ce soir.

Ce soir, ils feraient l'amour. Elle le devinait. Cette évidence s'imposait avec une telle force que cela créait presque une présence entre eux. Depuis le baiser qu'ils avaient échangé le matin même jusqu'à la coupe de champagne que leur avait offerte Travis, la journée avait été comme une sorte de prélude à cette nuit d'amour. Curieusement, Stéphanie se sentait débarrassée de toute appréhension au moment de franchir cette étape devant laquelle elle avait si longtemps reculé. Un changement s'était opéré en elle. Peter avait accepté sa grossesse ; il avait voulu l'épouser, et même élever Keely comme sa propre fille. En vérité, elle n'était même plus sûre de la raison pour laquelle elle se refusait à lui !

En remontant l'allée de la maison, ils s'étonnèrent de voir que toutes les lumières du rez-de-chaussée étaient allumées. Peter gara rapidement la voiture dans le garage. Ils n'avaient pas encore traversé le patio qu'Alison ouvrit la porte. Elle était en larmes. Stéphanie sentit sa gorge se serrer. Sa première pensée fut pour Keely. Pourvu qu'il ne lui fût rien arrivé !

— Papa, je t'ai appelé au restaurant il y a une demi-heure, mais oncle Travis m'a dit que tu étais parti. Où étais-tu ?

— Dans la voiture, Alison. Il faut une bonne demi-heure pour rentrer, avec la circulation qu'il y a. Que se passe-t-il ?

Keely attendait dans le hall d'entrée. Alison s'essuya les joues des deux mains et renifla bruyamment.

— Keely m'a dit un énorme mensonge. Elle dit que Stéphanie va avoir un bébé.

Un juron échappa à Peter.

— C'est un mensonge, pas vrai, papa ? Je lui ai répondu que si c'était vrai, tu me l'aurais dit. Je me trompe ?

Stéphanie s'émut du chagrin de l'adolescente. L'univers douillet et familier d'Alison s'était modifié en si peu de temps que la pauvre enfant ne s'y était pas encore habituée. Et voilà qu'un nouveau bouleversement surgissait !

— Rentrons à la maison, murmura Peter avec un soupir résigné.

— Réponds-moi, papa !

Il prit Stéphanie par la main et fit signe à Keely de les suivre.

— Dans mon bureau, ordonna-t-il avec calme. Toutes les deux.

Dans le bureau, Alison revint à la charge, mais pour une fois, Peter parvint à lui imposer le silence.

— Asseyez-vous toutes les deux.

Pour sa part, Stéphanie n'osait croiser le regard des deux adolescentes : elle était sûre qu'elles allaient lui en vouloir, contrairement aux affirmations de Peter. L'hostilité d'Alison pesait, telle une épée de Damoclès, au-dessus de sa tête. Quant à Keely, ne risquait-elle pas d'être troublée, elle aussi ?

— Stéphanie est enceinte, annonça Peter en serrant la jeune femme contre lui.

— Oh, papa...

Le cri de reproche d'Alison fut accueilli par une nouvelle réprimande de la part de son père.

— Quand donc vas-tu cesser de gémir ?

— Avant, tu ne me parlais jamais comme ça.

— C'est parce que tu ne m'y obligeais pas, Alison.

— C'est ma faute, dit Keely. J'aurais dû me taire. Je ne pensais pas qu'elle réagirait de cette façon.

Peter observa un instant sa fille.

— Je suis désolé de voir que cette nouvelle te déplaît, Alison. J'aurais, bien sûr, préféré te l'apprendre moi-même. J'avais l'intention de t'en parler.

Alison lui adressa un regard blessé.

— J'aimerais bien savoir quand.

— Bientôt, ma chérie. Nous voulions simplement garder cette nouvelle pour nous un peu plus longtemps. Nous savions que ce serait une grosse surprise.

— Tu peux le dire ! Que vont penser mes amies ? Tu n'es pas censé avoir d'autres enfants. Tu es bien trop vieux.

L'exaspération de Peter fut momentanément remplacée par de l'amusement.

— Je ne suis pas trop vieux, et Stéphanie non plus.

— Mais c'est trop tôt ! Vous venez à peine de vous marier. Tu n'aurais pas pu utiliser des préservatifs ?

Cette question déconcerta tellement Peter que son

138

visage prit une expression comique. Songeant qu'il devait être quelque peu choqué de découvrir que sa fille était aussi bien informée des « choses de la vie », Stéphanie décida de lui venir en aide.

— Les préservatifs ne sont pas fiables à cent pour cent, Alison.

Alison la regarda d'un air rageur.

— Ce n'est pas ce qu'on raconte à la télévision.

— Tu peux me croire, j'en ai fait l'expérience. Toutefois, cela ne change rien au fait que tu vas avoir un petit frère ou une petite sœur. Tu es sûre que ça ne te plaît pas ?

Alison détourna la tête.

— Je m'en fiche, marmonna-t-elle.

— Mais tu aimes les bébés, non ?

Seul un haussement d'épaules répondit à cette question.

Peter observait sa fille, et Stéphanie devinait le chagrin qu'il ressentait. Il aimait tant Alison. Sans le vouloir, il avait bouleversé sa quiétude, son équilibre. Bien sûr, dans quelque temps, elle serait habituée à cette nouvelle perspective, mais en attendant, cela ne l'enchantait pas le moins du monde.

— Comment le sais-tu ? demanda Stéphanie à Keely.

— Je l'ai appris au lycée, expliqua sa nièce, l'air penaud. Les filles ont raconté que tu t'étais évanouie et que Dr T. était dans tous ses états.

— Les gens exagèrent toujours, dit Stéphanie.

— Mes amies ont-elles exagéré, docteur T. ? demanda la jeune fille sans se démonter.

— J'étais inquiet, admit-il.

Il gagna la porte, mettant ainsi un terme à cette conversation.

— Stéphanie a eu une longue journée. Elle a besoin de repos.

Les deux adolescentes passèrent devant lui. Quant à Stéphanie, elle tenta, en vain, de déchiffrer l'expression énigmatique de Peter. Avec un soupir, elle monta dans sa chambre.

Lorsqu'elle sortit de la salle de bains, Peter la prit dans ses bras et l'embrassa avec ardeur, comme s'il cherchait à la convaincre de la passion qu'elle lui inspirait. Curieuse de voir jusqu'où il irait, elle répondit à son étreinte. Il l'entraîna vers le lit.

— Cette situation me rend fou, Stéphanie. Ma fille est malheureuse, ma maison est livrée au chaos, je suis submergé de travail, traîné en justice par le conseil d'administration, mais le plus terrible, c'est que j'ai envie de faire l'amour à ma femme et que le monde entier m'en empêche ! A croire que je suis victime d'une conspiration !

Du doigt, elle dessina le contour de ses lèvres.

— Je suis désolée.

— Inutile de t'excuser. Je comprends ton hésitation et j'ai essayé de la respecter. J'ai l'impression que ça fait des années...

— Juste un peu plus de trois mois.

Il passa une main sous son kimono de soie et lui caressa la poitrine. Secouée de frissons, elle ferma les yeux.

— Regarde-moi, chuchota-t-il.

En serait-elle capable ? Au plus profond d'elle-même, le désir grandissait, lui faisait presque mal. Elle voulait savourer ses caresses, s'abandonner aux sensations nouvelles qui, telle une pluie chaude de printemps, l'envahissaient peu à peu.

— Combien de temps faut-il attendre encore ? demanda-t-il.

140

— N'attends pas, répondit-elle dans un souffle.

En quelques secondes, il la déshabilla. Stéphanie avait eu besoin de temps pour surmonter le choc d'une grossesse inattendue et d'un mariage précipité, mais en vérité, elle n'avait jamais cessé de désirer Peter depuis la nuit qu'ils avaient passée à Boston.

Ce soir, enfin, ils se touchaient, s'embrassaient, soupiraient, souriaient, redécouvraient avec ravissement leurs corps — le ventre de Stéphanie qui commençait à s'arrondir, le velouté de sa peau, les bras musclés de Peter, la force de son désir... Le souvenir de leur première étreinte les habitait, et si Stéphanie ne l'avait pas chassé de son esprit au cours des premiers mois de sa vie conjugale, sans doute n'aurait-elle pas résisté aussi longtemps au charme de Peter.

« Je t'aime », aurait-elle voulu dire.

Mais cela lui était impossible. L'aveu qu'il lui avait fait au cours de la toute première nuit qu'ils avaient passée ensemble la hantait encore. Avant de lui ouvrir son cœur, elle devait s'assurer des sentiments de Peter, savoir qu'il ressentait pour elle plus qu'un simple désir physique.

Semblable à une lumière éblouissante, la passion emporta soudain la jeune femme, lui arrachant un cri de bonheur auquel Peter répondit, comblé lui aussi.

9.

Le bouleversement hormonal que vous vivez peut exacerber votre émotivité. Vous vous impatientez, vous vous angoissez ? Inutile de dramatiser. Mais pourquoi ne pas vous confier à votre partenaire qui peut sûrement vous aider ? Ne soyez pas timide !

Demandez l'avis du Dr Meredith.

27 novembre 1995, dix-septième semaine

Lorsque Stéphanie quitta la salle d'accouchement, un coup d'œil à sa montre lui apprit qu'elle avait un quart d'heure de retard sur son rendez-vous avec Benedict Galloway. Le directeur de l'hôpital était intransigeant en matière de ponctualité, mais dans la spécialité de Stéphanie en particulier, n'était-ce pas la nature qui dictait sa loi ? Bien sûr, on pouvait déplorer que le travail de Martha Landingham eût commencé tôt et que le bébé se fût présenté par le siège de sorte que, pour éviter une césarienne, Stéphanie avait dû le retourner. La délicate version par manœuvre externe avait réussi, et Eric Graham Landingham III était né.

La secrétaire de Galloway l'accueillit avec un sourire glacé et un regard délibéré à sa montre. Fière de son succès en salle d'accouchement, Stéphanie lui répondit par un sourire serein, et après un coup bref à la porte de Galloway, elle entra dans son bureau.

Quelle ne fut pas sa surprise d'y trouver Peter! Les deux hommes affichaient leur air des mauvais jours. Un soupir échappa à Stéphanie. Voilà que les ennuis commençaient!

— Ah! docteur Sheldon, dit Galloway.

— Désolée pour ce retard. Un accouchement imprévu.

Et elle prit place dans le fauteuil voisin de Peter.

— Bon, nous avons discuté de quelques points en votre absence. Peter vous mettra au courant plus tard.

Était-ce une allusion indirecte à leur vie commune? Si c'était le cas, c'était bien la première fois que Benedict s'y risquait. A l'inverse de leurs collègues de travail qui les avaient félicités à !a nouvelle de leur mariage, le directeur ne s'était pas manifesté.

Le regard de Benedict se posa sur la jeune femme. Il ne pouvait plus ignorer qu'elle était enceinte, maintenant. Néanmoins, il ne fallait pas s'attendre à ce qu'il lui adressât ses bons vœux.

— Pourquoi pas maintenant? suggéra Peter d'une voix tendue.

Stéphanie comprit qu'il était furieux. Que s'était-il passé?

— Benedict nous a convoqués pour nous signaler qu'hier, il avait dû prendre la défense de l'hôpital.

Cette entrée en matière intrigua Stéphanie. Prendre la défense de son établissement, n'était-ce pas le travail de tout directeur?

— Ou plus exactement, la nôtre.

— La nôtre? releva-t-elle aussitôt, cherchant en vain dans son esprit quel était le patient qu'ils avaient traité tous les deux et qui avait pu déposer une plainte contre eux.

Galloway la toisait d'un air glacial.

— Cette catastrophe ne me surprend pas le moins du monde, docteur Sheldon. Ne vous ai-je pas maintes fois mise en garde contre votre activisme au dispensaire qui non seulement constitue une menace pour le déroulement de votre carrière, mais met l'hôpital en danger ? Un accident est survenu qui a confirmé mes pires craintes.

Peter se leva pour faire quelques pas vers la fenêtre, et Galloway désigna d'un geste de la main un dossier jaune posé sur son bureau.

— Il s'agit d'une plainte déposée par un patient que vous avez traité au dispensaire le 16 octobre dernier. Le père de ce patient prétend que ce dernier n'a pas reçu les soins nécessaires et que, bien que sa vie eût été en danger, le médecin de service, en l'occurrence le Dr Sheldon, ne s'est pas occupé de lui. Lorsque le Dr Robin est arrivé et l'a enfin examiné, son état s'était détérioré, et il a fait un arrêt cardiaque.

— En d'autres termes, s'il a un cœur déficient, c'est à cause de nous, lança Peter d'un air dégoûté.

Galloway présenta le dossier à Stéphanie.

— Tenez, lisez vous-même.

— Si le patient a fait un arrêt cardiaque, c'est parce qu'il prenait depuis des jours et des jours de la cocaïne, reprit Peter.

— C'est absurde, dit Stéphanie après avoir pris connaissance de la plainte. Ce soir-là, personne ne s'est présenté à l'accueil pour nous prévenir de la présence de ce malade, et la salle d'attente était bondée parce qu'un grave incendie venait d'avoir lieu dans le quartier. Si on nous avait prévenus, nous nous serions tout de suite inquiétés de son état. Sachez que je ne néglige aucun patient, Benedict.

— Ce n'est pas ce que dit le père de celui-ci.

144

— Dans ce cas, il se méprend. Ce vendredi-là, nous avons été submergés de travail. Demandez donc autour de vous. J'étais le seul médecin au service des urgences. Je soignais un enfant blessé par une balle de revolver qui était entre la vie et la mort.

— Et tu l'as sauvé, précisa Peter.

— Si Peter n'était pas arrivé à temps, continua-t-elle sans prêter attention à l'intervention de son mari, le patient qui dépose cette plainte serait mort des suites d'une overdose de cocaïne.

— Savez-vous qui est le plaignant ? demanda brusquement Galloway.

Stéphanie jeta un rapide coup d'œil au dossier, mais ne vit pas de nom.

— Irving Connaught.

— De la Chambre des Représentants de l'Etat ?

— Tout juste. Le patient que vous avez négligé de traiter est son fils unique, Anthony Connaught.

— Je ne l'ai pas négligé, corrigea Stéphanie.

— Sait-il que son fils se drogue ? demanda Peter, sarcastique.

— Irving est un homme important, dit Galloway. Cette affaire pourrait nous porter un grave préjudice.

— Je ne vois pas pourquoi, répliqua Peter. Il a fait un arrêt du cœur et nous l'avons ramené à la vie.

— Les conséquences de ce fâcheux incident pourraient nous coûter très cher, ajouta le directeur, imperturbable.

— Voyons, Ben, s'exclama Peter qui considérait son interlocuteur d'un air incrédule, quel est au juste le problème ? Une expertise médicale ? Vous nous avez convoqués parce que nous aurions donné, par inadvertance, une mauvaise image de l'hôpital ?

— Si l'hôpital n'était pas lié au dispensaire, il ne serait

pas nécessaire de procéder à une enquête, rétorqua Galloway avec mépris. Connaught menace de nous traîner en justice.

— Et de révéler au grand jour que son fils est un junkie ? dit Peter. Permettez-moi d'en douter.

— Connaught risque de nous retirer son soutien. Grâce à vous, nous perdrons toute possibilité de financement !

— Connaught n'est qu'un député parmi tant d'autres, dit Peter. Je suppose que c'est l'attribution des subventions à venir qui vous inquiète. Cet hôpital compte d'autres amis à Baton Rouge, dont le gouverneur pour ne nommer que lui.

— Ecoutez-moi bien, docteur Robin, dit le directeur d'un ton menaçant, je n'ai pas l'intention de me tourner les pouces pendant que vous démantelez mon hôpital. J'ai déjà un procès sur les bras. Je ne tiens pas à en avoir un deuxième.

— Au fond, ce qui vous ennuie, c'est que ce centre de soins ne rapporte pas d'argent, je me trompe ?

— Un hôpital n'est pas une œuvre de charité.

Peter soupira.

— Mais nous sommes assurés pour résoudre ce genre de difficultés.

— Cela ne change rien à ce que pense de nous l'opinion publique.

— Vous grossissez le problème.

Galloway dévisagea un instant Peter, s'efforçant de contenir sa colère.

— Je grossis le problème ? Je reçois une plainte de la part d'un homme politique important et je grossis le problème ? Quand je pense au nombre de fois où je vous ai mis en garde contre ce maudit dispensaire ! Mais vous ne m'écoutez pas. Tous mes avertissements vous laissent indifférent. Que vous faut-il donc pour retrouver un peu de bon sens ? Votre femme est morte là-bas, tuée dans une fusillade, et mon fils... mon fils...

La voix brisée, Galloway dut faire un violent effort sur lui-même pour se ressaisir.

— Vous avez encouragé mon fils à travailler dans cet enfer pour ensuite le regarder mourir sur le trottoir ! acheva-t-il d'une voix sourde.

— Voyons, Ben, murmura Peter en faisant un pas vers lui.

Galloway se leva, une lueur de défi dans le regard.

— Je vais rédiger une note à notre service juridique qui vous contactera. Quant à vous, docteur Sheldon, la relation personnelle qui vous lie au Dr Robin ne s'étend pas au plan professionnel. Je vous conseille donc de vous choisir un avocat.

— Viens, Stéphanie, dit Peter en prenant la jeune femme par le bras.

Mais sur le seuil, elle voulut argumenter encore.

— Benedict, ne croyez-vous pas que...

Il la foudroya du regard.

— J'ai un autre rendez-vous. Si vous voulez bien m'excuser.

Quand Peter quitta le bureau de Galloway, il était au comble de l'exaspération. Entraînant Stéphanie à sa suite, il traversa à grands pas les couloirs de l'hôpital pour se diriger vers le parking du personnel. Les gens se retournaient sur leur passage.

Lorsqu'ils arrivèrent à la voiture, Stéphanie avait un point de côté.

— Quel fumier ! maugréa Peter en ouvrant la portière.

— Tu le connais, dit-elle dans l'espoir qu'il se calmerait avant de prendre le volant.

— Qu'est-ce qu'il aurait voulu qu'on fasse ce soir-là ? Vérifier l'identité de chaque patient et faire passer en priorité les personnages de marque ?

— Sans doute, acquiesça-t-elle avec un sourire qui se voulait apaisant.

— Ignore-t-il qu'un médecin traite d'abord les cas les plus urgents ?

— A condition qu'il sache à qui il a affaire.

— Anthony Connaught ne connaît pas sa chance. Son père ferait mieux d'y penser avant de nous menacer.

— Bien sûr.

Avec une petite grimace, elle se massa sous les côtes.

— Que se passe-t-il ?

— Un simple point de côté. Je n'ai pas l'habitude de sprinter dans les couloirs de l'hôpital.

— Mais quel idiot je fais ! s'écria Peter, prenant à témoin le plafond en béton du parking souterrain. Tu vas bien ? Le bébé aussi ?

Elle s'assit dans la voiture et sourit.

— Je vais bien. Ferme ta portière. Maintenant que j'ai repris mon souffle, je meurs de faim.

Pendant un instant, Peter demeura muet, puis il éclata de rire.

— Naturellement. Et dire que j'ai cru qu'il y avait quelque chose de plus important que ton prochain repas.

Il démarra en douceur.

— Où allons-nous déjeuner ?

— J'aimerais quelque chose de léger parce que ce soir, on va à la réception du Fairmont au profit d'une œuvre de bienfaisance.

— Bon sang ! Ça m'était complètement sorti de l'esprit.

Il prit un air résigné.

— Moi qui espérais ne pas croiser Galloway pendant plusieurs jours !

Ils échangèrent un regard douloureux. L'hostilité du directeur vis-à-vis du centre de soins gratuits créait un lien supplémentaire entre eux. Une longue minute s'écoula tandis qu'ils savouraient ce moment de complicité.

— Mais ça, c'est ce soir, reprit Peter. Où aimerais-tu aller ?

— Voyons...

— Pourquoi ne pas rentrer à la maison ?

— Chez nous ? releva-t-elle avec le sentiment que Peter mijotait quelque chose.

— Oui, c'est le jour de congé de Mimi.

A ces mots, elle comprit qu'il était loin de se soucier de déjeuner, et d'ailleurs, elle même n'y songeait plus. Quand il la regardait de cette façon, elle ne pensait qu'à se blottir dans ses bras. Un seul regard suffisait pour qu'elle eût envie de faire l'amour avec lui. Un seul geste, le timbre de sa voix suffisaient à l'envoûter... C'était ainsi depuis un mois maintenant.

Leur deuxième nuit d'amour avait marqué un tournant décisif dans leur vie. Stéphanie avait enfin oublié les appréhensions qui, jusque-là, l'avaient empêchée de franchir ce pas. Si Peter ne l'aimait pas, car elle ne se leurrait pas sur ce point, il la désirait avec une passion égale à la sienne. Et elle s'accrochait à cette réalité, parvenant ainsi à chasser de son esprit les incertitudes liées à leur relation. Après la naissance du bébé, peut-être existerait-il entre eux un lien suffisamment fort pour leur permettre de construire une relation durable. A condition bien sûr qu'Alison et Keely finissent par s'entendre.

La réaction d'Alison quand elle avait appris que sa

belle-mère attendait un enfant continuait de hanter Stéphanie. Par chance, l'adolescente ignorait encore que son père s'était remarié pour cette seule raison. Enfin, tôt ou tard, elle le devinerait, Stéphanie soupira. Le plus tard serait le mieux. Quant à Keely qui se doutait probablement de la vérité, elle n'avait posé aucune question.

— Difficile de se décider?

Elle regarda Peter. Sa beauté lui chavirait le cœur.

— A quelle heure est ton premier rendez-vous, cet après-midi?

— A 2 heures. Et toi?

— A 2 heures.

— Les gosses ne sont pas là?

— Elles sont toutes les deux au lycée. Du moins, je l'espère.

Il se pencha vers elle et l'embrassa. Stéphanie ferma les yeux afin de mieux savourer la sensualité de ce baiser, l'odeur de Peter, l'émerveillement qu'il y avait à savoir qu'elle lui plaisait.

Il relâcha son étreinte et, avec un grognement, se remit au volant. Elle ne le quittait pas des yeux. Son regard noir et brûlant contenait tant de promesses.

— Mets ta ceinture, ordonna-t-il gravement.

Et avec un sourire amusé, elle obéit.

Elle arriva à l'hôpital quelques minutes avant 2 heures. Longeant le couloir pour gagner la salle où l'attendait son groupe d'adolescentes, elle se sentait détendue et pleine de vitalité, d'une gaieté presque effrontée. Ses joues s'empourprèrent au souvenir du moment de passion qu'elle venait de vivre dans les bras de Peter. Elle n'en ressentait aucune honte, mais au contraire, un grand bonheur. Et avec quelle joie elle attendait leur prochain moment d'intimité! Elle ne se reconnaissait plus. Au cours de son premier mariage, l'amour physique ne lui avait jamais procuré les sensations de bien-être qu'elle éprouvait maintenant. N'était-elle pas devenue l'esclave des appétits de son corps, des appétits qui consistaient à manger, dormir et aimer?

Avant d'entrer dans la salle, elle marqua un temps d'arrêt sur le seuil, espérant que l'expression de son visage ne trahissait rien de son escapade amoureuse.

Des douze adolescentes qui s'étaient inscrites à son cours, sept avaient accouché sans problème. Il ne restait donc plus que Jolène, Chantal, Chrissy, Teresa et Angela. Selon les statistiques, une grossesse sur douze présentait des complications. Elle espérait cependant que ce groupe-ci serait l'exception qui confirme la règle. Ces jeunes filles avaient eu si peu de chance, jusqu'à présent, dans la vie!

C'est alors qu'elle remarqua l'absence de Jolène dont la grossesse arrivait bientôt à terme. Ce n'était pas faute d'avoir répété qu'il était essentiel d'assister à tous les cours.

— Qui a vu Jolène aujourd'hui? demanda-t-elle.

Les quatre adolescentes échangèrent un regard perplexe.

— Est-elle allée au lycée?

— Elle n'est pas venue au cours d'algèbre qu'on suit ensemble, dit Chantal, mais je l'ai vue hier soir.

— Comment allait-elle? Que t'a-t-elle dit?

— Elle ne se sentait pas en forme et elle avait le moral à zéro. Elle a gonflé des chevilles, des mains, du visage. Elle a pris du poids depuis quelques jours, ça se voit. Je lui ai rappelé que c'était un signe qu'il ne fallait pas négliger.

— Qu'est-ce qu'elle ferait si elle attendait des jumeaux? marmonna Angela.

Un mauvais pressentiment étreignit Stéphanie. Jolène courait un risque de toxémie gravidique, mais elle ne mesurait pas la portée de ce danger. Avec un soupir soucieux, Stéphanie mit une vidéo dans le magnétoscope. On était vendredi, et le prochain cours avait lieu lundi, mais elle avait toujours dit qu'on pouvait la joindre pendant le week-end en cas d'urgence. Il ne restait plus qu'à espérer que Jolène s'en souviendrait. En attendant, Stéphanie contacterait son assistante sociale.

Le Fairmont était l'un des hôtels les plus anciens de La Nouvelle-Orléans. Doté d'une élégance qui ferait toujours défaut aux établissements récents, c'était le lieu idéal pour une soirée qui visait à réunir des fonds au profit d'une œuvre de charité.

Stéphanie gravit le grand escalier recouvert d'un épais tapis, répondant machinalement aux bonsoirs des uns et des autres d'un signe de la main, d'un sourire, d'un mot. Comme toujours dans ce genre de soirée, elle se sentait mal à l'aise.

Pour Peter, bien sûr, c'était différent, et une réception de cette envergure était plus assommante qu'intimidante. Personne ici n'avait le pouvoir de lui apporter autre chose que ce qu'il avait déjà : c'était un chirurgien brillant, respecté et de bonne famille.

Si seulement elle parvenait à vaincre sa nervosité! Médecin dans une spécialité difficile, elle avait obtenu son diplôme avec les félicitations du jury, dans une université cotée, et surmonté avec succès les épreuves de l'internat. Aujourd'hui, elle était le Dr Stéphanie Sheldon, respectée, admirée et même enviée par certains. Un monde — le monde extérieur à celui de l'hôpital — qui lui avait été jusqu'alors refusé, s'ouvrait devant elle. Elle n'avait jamais avoué, même à Camille, combien ce monde l'intimidait.

— Tu as froid? demanda Peter. Tu as les doigts glacés.

Elle s'éclaircit discrètement la voix.

— Je suis un peu tendue.

— Mais pourquoi? demanda-t-il avec un étonnement sincère.

Il la trouvait belle dans sa robe de soie d'une teinte cuivre qui rehaussait les reflets ambrés de ses cheveux et soulignait le vert de ses yeux. Elle le voyait à son regard.

— C'est notre première sortie en public depuis notre mariage, dit-elle. Et puis... impossible de cacher ma grossesse.

Avec un sourire amusé, Peter baissa les yeux sur le ventre arrondi de la jeune femme.

— Veux-tu parler de ce ventre que j'embrassais à l'heure du déjeuner?

— Peter! murmura-t-elle, effarée.

Avec un rire léger, il l'attira contre lui et recouvrit d'une main tiède et rassurante ses doigts glacés.

— Au diable tous ces gens! dit-il en déposant un baiser rapide sur sa tempe. Tous les hommes m'envient, ce soir.

Stéphanie rougit à ce compliment, et suivit son mari qui fendait la foule d'un pas décidé. Il s'arrêta bientôt pour saluer un couple à l'allure sophistiquée.

— Jack, Catherine. Je vous croyais en Europe. Comment allez-vous?

Stéphanie crut défaillir. La ressemblance entre Catherine et Alison était frappante. Jack et Catherine n'étaient autres que les parents de Diana. Jack accueillit son ancien gendre sans un sourire. C'était l'avocat principal de l'hôpital. Quant à Catherine, elle était d'une minceur étonnante. Ses cheveux couleur champagne auréolaient un visage d'une beauté classique. Il n'y eut aucune chaleur dans le regard qu'elle posa sur Peter avant de se tourner vers Stéphanie.

— Je ne crois pas que nous nous connaissions.

Le sourire crispé de Catherine était-il dû à ses nombreuses opérations esthétiques ? Stéphanie préféra lui donner le bénéfice du doute.

Peter fit les présentations.

— Ma femme, Stéphanie, Catherine et Jack Sterling, les grands-parents d'Alison.

— Enchantée.

Stéphanie serra la main de Catherine, puis de Jack. Les grands-parents d'Alison faisaient désormais partie de sa nouvelle vie.

— Alison vous ressemble beaucoup, madame Sterling.

— Elle est surtout le portrait vivant de sa mère, dit celle-ci.

— Je ne connaissais pas Diana.

— Comme c'est curieux, dit Catherine avec un regard dubitatif.

— Enfin, je la connaissais de vue, expliqua Stéphanie, toutefois on ne nous a jamais présentées.

— Je vois. Et d'où venez-vous ?

— Du Tennessee. Mais j'habite La Nouvelle-Orléans depuis l'âge de quinze ans.

Stéphanie détestait ces interrogatoires polis qui lui donnaient toujours l'impression d'être une huître que l'on ouvre et dont on inspecte le contenu.

— Je m'étonne que vous n'ayez jamais fait la connaissance de ma fille.

« Une enfant adoptée ne fraye pas avec une jeune fille d'aussi bonne famille », songea Stéphanie.

Les doigts crispés sur sa pochette de soirée, elle jeta un coup d'œil à Peter. Par malchance, il semblait totalement absorbé par sa conversation avec Jack Sterling.

— Avez-vous aimé l'Europe ? s'enquit-elle, pour ne plus parler de Diana.

Catherine agita une main ornée de diamants.

— A vrai dire, nous avons écourté notre voyage, cette fois-ci. Il faisait tellement frais à Londres !

Ses yeux se posèrent sur la poitrine, puis le ventre de Stéphanie.

— Vous n'imaginez pas notre surprise quand nous avons appris que Peter s'était remarié. Et surtout si soudainement !

Stéphanie priait pour que Catherine ne mentionnât pas sa grossesse, car elle ne se sentait pas en état d'affronter la réaction des Sterling face à la venue dans la famille d'un petit frère ou d'une petite sœur pour Alison.

— Ce n'est pas une situation facile pour les enfants. J'espère que vous prendrez soin d'Alison. Elle représente tant pour nous. Jack et moi, nous nous inquiétons beaucoup à son sujet. Elle est très fragile.

— Fragile ?

— Oui. Elle a beaucoup souffert de la disparition de sa mère. Mais quel est l'enfant qui pourrait accepter une telle injustice ?

Stéphanie, qui n'avait jamais eu de famille à proprement parler, se sentit incapable de compatir, car elle avait pu constater à quel point Alison était choyée par son père.

Elle lança un regard de détresse à Peter.

— Si on allait boire quelque chose ? proposa-t-il.

La prenant par la taille, il s'apprêtait à l'entraîner vers le buffet quand Catherine reprit :

— Maintenant que nous sommes rentrés, j'espère qu'Alison pourra passer quelques jours avec nous pendant les vacances, Peter. Nous envisageons une semaine de ski dans le Colorado, entre Noël et le jour de l'an. A moins que vous n'ayez d'autres projets, bien sûr.

— Cela nous priverait d'Alison pendant toutes les vacances, dit-il avec un sourire crispé. Téléphonez-moi. Nous en reparlerons.

— Alison était ravie de ce projet quand nous lui en avons parlé.

— Mais quand lui en avez-vous donc parlé?

— Ce soir, juste avant de venir ici.

Peter laissa échapper un soupir impatient.

— Les choses sont différentes, maintenant, expliqua-t-il. Je ne suis plus seul avec Alison. Il y a Stéphanie et sa nièce. Pour l'instant, nous n'avons encore fait aucun projet.

— Oui, Alison m'a parlé de cette jeune fille. Keely, c'est ça?

Avec un sourire figé, Catherine se tourna vers Stéphanie.

— Jack et moi, nous avons l'habitude d'offrir à Alison un séjour aux sports d'hiver, à Noël. Je suis sûre que vous comprenez...

— Naturellement, dit la jeune femme, mais c'est à Peter que revient la décision, madame Sterling.

— Nous en reparlerons, conclut ce dernier d'un ton sans réplique.

Catherine pinça les lèvres, et Stéphanie se rapprocha de Peter.

A ce moment, Benedict Galloway les rejoignit.

— Jack et Catherine! s'exclama-t-il. Je pensais bien vous avoir reconnus.

Il serra la main de Jack et déposa un baiser sur la joue de Catherine.

— Vous êtes donc rentrés de Londres?

— Entre autres, dit Jack. Comment allez-vous?

— Oh, je tiens le coup, mais votre gendre me donne du fil à retordre, dit-il avec un coup d'œil mauvais à l'adresse de Peter.

— Ah? fit Jack, les sourcils froncés.

— Ce fichu dispensaire, vous savez!

A ces mots, Stéphanie sentit comme un courant d'air froid qui l'enveloppait. Les Sterling partageaient-ils le mépris de Galloway pour le centre de soins gratuits d'Esplanade Avenue?

— Je ne pense pas que cela intéresse Jack et Catherine.

La voix tendue de Peter résonna comme un avertissement à l'égard de Galloway.

— Au contraire, notre seul désir, c'est que cet horrible endroit soit enfin fermé, se récria Catherine.

— Que s'est-il passé? demanda Jack.

Stéphanie soupira. Galloway avait réussi à piquer la curiosité des Sterling et il jubilait.

— Nous allons avoir un procès.

Jack se rembrunit.

— Décidément, la responsabilité de l'hôpital vis-à-vis de ce dispensaire est une constante source d'ennuis.

— Cette fois-ci, l'affaire est grave, renchérit Galloway avec ferveur.

Stéphanie aurait volontiers frappé Galloway avec son sac à main pour ces paroles. N'ayant pas réussi à discréditer Peter et le dispensaire vis-à-vis du conseil d'administration de l'hôpital, il cherchait désespérément à se faire des alliés. Et les Sterling représentaient un atout formidable.

— Je ne vois rien de particulièrement menaçant dans cette plainte, maugréa Peter. Je suis prêt à maintenir sous serment toutes les décisions que j'ai prises ce soir-là.

— Voulez-vous bien m'expliquer de quoi il s'agit? demanda Jack. Et qui d'autre est impliqué dans cette affaire?

— Moi, dit Stéphanie avec calme. J'étais de garde, ce soir-là. Mais, ajouta-t-elle à l'intention de Galloway, puisque vous devez présenter l'affaire à notre service juridique, M. Sterling n'aurait-il pas une meilleure vue de la situation s'il prenait connaissance de toutes les pièces du dossier?

Benedict la foudroya du regard.

— Inutile d'attendre lundi matin, dit Jack.

— Bon sang! marmonna Peter, furieux.

— Le fils d'Irving Connaught s'est présenté au dispensaire, Dieu seul sait comment et pour quelle raison, expliqua Galloway. Il n'a reçu aucun traitement jusqu'à ce qu'il fasse une crise cardiaque.

— Quelle honte! s'exclama Jack, et son regard choqué se posa sur Peter.

Galloway soupira.

— Vous le savez, Jack, je me suis toujours opposé à la création de ce centre de soins, mais je n'y peux rien. Le conseil d'administration hésite à couper les vivres pour ne pas être trop impopulaire. Si seulement vous pouviez faire entendre raison à Peter!

Comme Peter faisait mine de s'éloigner, Stéphanie posa une main sur son bras.

— Un instant, Peter, dit-elle avant de se tourner résolument vers l'homme de loi. Le véritable problème est que la personne qui a amené Anthony Connaught au dispensaire n'a pas pris la peine de prévenir l'accueil. Elle a laissé Anthony Connaught dans la salle d'attente et elle est partie. J'étais le seul médecin de service, ce soir-là, et je soignais un enfant qui avait été blessé par une balle de revolver quand on s'est aperçu de la présence d'Anthony

Connaught. Je ne pouvais pas laisser tomber l'enfant qui était dans un état critique. Par chance, Peter est arrivé et s'est occupé de Connaught. Le pire a donc été évité.

— Connaught aussi était dans un état critique, dit Galloway.

— Que dois-je comprendre ? répliqua-t-elle du tac au tac. Que j'aurais dû laisser tomber ce gosse ? Sans Peter, Anthony Connaught serait mort à l'heure qu'il est. Peter lui a sauvé la vie, conclut-elle avec passion.

Et dire qu'un quart d'heure avant, elle tremblait de tous ses membres en montant l'escalier du Fairmont ! Or, voilà qu'elle n'hésitait pas à s'opposer à trois personnes dont l'hostilité pouvait fort bien lui nuire tant sur le plan professionnel que sur le plan personnel. Peter la dévisageait, surpris.

— J'exècre ce centre de soins, dit Catherine avec un frisson de dégoût. Je me demande comment vous faites pour y travailler.

— Je suis entièrement d'accord, dit Jack.

— Nous en avons parlé maintes fois, dit Peter avec impatience. J'ai créé ce dispensaire, et que vous l'acceptiez ou non, il n'est pas question que je le ferme. Les malades ont besoin de ce centre. La vie de nombreux patients en dépend. Si vous ne pouvez l'approuver sur un plan humanitaire, alors pensez que c'est une bonne carte de visite pour l'hôpital. En général, les gens approuvent l'existence d'un dispensaire pour les plus démunis, et les actionnaires peuvent dormir sur leurs deux oreilles : grâce aux efforts de Stéphanie, nous recevons de l'argent fédéral qui complète les contributions de l'Etat.

— Il existe d'autres projets fédéraux qui seraient rentables pour l'hôpital des Femmes, dit Galloway.

— Parfait, réalisez-les, rétorqua Peter, mais tant que je serai chirurgien en chef, le dispensaire fonctionnera.

Stéphanie comprit alors que l'agressivité de Galloway s'expliquait uniquement par le fait qu'il considérait Peter comme l'unique responsable de la mort de son fils. Quant à Jack et Catherine Sterling qui avaient perdu une fille dans le même accident, entretenaient-ils une rancœur semblable vis-à-vis de Peter? Etait-ce la raison de leur froideur? Ou bien réprouvaient-ils le mariage de Peter? Pensaient-ils qu'elle faisait une mauvaise belle-mère pour Alison?

Sans doute eût-il été plus sage de clore ici cette discussion, mais Stéphanie attachait trop d'importance à la survie du dispensaire pour laisser tomber.

— Je comprends, reprit-elle, que le centre de soins représente pour vous des souvenirs tristes et amers que vous préféreriez pouvoir oublier. La mère d'Alison et Ben Jr. y sont morts, et il n'existe rien de plus terrible. C'est absurde, tragique...

La réserve tranquille qu'affichait jusqu'alors Catherine fit soudain place à une expression dure et glaciale. Il ne faisait aucun doute qu'à ses yeux, le fait d'évoquer le décès de Diana et de Ben Jr. trahissait un impardonnable manque de tact. Mais le petit garçon que Stéphanie avait arraché à la mort n'avait-il pas, lui aussi, des parents qui auraient pleuré sa disparition si elle n'était intervenue à temps?

— Il n'existe rien de plus tragique, si ce n'est la disparition de douzaines et de douzaines d'autres personnes. Nous n'avons pas les moyens d'établir des statistiques, mais croyez-moi, pour les malades qui le fréquentent, ce dispensaire est plus que nécessaire.

— Un hôpital offre les mêmes services, dit Galloway.

— Certes, mais à un coût beaucoup plus élevé, répliqua-t-elle.

— Il faut laisser ce dispensaire mourir de mort naturelle, s'écria Galloway, furieux que la jeune femme osât le contredire. Si Peter ne s'obstinait pas à le défendre, ce serait fait depuis longtemps. Moi qui espérais que vous le ramèneriez à la raison, je vois que je me suis trompé.

— Est-ce une menace, Benedict? demanda Peter.

— Il existe des moments difficiles pour un médecin. Je mets simplement votre femme en garde contre une conscience sociale trop active qui pourrait nuire à sa carrière.

— Sachez que, dans cette affaire, je soutiens entièrement mon mari, répondit Stéphanie.

Et comme Peter l'attirait un peu plus contre lui, son cœur s'emballa.

— Que voulez-vous faire? demanda Galloway à Jack d'un ton las.

Un maître d'hôtel vint leur présenter un plateau de canapés, mais personne ne se servit.

— L'hôpital ne pourrait-il pas parrainer un autre programme? suggéra Catherine d'un ton plaintif.

— Comme un cours d'éducation parentale pour adolescentes enceintes? lança Galloway. Oui, nous avons ça aussi.

A ces mots, Stéphanie vit rouge.

— Il s'agit d'un cours pilote, s'empressa-t-elle de préciser. Jusqu'à présent, il a été financé par des subventions de l'Etat et du gouvernement fédéral. Et ses résultats sont probants. Sept bébés sont nés dans d'excellentes conditions. Peut-être même que leurs mères ont retenu quelques notions d'éducation.

Galloway eut un sourire railleur.

— Ont-elles appris au moins à ne plus tomber enceintes?

— Oui, elles ont appris à gérer une contraception. Y auront-elles recours le moment venu? Seul l'avenir nous le dira.

— La drogue, les filles mères, la violence, les sévices corporels..., énuméra Catherine, la mine dégoûtée.

— C'est un cercle vicieux que nous essayons de briser, expliqua calmement Stéphanie.

— Je ne comprends pas comment on peut s'y intéresser, reprit Catherine. Ces gens sont si... différents de nous. Quelles sont leurs valeurs? Où est leur sens des convenances? Leur avenir paraît tellement noir.

— Si nous pouvons aider ne serait-ce que l'un d'entre eux, cela vaut la peine de se donner du mal.

Mais Catherine haussa les épaules.

— C'est sans espoir, lança-t-elle d'un ton aigre, signifiant clairement qu'elle se désintéressait de la discussion.

Peter ouvrit le garage avec la commande à distance et gara la voiture. A côté de lui, Stéphanie gardait les yeux baissés sur ses mains. Son alliance brillait à la lueur du tableau de bord. Elle bougea légèrement la main. Elle n'était pas encore habituée à voir l'anneau à son doigt. Peter coupa le moteur et se tourna vers la jeune femme.

— Fatiguée?

— Un peu.

— Est-ce que tu as trouvé ça aussi pénible que tu le craignais?

— La réception? Pas vraiment, en dehors de l'épisode des Sterling et de Benedict.

La présence de Peter lui avait apporté un tel réconfort, mais comment le lui dire sans expliquer les raisons de ses appréhensions?

— Allons nous coucher, murmura-t-il.

Ils sortirent dans le jardin.

— C'est une belle nuit, dit-il, la tête levée vers le ciel.

Regarde toutes ces étoiles. Je crois que de toutes les saisons, c'est l'automne que je préfère. Et toi?

— Comment?

Il s'arrêta et, lui relevant le menton, la regarda droit dans les yeux.

— Que se passe-t-il, Steph?

A la lumière du clair de lune, elle dévisagea Peter. Il y avait de la force en lui, et aussi une telle douceur, parfois.

— Rien. Une femme enceinte est sujette à des sautes d'humeur.

— A mon avis, il y a autre chose, dit-il. Je sais combien ton cours d'éducation parentale t'importe. Catherine a parlé avec arrogance et dureté. Son monde est tellement éloigné de celui de tes adolescentes qu'elle est incapable de comprendre.

— Je sais, murmura Stéphanie, le regard perdu dans le vague.

Elle ne l'aurait pas avoué à Catherine Sterling, mais elle se demandait souvent si les conseils qu'elle donnait étaient réellement compris par ses protégées. Leur permettaient-ils d'apporter un changement dans leur vie ou étaient-elles trop engluées dans un comportement négatif pour espérer, un jour, améliorer leur condition?

Peter l'enlaça et posa la joue sur ses cheveux.

— Si tu as peur que Benedict et mes ex-beaux-parents réussissent à convaincre le conseil d'administration d'arrêter ton cours, rassure-toi. Ce sont des actionnaires. Tant que les fonds de l'Etat et du gouvernement fédéral financent ton programme, ils n'entreprendront rien. Il en va de même pour le dispensaire.

Stéphanie se laissa aller dans les bras de Peter, prenant plaisir à entendre les battements de son cœur. Avec quel naturel elle l'enlaçait, maintenant!

— C'est une attitude cynique.

— Bien sûr ! Ce sont des gens cyniques.

D'une main, Peter lui caressait le dos. Ce geste de tendresse la réconfortait. Elle commençait à apprécier d'être dorlotée. Oui, c'était le mot juste. Comment avait-elle fait, jusque-là, pour vivre sans lui ? Son autre existence, celle d'avant leur rencontre et sa grossesse, celle d'avant Keely et Alison, lui semblait désormais bien triste et dénuée de saveur.

Elle releva la tête.

— Tu as été sensationnelle ce soir, dit-il. J'étais fier de toi.

— Quand ?

— Quand tu as rétabli la vérité au sujet d'Anthony Connaught. Tes yeux lançaient des éclairs et tu relevais le menton comme quand tu interviens au milieu d'une dispute avec les filles.

— Les filles ? releva-t-elle, se demandant s'il parlait des adolescentes enceintes.

Car si c'était le cas, comment savait-il ce qu'elle disait et faisait pendant ses cours ?

— Alison et Keely.

— Oh !

Les battements de son cœur s'accélérèrent. Elle aimait qu'il parlât d'elle et des filles comme s'ils constituaient une famille normale. Parfois, en effet, il disait des choses qui faisaient d'eux une famille normale.

— Jamais Diana ne m'aurait soutenu dans une affaire pareille.

— Pourquoi ?

— Tout d'abord, c'est à peine si elle s'intéressait à mon métier, en dehors de ce qu'il rapportait sur le plan financier puisque cela avait une incidence directe sur son standing. Et même si elle avait su la vérité sur l'incident avec Anthony Connaught, elle ne m'aurait sûrement pas défendu contre Benedict.

164

— Elle le craignait ?

— Non, mais elle n'y aurait vu tout simplement aucune utilité.

— Elle avait pourtant bien un but dans la vie, dit Stéphanie, incapable d'imaginer le genre d'existence que semblait avoir mené Diana Robin.

— En dehors du tennis, du bridge et de faire de notre maison une vitrine de luxe ? Rien. Enfin, il y avait aussi la cocaïne.

— Peter...

Stéphanie lui effleura la joue de la main, puis se hissa sur la pointe des pieds et l'embrassa.

— Jamais Diana n'aurait créé un cours de soutien psychologique pour des adolescentes enceintes. Elle ne se serait pas inquiétée de leur sort.

Stéphanie songea que Diana avait connu une existence bien triste. Si Peter l'avait adorée autrefois, vivre avec elle et son problème de drogue avait eu raison de cet amour. D'ailleurs, elle avait remarqué qu'il était triste, autrefois. Désormais, il lui souriait, à elle, avec amour, tendresse, sincérité. Le désir, qui s'éveillait en elle, lui noua la gorge. Peter l'étreignit avec force.

— Tu aimes me sentir ? demanda-t-il tout bas, d'une voix rauque.

— Oh ! oui.

La serrant davantage contre lui, il lui effleura la tempe des lèvres, lui mordilla l'oreille. Elle renversa la tête pour qu'il pût l'embrasser dans le cou.

— Tu es fatiguée, lui rappela-t-il.

— Plus maintenant.

— Je veux t'aimer.

— Oui.

Plus que tout, elle voulait être aimée par Peter.

10.

La grossesse est un processus de vie extraordinaire. Avez-vous tendance à négliger d'autres aspects de votre existence depuis que vous êtes enceinte ? Si vous avez des enfants, préparez-les à la venue du bébé dans votre foyer. N'oubliez pas que la vie continue !
Demandez l'avis du Dr Meredith.

18 décembre 1995, vingtième semaine

— Qu'est-ce que c'est, Mimi ?

— Poulet sur canapé, mademoiselle Keely, répondit la domestique qui posait une corbeille de pain devant Peter.

Keely soupira.

— Tu es incorrigible, Mimi. Je m'appelle Keely tout court. Tu veux donc que je t'appelle « mademoiselle Mimi » ?

La domestique sourit.

— Vous savez, j'ai entendu pire.

Stéphanie et Peter échangèrent un regard amusé. C'était une scène familière entre Keely et Mimi. Dès le premier jour de son installation chez les Robin, Keely s'était fait un devoir de démontrer à tout un chacun qu'elle n'avait rien d'une snob, à tel point que le jardinier, un Vietnamien timide, préférait parfois s'en aller sur la pointe des pieds en direction de la remise pour échapper à la ferveur égalitaire de la jeune fille.

Keely porta à sa bouche un morceau de blanc de poulet.

— Pourquoi ne mange-t-on jamais de poulet frit ici ?

Mimi ôta le couvercle de verre du plat de riz qu'elle venait de poser à côté du poulet.

— Avez-vous l'intention de faire un pique-nique ?

Cette question provoqua chez Alison un ricanement moqueur.

— Un pique-nique ? Non, pourquoi ? demanda Keely.

— Parce que c'est le seul moment où il est convenable de manger du poulet frit, expliqua Alison de son ton sentencieux.

Keely posa les mains sur la table, fourchette et couteau dressés de part et d'autre de son assiette.

— Tu veux dire que toutes les fois où j'ai mangé du poulet frit en dehors d'un pique-nique, ce n'était pas « convenable » ?

— Je vous en prie, intervint Stéphanie, reconnaissant les signes annonciateurs d'une dispute.

— C'est idiot, continua Keely sans se démonter.

— C'est toi qui es idiote, répliqua Alison.

— Taisez-vous, dit Peter. Toutes les deux.

Les adolescentes fulminèrent un instant en silence.

— Excusez-moi, dit alors Keely. On ne se dispute pas à si peu de jours de Noël.

Peter se servit un petit pâté chaud.

— Alléluia !

Stéphanie et Keely se mirent à rire. Alison sourit.

— Ce poulet est succulent, Mimi, reprit Keely.

— Merci, madem... euh, Keely.

— En parlant de Noël, reprit la jeune fille, quand ira-t-on acheter un sapin ?

— On n'achète jamais de sapin, répliqua Alison. On a un arbre tout fait au grenier.

— Oh non ! s'exclama Keely, visiblement déçue. Dans cette superbe maison, vous mettez un arbre en plastique. Docteur T., est-ce bien vrai ? demanda-t-elle en se tournant vers Peter.

— Ma foi, oui, avoua celui-ci, quelque peu embarrassé.

— Ça doit être un arbre très particulier.

— Euh...

— Immense ?

— Euh...

— A quoi bon faire tant d'histoires ? interrompit Alison avec impatience. Un sapin, c'est un sapin. Mimi le décore, et papa et moi, nous n'avons jamais trouvé de raison de nous en plaindre.

— Mimi décore votre arbre de Noël ? s'écria Keely, horrifiée.

— Mais oui.

— Alison me fait marcher, docteur T. ?

— Non, c'est comme ça que nous faisons, mais apparemment, tu ne vois pas les choses ainsi, ajouta-t-il.

— Dans une maison aussi grandiose, avec ces plafonds hauts et toutes ces fenêtres... oui, je vois les choses différemment.

Stéphanie avala une gorgée de café, un léger sourire aux lèvres.

— Moi aussi.

Peter se tourna vers la jeune femme.

— Toi aussi ? répéta-t-il, médusé. Mais c'est une conspiration !

Les yeux brillants d'excitation, Stéphanie reposa sa tasse.

— Pourquoi ne pas acheter un vrai sapin ? Un magnifique sapin qui sent bon la résine et qui est tellement grand qu'il faut monter sur une échelle pour le décorer.

Peter l'observa un instant.

— C'est une amoureuse inconditionnelle de Noël qui parle, je me trompe ?

— J'adore Noël.

— Moi aussi, dit Keely. Avez-vous beaucoup de décorations ?

Peter se tourna vers sa fille qui, cette fois-ci, n'avait pas de réponse toute prête.

— Oui, enfin, nous avons les trucs habituels.

— Quel dommage ! s'écria Keely. Moi qui m'imaginais que vous aviez des décorations fabuleuses accumulées dans votre famille depuis des générations !

— J'ai une jolie collection d'objets de Noël, dit Stéphanie. Tu sais ce que c'est, expliqua-t-elle à Peter, on achète une bricole ici et là, en souvenir d'un voyage, d'une personne, d'un événement...

Peter secoua la tête.

— J'avoue ne m'être jamais livré à ce genre de manie.

— Vous savez, il n'est jamais trop tard pour commencer, dit Keely.

— Il ne manquait plus que ça ! maugréa Alison, les yeux au ciel.

Mais pour une fois, Keely ne releva pas cette réflexion acerbe.

— Alors, quand faisons-nous ce tour en forêt ?

— La forêt de Canal Street ? dit Peter que l'enthousiasme de l'adolescente amusait.

— Tout juste.

— Pourquoi pas aujourd'hui ?

— Génial !

**

L'achat du sapin de Noël remporta un vif succès. Même Alison se prit au jeu, et une seule dispute sérieuse opposa les deux adolescentes. Alison voulait un grand sapin élégant et effilé, et Keely préférait un énorme épicéa bleu que seul le hall du Fairmont aurait pu abriter. Ce fut à Peter que revint le privilège de trancher. Stéphanie se réjouit intérieurement quand son choix se porta sur celui qu'elle avait sélectionné en secret.

— Mes félicitations, dit-elle plus tard quand ils montèrent au grenier chercher les décorations. Nous avons un sapin de Noël et la paix règne dans la famille!

Elle se hissa sur la pointe des pieds et tendit un bras vers une boîte.

— Attends, je vais t'aider, dit Peter en prenant la jeune femme par la taille pour la pousser légèrement sur le côté, mais au lieu de la relâcher, il enfouit son visage dans ses cheveux blonds.

Une vague de chaleur et de plaisir l'envahit, ses mains remontèrent jusqu'aux seins lourds de Stéphanie. Il l'embrassa dans le cou. Elle se serra contre lui.

— Comme tu sens bon, murmura-t-il.

Les voix de Keely et d'Alison retentirent dans l'escalier.

— Mince! gémit-il.

— C'est toi qui as commencé, répondit Stéphanie, la tête sur son épaule.

Les mains de Peter entouraient leur bébé. Au cinquième mois de grossesse, le ventre de Stéphanie s'arrondissait nettement.

— Salut, Slugger, c'est ton papa, chuchota-t-il.

— Slugger?

— Tu as dit que c'était un garçon. Slugger, c'est chouette comme surnom.

— Ah bon? fit-elle avec un sourire malicieux.

Au même moment, les deux adolescentes les rejoignirent.

— Alors?

— Que se passe-t-il? Vous ne les trouvez pas?

— Mais si, mais si, bredouilla Peter qui s'empressa de quitter la pièce avec la boîte pleine de décorations de Noël.

Grâce au faible éclairage du vieux grenier, l'embarras de Stéphanie, dont les joues s'étaient empourprées, passa inaperçu.

Au salon, les chants de Noël s'élevaient doucement des haut-parleurs cachés dans la pièce. Mimi avait rempli de punch une théière en argent, et l'odeur épicée du breuvage se mêlait à la senteur forte de l'arbre, créant ainsi une ambiance de fête. La trêve entre Alison et Keely, qui s'affairaient au milieu des décorations de Noël, se prolongeait. Stéphanie releva la tête et s'aperçut que Peter l'observait, sa tasse de punch agrémenté d'une goutte de bourbon à la main. Sans la quitter des yeux, il leva sa tasse, lui portant un toast en silence. Le cœur de la jeune femme battit plus fort.

— Comme c'est joli!

Keely s'extasia sur deux anges de cristal, puis sur deux flocons de neige argentés, pendant qu'Alison déballait un Père Noël et deux souris portant un ruban de houx autour du cou.

— Tout est en double, dit Keely.

— Non, pas tout, dit Stéphanie en sortant d'un papier une cloche en céramique rouge entourée d'un nœud rayé façon berlingot.

Et son doigt suivit le tracé vert de quatre chiffres.

— 1972, murmura-t-elle.

C'était l'année où Tessa et elle avaient été placées chez des fermiers, dans les environs de Memphis. Avec huit autres enfants, elles dormaient dans des lits superposés installés dans un bâtiment séparé de la maison. Levées à 6 heures, elles s'acquittaient de plusieurs tâches ménagères avant d'aller à l'école. De retour à 3 heures et demie, elles surveillaient les tout-petits, faisaient la cuisine, le ménage, la lessive, cultivaient le potager. Au cours de ces dix-huit mois, elles n'avaient jamais eu de loisir. A Noël, à force d'économiser sur leur déjeuner, elles avaient pu s'offrir une seule cloche de céramique que le marchand soldait parce qu'elle était abîmée. Cette fois-là, quand Tessa avait voulu s'enfuir, Stéphanie l'avait suivie...

Peter s'approcha des décorations étalées par terre, puis regarda la cloche que Stéphanie tenait à la main.

— 1972, dit-il. Tu avais quel âge? Douze ans?

— Oui.

Stéphanie installa la cloche dans l'arbre, et Keely la poussa du bout du doigt. Il y eut un tintement aigrelet.

— Elle est fêlée, dit l'adolescente.

— Je sais. Nous l'avions réparée, mais à cette époque-là, la Super Glue n'existait pas.

— Nous? releva Keely.

Et en parcourant des yeux les décorations, elle comprit brusquement.

— Ma mère et toi, vous achetiez tout en double parce que vous étiez jumelles, c'est ça?

— Oui.

— Quelles sont celles qui appartiennent à ma mère?

— Celles qui remontent à plus de dix-sept ans. La moitié d'entre elles appartiennent à Tessa.

— Pourquoi te les a-t-elle laissées? Pourquoi n'est-elle pas venue les reprendre? Pourquoi n'a-t-elle jamais pensé à moi ? Si elle s'en fichait, moi, ça m'aurait plu de les avoir !

— Elle avait ses raisons, Keely, j'en suis sûre. Elle ne pensait pas à Noël. Elle ne pensait qu'à une seule chose : s'en aller et vivre sa vie.

— On peut dire qu'elle a réussi !

— Elle était malheureuse, murmura Stéphanie, soucieuse de défendre sa sœur. Elle a essayé de se faire à l'existence que Camille nous offrait. Toutes les deux, nous avons essayé de nous y faire, toutefois ça n'a pas marché pour Tessa.

— Mais toi, tu es restée. Tu as réussi à t'en sortir.

— C'était différent pour moi.

— Pourquoi ?

Stéphanie jeta un regard désemparé à Peter qui écoutait avec attention cette conversation. Même Alison semblait suspendue à ses lèvres. Comme ils seraient choqués d'apprendre la vérité sur Tessa et elle !

— On fait des choix dans la vie, parfois heureux, parfois malheureux, reprit-elle d'un ton hésitant. Tessa a suivi son instinct. Il faut connaître les angoisses et les souffrances d'un individu pour comprendre pourquoi il s'oriente sur une voie plutôt qu'une autre.

— En attendant, elle s'est fourvoyée, rétorqua Keely avec amertume, et elle m'a entraînée avec elle.

— Je sais que ça n'a pas été facile pour toi.

— Tu peux le dire !

— Elle n'a peut-être pas eu le choix, expliqua alors Alison.

Tous les regards se posèrent sur l'adolescente qui témoignait d'une soudaine compassion vis-à-vis du chagrin de Keely.

— Elle avait peut-être une bonne raison pour agir ainsi.

Keely alla à la fenêtre. Dehors, une guirlande de petites ampoules blanches serpentait le long des branches d'un gros chêne.

— On a toujours le choix, lança-t-elle sans se retourner.

— Et si elle avait attendu un enfant? suggéra Alison. Elle se serait enfuie pour le cacher.

A ces mots, Stéphanie sursauta, et Peter parut surpris, lui aussi.

— Toujours est-il que ce n'est pas moi qu'elle attendait parce que les dates ne correspondent pas. Bien sûr, je pourrais avoir un frère ou une sœur dont j'ignore l'existence. Ma mère est capable de tout, ajouta-t-elle avec froideur. Elle n'aurait pas hésité à abandonner son enfant.

— Non, Keely! s'écria Stéphanie avec feu. Jamais Tessa n'aurait fait une chose pareille.

— Tu te trompes. Si je te racontais ce qui s'est passé avant que je me décide à prendre la route, tu frémirais d'horreur, mais tu ne me croirais pas... Tu es tellement différente de ma mère. En dehors de l'aspect physique, vous êtes comme le jour et la nuit. Si vous ne vous ressembliez pas autant, je ne vous croirais même pas parentes.

— Oh! Keely...

L'adolescente haussa les épaules d'un air penaud, comme si elle en avait trop dit.

— Bah, n'en parlons plus. Je n'attends pas d'explications de ta part. C'est sans espoir, je le sais. Mais j'ai passé tellement de temps à essayer de la comprendre! Et comme vous êtes jumelles, je me disais que tu pouvais peut-être m'y aider.

Stéphanie se mordit la lèvre. Fallait-il révéler au grand jour le secret de Tessa, ce qui ne pouvait se faire qu'en relatant leur enfance sordide? Elle regarda Peter. Quelque

174

chose dans ses yeux noirs disait à Stéphanie qu'il attendait d'en savoir davantage.

— Nous avons vécu des moments difficiles avant de
rencontrer Camille, dit-elle en effleurant de la main le
visage d'un chérubin à l'allure joviale qui se balançait à
une branche du sapin. Nous n'avons pas connu notre père
qui est mort dans un accident de voiture quand nous
avions quatre ans. C'est ma mère qui conduisait, et je
crois qu'elle ne s'est jamais remise de ce choc car c'est à
ce moment-là qu'elle a commencé à boire. Au cours des
années suivantes, nous avons été placées dans différentes
familles. Elle est morte quand nous avions neuf ans.

Au moment du décès de leur mère, Stéphanie et Tessa
vivaient avec elle. Un matin, elles la découvrirent,
inconsciente, sur le canapé. Le téléphone n'ayant pas été
payé, on le leur avait coupé, et Stéphanie avait couru chez
les voisins pour appeler à l'aide, mais il était trop tard. Le
jour de l'enterrement, il pleuvait. A neuf ans, elles étaient
orphelines.

Stéphanie regardait sans voir les minuscules lumières
de l'arbre, et quand Peter lui toucha l'épaule pour lui
donner une tasse de punch, elle tressaillit et battit des
paupières.

— Bois, c'est chaud et sucré.

De la compassion se lisait dans son regard. A moins
que ce ne fût de la pitié? Mais elle ne voulait pas de sa
pitié.

— Pendant quelques mois, nous n'avons pas vraiment
souffert, reprit-elle après avoir avalé une gorgée de
punch. Nous sommes restées dans des familles qui...
n'étaient pas trop mal.

Elle haussa les épaules, incapable de trouver un terme
plus juste.

— Le séjour le plus long que nous ayons fait, c'est

dans une ferme. Nous nous étions juré de ne jamais épouser de fermier, conclut-elle avec un petit rire amer.

Son sourire s'évanouit.

— Notre assistante sociale nous a placées ensuite chez un couple qui habitait Memphis. Nous avions quatorze ans. Nous ne nous plaisions pas du tout chez ces gens, et nous nous sommes enfuies.

— Oh, fit Alison tout bas.

Il y avait bien d'autres choses à raconter, mais Stéphanie ne voulait pas y penser ce soir, pas quand le sapin de Noël étincelait de mille feux et que tout le monde se sentait réconforté par la perspective des fêtes. Le jour où elle ne douterait plus de la réussite de son mariage, peut-être relaterait-elle la triste histoire de son enfance déchirée.

Keely s'assit par terre, les jambes en tailleur.

— Ma mère ne m'a jamais rien raconté sur son enfance.

— Peut-être que, comme moi, elle voulait tout oublier.

— Mais il faut parler de soi à ceux qu'on aime ! On n'a pas le droit de faire des secrets, d'enterrer le passé comme s'il n'avait jamais existé.

— Tu n'as pas tort, Keely, dit Peter doucement, sans quitter Stéphanie des yeux.

La jeune fille se leva.

— Je ne comprends toujours pas pourquoi elle est partie de chez Camille. Camille est tellement chouette. Il me semble que c'était une chance pour vous de la rencontrer.

— Ne crois-tu pas que c'est parce qu'elle était enceinte ? suggéra une nouvelle fois Alison qui s'accrochait à sa théorie. Ça s'est passé il y a dix-sept ans. A cette époque, les gens n'étaient pas tendres avec les filles qui attendaient un enfant sans être mariées.

— Quand une adolescente fait une fugue, ce n'est pas forcément parce qu'elle est enceinte, dit Stéphanie que

176

les pensées d'Alison rendaient nerveuse. Il existe d'autres raisons.

— Bien sûr, mais si vous vous êtes mariés, papa et toi, c'est bien à cause de ça?

— A cause du bébé? balbutia Stéphanie d'une voix faible.

— Oui.

— Pourquoi dis-tu ça? demanda Peter.

Alison lui adressa un regard exaspéré.

— Simple question de calcul! Vous vous êtes mariés en août et le bébé est attendu pour avril. Ça fait huit mois. Or, il en faut neuf. N'oublie pas que je m'y connais en éducation sexuelle.

Désemparée, Stéphanie se tourna vers Peter. Pour une fois, l'aisance avec laquelle elle avait coutume d'affronter ce genre de situation lui faisait défaut. Tant pis, Peter n'avait qu'à se débrouiller.

— Inutile de prendre cet air coupable, papa, enchaîna Alison. J'imagine que ça arrive, mais tu aurais dû utiliser un préservatif.

— C'est ce que nous avons fait, marmonna-t-il.

— Enfin, de toute façon, tu as agi comme il fallait.

— Que veux-tu dire? interrogea-t-il avec l'air d'un homme qui, à deux doigts de tomber au fond d'un abîme, vient de le franchir, sain et sauf.

— Tu n'as pas fui tes responsabilités.

— Non, en effet.

— Stéphanie non plus.

Peter posa un bras sur les épaules de la jeune femme.

— Tu as raison, dit-il en souriant. Je crois que tu grandis.

Ravie du compliment, Alison lui adressa un large sourire.

Soudain, le téléphone sonna.

— Oh non ! s'écrièrent les deux adolescentes d'une même voix.

Mimi entra avec le téléphone portable.

— C'est pour vous, docteur Robin.

Peter prit la communication, parla brièvement et raccrocha.

— Désolé, mais je dois m'en aller. Une urgence.

— C'est toujours pareil ! s'exclama Alison.

Déjà, il passait une veste, vérifiait qu'il avait bien ses clés.

— Je ne sais pas quand je rentrerai. Probablement tard.

— Ne t'en fais pas, dit Stéphanie. Nous allons finir de décorer l'arbre.

— Merci, dit-il.

Il embrassa Stéphanie sur la bouche et chuchota :

— Il faudra qu'on parle.

Sur le seuil du salon, il s'immobilisa.

— Le sapin est splendide !

Quand Peter fut parti, décorer l'arbre de Noël parut moins amusant, du moins pour Stéphanie, car l'enthousiasme des filles ne diminua en rien. Chaque fois qu'elles découvraient une nouvelle décoration, elles voulaient en connaître l'histoire. Stéphanie leur raconta les bons souvenirs qui s'y rattachaient, ainsi que les plus drôles. Il n'était plus question de ressasser les douloureuses histoires du passé. L'arbre fut terminé vers minuit, et Peter n'était toujours pas rentré. Elles rangeaient les boîtes vides quand le téléphone sonna de nouveau. Keely répondit.

— C'est Jolène, dit-elle en passant le combiné à Stéphanie. Ça n'a pas l'air d'aller.

— Bonsoir, Jolène.

L'adolescente se mit à parler entre ses sanglots. Stéphanie finit par comprendre que les premières contractions avaient commencé. Jolène n'étant enceinte que de sept mois, Stéphanie espérait bien qu'il ne s'agissait que d'une fausse alerte.

— Je suis au dispensaire, mais il n'est pas question qu'on me touche si vous n'êtes pas là, dit-elle d'une voix mal assurée.

— Je te retrouve à l'hôpital, Jolène.

En cas de complications, Stéphanie voulait disposer des appareils qu'offrait le service d'obstétrique de l'hôpital des Femmes.

— Je ne veux pas aller à l'hôpital. Ma mère a eu ses deux derniers enfants au dispensaire, et ma tante aussi. Je veux avoir mon bébé au dispensaire.

— Jolène...

— Vous venez, Stéphanie ?

Stéphanie soupira.

— J'arrive. Présente-toi à l'accueil.

— Non. Je vous attends.

Lorsque Peter quitta l'hôpital pour rentrer chez lui, une pluie fine s'était mise à tomber. Le patient qu'il avait dû opérer avait été gravement blessé dans un accident de voiture, sur l'autoroute. Un chauffeur de poids lourds s'était endormi au volant et lui était rentré dedans. Par chance, la victime, jeune et en bonne santé, se rétablirait sans trop de difficultés.

Ecrasé de fatigue, Peter aperçut le sapin de Noël par la fenêtre du salon et sourit. Les décorations, plus nombreuses que ce qu'il y avait jamais eu sur les sapins de cette maison, étincelaient et miroitaient à travers les vitres mouillées. Une bouffée de bonheur l'envahit. Il ne pouvait réveiller Stéphanie car il était plus de 3 heures, mais la perspective de se glisser dans le lit à côté d'elle et de l'étreindre lui procurait un immense plaisir. Chaude, douce et parfumée, elle se blottirait contre lui.

La maison était calme et paisible. Il posa ses clés sur une petite table de l'entrée et enleva sa veste, s'étira, desserra son nœud de cravate, déboutonna sa chemise, se massa la nuque pour tenter d'en chasser la tension. Du seuil du salon, il admira une fois de plus le sapin décoré par les soins des trois femmes de sa vie.

Puis il monta dans sa chambre en pensant à la dure enfance que Stéphanie avait évoquée quelques heures plus tôt. Jusqu'à ce soir, elle n'avait révélé que fort peu de détails, ce qu'il comprenait, maintenant qu'il en savait un peu plus. Il éprouvait une vive compassion vis-à-vis de la jeune femme, mais il redoutait que sa réticence à partager son passé signifiât qu'elle ne lui faisait pas entièrement confiance. Peut-être le soupçonnait-elle de ne pas attacher d'importance à leur mariage. Peut-être n'en attachait-elle pas suffisamment elle-même. Pourtant, il désirait plus qu'une simple relation physique avec Stéphanie, si satisfaisante fût-elle.

Diana n'avait pas été capable de lui donner un amour profond et constant, mais Stéphanie l'était. Et n'était-ce pas ce qu'il voulait d'elle, un amour profond et constant ? Il voulait son cœur.

Il ouvrit la porte sans bruit, et son regard se posa sur le lit. Il était vide. Mais un gémissement ténu s'élevait d'un coin de la chambre obscure. Stéphanie était assise dans le fauteuil devant la fenêtre. D'un bond, il fut près d'elle.

— Steph ! Que se passe-t-il ? Le bébé ?

Il voulut allumer la lampe, mais elle posa une main sur son bras pour l'en empêcher.

— Non, s'il te plaît. Je vais bien, le bébé aussi. J'ai simplement un peu de mal à m'endormir.

— As-tu eu une journée trop fatigante ? Les filles se sont-elles disputées ? Moi qui croyais qu'elles avaient fait la paix pour de bon !

— La journée n'a pas été fatigante et les filles ont été adorables. Le sapin est beau. Tu l'as vu ?

— Oui, il est splendide.

Il lui prit la main et enlaça ses doigts qui étaient glacés.

— Te rends-tu compte que tu as instauré une nouvelle tradition dans cette maison ? Tu es merveilleuse.

— Bien sûr ! chuchota-t-elle, la voix rauque.

Elle détourna la tête, mais il eut le temps de voir qu'elle pinçait les lèvres comme pour réprimer des sanglots.

— Ma chérie, dis-moi ce qui se passe, supplia-t-il.

Les nuages obscurcissaient la nuit, et aucune lumière ne filtrait par la fenêtre. Effleurant de la main la joue de la jeune femme, il s'aperçut qu'elle avait le visage mouillé de larmes. Il l'étreignit. Elle tremblait de tous ses membres.

Il prit son visage entre ses mains.

— Il est mort, Peter.

— Qui est mort ?

— Le bébé de Jolène.

— Jolène ? Une de tes protégées ?

— Oui.

Stéphanie renifla tout en séchant ses larmes avec un mouchoir en papier.

— Celle qui a son franc-parler ?

— Ce soir, elle avait le cœur brisé.

— Oh, ma chérie, dit Peter, qui se mit à bercer la jeune femme comme si elle-même était une enfant.

Stéphanie ne put retenir davantage les violents sanglots

181

qui la secouèrent convulsivement. Ses doigts s'aggripaient à la chemise de Peter, les larmes jaillissaient de ses yeux. Elle s'appuya contre lui, totalement vulnérable dans son chagrin.

— Chut, tu vas te rendre malade, murmura-t-il, sachant qu'elle ne pouvait maîtriser sa peine, pas plus qu'elle n'aurait pu intervenir sur le drame qui s'était joué dans la soirée. Il faut te coucher, maintenant.

Il l'accompagna jusqu'au lit.

— Je peux allumer?

Elle acquiesça d'un hochement de tête, et la douce lumière tamisée de la lampe se répandit dans la pièce.

— Tu veux en parler?

Elle secoua la tête. De nouvelles larmes lui montèrent aux yeux.

— Bon, ne dis rien, ma chérie.

Pressant la jeune femme contre son cœur, il aurait aimé trouver les mots justes pour l'aider à surmonter son désarroi, mais il savait bien que rien ne pouvait rendre la mort acceptable.

Rassuré de voir que ses pleurs s'atténuaient, il déposa un baiser sur sa tempe. Avec un long soupir tremblant, elle glissa une main sous sa chemise ouverte. Le cœur de Peter se mit à battre plus fort. Elle posa les lèvres sur son torse.

— J'ai envie de faire l'amour, murmura-t-elle.

Il saisit le visage de la jeune femme entre ses mains.

— En es-tu sûre?

— Oui.

Il se retint d'embrasser à son tour la jeune femme, parce qu'elle était blessée et qu'il ne voulait pas profiter d'elle. Mais son comportement était plutôt celui d'une femme affamée, et c'est en s'ouvrant à lui qu'elle accueillit l'ardeur de son baiser. Sans cesser de l'embrasser, elle le

182

déshabilla jusqu'à la taille, puis s'assit sur ses talons et, sans le quitter des yeux, enleva sa chemise de nuit. Envoûté par sa beauté, il la regarda jeter le vêtement par terre avant de se pencher sur lui pour achever de le dévêtir. Il sentit alors grandir en lui la flamme du désir, et une vive impatience le gagna.

La beauté radieuse, épanouie, de Stéphanie, de sa poitrine lourde et pleine, lui coupa le souffle, et quand son regard s'abaissa sur son ventre arrondi où se nichait leur enfant, il éprouva une telle excitation qu'il en demeura interdit.

Jusqu'à présent, quand ils faisaient l'amour, c'était toujours lui qui prenait l'initiative, mais soudain, il n'eut qu'une envie : se soumettre à son bon plaisir.

— Ne dis pas un mot.

Peter se tourna vers Stéphanie qui, ses cheveux en désordre sur l'oreiller, ses beaux seins pudiquement recouverts du drap, gardait les yeux fixés au plafond.

— Pas même un ou deux ?

— Enfin...

— Quelle passion !

Cette exclamation d'admiration amusée arracha un sourire à Stéphanie. Peter se releva sur un coude et écarta de la joue de la jeune femme une mèche de cheveux. Quelque chose dans le doux ovale de son visage l'émut.

— Stéphanie, Stéphanie, Stéphanie, murmura-t-il. Tu es tellement belle, sensuelle ! Comment ai-je pu te croiser pendant des années sans m'en apercevoir ? Je devais être aveugle, ou bien...

Le regard de Peter erra un instant vers la fenêtre avant de se reporter sur la jeune femme.

— Ou bien tu t'arrangeais pour passer inaperçue.

— En tout cas, je ne voulais pas que tu me remarques.

Cet aveu blessa Peter.

— Vois-tu, s'empressa-t-elle d'expliquer, je ne me suis jamais autorisée à penser à toi en ces termes.

— Pourquoi?

— Ce n'est pas parce que tu ne me plaisais pas, dit-elle avec un sourire, mais je me méfie des rêves. C'est dangereux.

— Dangereux?

— Oui. J'aime garder les pieds sur terre. Quand on se met à croire à ses rêves, on est sûr d'en souffrir un jour. La réalité est bien trop dure.

Le drap avait légèrement glissé, dévoilant la courbe d'un sein. Peter le caressa et sourit du trouble de Stéphanie.

— Je ne sais pas comment tu fais, gémit-elle tout bas. Il suffit que tu me touches, que tu me regardes, et je perds totalement le contrôle de moi-même.

— C'est la même chose pour moi, chuchota-t-il.

— Vraiment?

— Vraiment.

Et il lui prit la main pour qu'elle s'en rendît compte. Comme elle rougissait, il rit tout bas de sa confusion.

Plusieurs minutes s'écoulèrent dans le silence.

— Souhaites-tu que notre mariage dure, Stéphanie? demanda Peter avec une soudaine gravité.

Il comprit à son regard affolé qu'il venait de la prendre totalement au dépourvu.

— Que se passe-t-il? Tu m'en veux de te poser cette question?

— Non, non, c'est simplement que je ne m'y attendais pas.

Stéphanie baissa les yeux sur son alliance.

— Oui, j'aimerais que notre mariage dure, murmura-t-elle.

184

— Penses-tu que ce soit possible ?

— Je l'ignore.

— Pourquoi ?

Elle haussa vaguement les épaules.

— Les raisons ne manquent pas.

— Alison ? Keely ? le bébé ? Nos métiers respectifs ? Nos origines différentes, comme tu l'as si souvent répété ?

— Oui.

— Aucune de ces raisons n'est valable.

Elle observa Peter avec attention.

— Pourquoi ?

— Si nous échouons, ce sera parce que tu n'auras pas cru à tes rêves.

Comme elle fronçait les sourcils, son nez plein de taches de rousseur se plissa, et il dut faire un effort sur lui-même pour ne pas la prendre dans ses bras et déposer un baiser sur cette ride d'expression. Sans maquillage, la fraîcheur de son teint velouté ressortait encore plus. Si seulement il parvenait à la convaincre de croire en eux, en leur mariage, en lui !

— Ce n'est pas parce que tu as eu une enfance malheureuse et qu'ensuite, tu as épousé un idiot, que tu es censée ne connaître qu'une vie de malheurs. Tu as rencontré Camille, tu exerces un métier que beaucoup de femmes t'envient, et surtout tu viens d'épouser un type sensas ! Je passe sous silence la présence de nos deux adolescentes qui, tous les jours, défient ton autorité.

— Et avec quel plaisir !

Il sourit.

— Pourquoi ne pas rêver ? Pour ma part, j'en ai la ferme intention. Je veux que notre mariage dure, et j'y crois. Je crois en toi. Nous avons toutes les cartes en main pour réussir ce pari.

— Pourquoi traites-tu Donald d'idiot?

— Donald? C'est comme ça qu'il s'appelait? demanda-t-il avec une grimace.

— Oui.

— Un homme qui te laisse partir, c'est un idiot.

— Merci, dit-elle en riant.

Il reprit son sérieux.

— Que s'est-il passé entre vous?

— Il détestait mon métier.

— Pourtant, tu étais déjà interne quand vous vous êtes mariés?

— Oui, mais il s'est sans doute imaginé que ça ferait bien d'avoir une femme médecin. Il venait de terminer ses études de droit, et il avait en tête d'ouvrir un cabinet de médecine légale qui, d'après lui, devait nous permettre de faire fortune. Il n'a jamais pensé au temps et à l'énergie qu'il allait me falloir pour achever mon internat. Inutile de préciser qu'il ne faisait jamais ni la vaisselle ni la cuisine. Il a trouvé quelqu'un pour effectuer ces tâches domestiques, jusqu'au jour où je les ai surpris au lit.

Il y eut un silence.

— C'est tellement différent, la vie de couple, avec toi!

— Je ne m'étonne plus que tu aies horreur de ranger derrière moi.

— C'est vrai, je suis un peu maniaque quand il s'agit de ranger.

— C'est ta façon à toi de contrôler ta vie. Tu as besoin d'un monde propre et ordonné autour de toi qui compense le chaos de ton enfance.

Elle sourit.

— Merci de me comprendre.

Mais il ne voulait pas de remerciements. Il voulait simplement qu'elle continuât à parler, à lui parler d'elle.

— Te rends-tu compte que j'ai plus appris à ton sujet ce soir qu'en plusieurs mois?

Elle baissa les yeux.

— Ne le prends pas mal.

Il ne s'en offusquait pas, en vérité, mais depuis qu'il connaissait la raison du divorce de Stéphanie, il se demandait si elle pourrait réellement lui faire confiance.

— Est-ce que je te rends heureuse ?

— Oui, naturellement.

— Parfait, dit-il avec un hochement de tête satisfait.

— Mais tu sais, Peter, murmura-t-elle, le regard dans le vague, on a peur quand tout va bien. Si on se sent trop heureux, les dieux risquent de vous jalouser votre bonheur.

— Ne récompensent-ils pas également ceux qui le méritent ?

— Pas toujours.

Et un voile de tristesse assombrit le visage de Stéphanie.

— C'est à Jolène que tu penses ?

Les yeux de la jeune femme se remplirent de larmes.

— Ne pleure plus, ma chérie.

Elle secoua la tête tandis qu'il s'efforçait de trouver les mots justes pour atténuer sa peine. Il savait ce qu'elle ressentait. C'était un drame qui se produisait de temps à autre, quand on tentait de soigner un patient gravement malade. Tout n'était alors plus qu'une affaire de sang, de tissus et de muscles, et on luttait contre le tic-tac de la pendule qui égrenait ses précieuses secondes pour assister, impuissant, au triomphe de la mort.

— Le bébé était trop petit, trop malade, expliqua Stéphanie en séchant une larme. Si tu avais vu le courage de Jolène ! Elle voulait ce bébé, tu sais. Le père, c'est un jeune voyou qui s'en fiche, mais dès le début, elle avait décidé qu'elle n'avait pas besoin de lui, qu'elle n'avait besoin de personne, en dehors de son bébé. Que va-t-elle faire, maintenant? J'ai tellement peur qu'elle renonce, comme sa mère. Elle est intelligente, drôle, vive et... bonne. C'est un être humain merveilleux. Pourquoi a-t-il fallu que ça arrive à Jolène?

Et Stéphanie appuya la tête sur l'épaule de Peter.

— A quoi bon poser cette question, Steph? Tu le sais bien. Tout le monde a des coups durs dans la vie, même ceux qui ne les méritent pas.

La jeune femme garda un silence douloureux. En effet, c'était l'un des mystères pour lesquels il n'existait aucune réponse.

11.

Au cours des neuf mois de grossesse, il se peut que des événements étrangers à votre état, certains positifs, d'autres négatifs, mettent en danger votre résistance nerveuse. Dans ces moments difficiles, votre partenaire peut vous apporter l'appui moral dont vous avez besoin, et n'est-ce pas l'essentiel ?

Demandez l'avis du Dr Meredith.

13 février 1996, vingt-huitième semaine

Comme d'habitude, le poste de soins du deuxième étage de l'aile ouest était en pleine activité. Alors qu'après les vacances, le nombre de patients dans les autres secteurs de l'hôpital chutait, à la maternité, on n'observait aucun ralentissement. Les bébés suivaient leur propre calendrier.

Stéphanie s'arrêta devant le comptoir et, tout en inscrivant une note sur le dossier d'un malade, elle parla à Pete Haywood qui acquiesça distraitement sans cesser de compter les médicaments dans les petits gobelets en carton. Des éclats de rire s'élevaient du salon des visiteurs. On repassait à la télévision la série de Seinfeld. Un couple traversa le couloir, main dans la main, la mine radieuse. Un grand-père montrait avec fierté une photo de son petit-fils âgé de deux heures à un parent qui avait manqué la naissance. La salle débordait de bouquets de fleurs et de cartes de félicitations.

Le stylo en suspens au-dessus de sa fiche, Stéphanie sourit. Son bébé à elle lui décocha un coup de pied énergique en signe de protestation car elle s'appuyait contre le comptoir, et un rire léger lui échappa. Pete releva la tête. A sept mois, elle se trouvait énorme, en dépit des épithètes flatteuses dont Peter la parait. Elle n'était ni « épanouie », ni « appétissante », ni « opulente », mais tout simplement énorme. Pourtant, elle ne s'était jamais sentie aussi heureuse.

Ce constat réveilla aussitôt ses vieux démons, car malgré les promesses que Peter ne cessait de lui faire, son bonheur l'effrayait. Le clair soleil de février qui pénétrait par la fenêtre intensifiait le rose déjà éclatant des azalées. Une échographie pratiquée après Noël avait confirmé son intuition : l'enfant qu'elle portait était bel et bien un garçon. Avec quelle joie, quelle fierté Peter avait accueilli la nouvelle !

Elle posa son stylo pour se masser la cuisse droite. Quelques heures auparavant, alors qu'elle auscultait un patient, elle avait éprouvé une curieuse sensation. Un vif élancement l'avait traversée au cou et à la cuisse, et depuis, la douleur était restée présente. L'image de Tessa s'imposa à son esprit...

— Docteur Sheldon ? Docteur Stéphanie Sheldon ?

— Oui, c'est moi, répondit-elle à un policier en uniforme qui venait de s'arrêter à sa hauteur et dont le badge indiquait qu'il appartenait à la patrouille des autoroutes de Louisiane.

— Pourrais-je vous parler en privé ?

La jeune femme sentit sa gorge se serrer.

— Que se passe-t-il? demanda-t-elle sans bouger.

— Installons-nous un instant dans cette pièce, dit-il en indiquant l'infirmerie d'un signe de tête.

Elle obéit et il referma la porte derrière eux.

— Je vous en prie, je veux savoir, demanda-t-elle d'un ton saccadé car une inquiétude grandissante la gagnait. Est-ce mon mari? Que lui est-il arrivé?

— Il ne s'agit pas de votre mari, madame, mais vous avez bien une sœur qui répond au nom de Tessa Hamilton?

Stéphanie serra les poings.

— Tessa? balbutia-t-elle.

— Ce sont vos coordonnées qu'elle a inscrites sur sa fiche d'entrée.

— Mon Dieu, murmura Stéphanie.

Ses jambes se dérobaient sous elle, et elle se retint maladroitement au comptoir. Le policier parcourut la pièce des yeux, à la recherche d'un siège, avant de bondir dans le couloir.

— Vite, une chaise, demanda-t-il à Pete Haywood.

Celui-ci se précipita à la rescousse.

— Docteur Sheldon!

Ça va, dit la jeune femme. Que s'est-il passé?

— Il y a eu un accident sur l'autoroute, expliqua l'officier en ouvrant son calepin. A la jonction 610 où les voies de circulation convergent vers Metairie, Tessa Hamilton roulait chaussée ouest quand un poids lourd s'est dirigé droit sur sa voiture et l'a poussée contre la lisière de sécurité. Elle...

— Je vous en prie, murmura la jeune femme, une main sur sa bouche. Est-ce grave?

— Allez au fait, intervint Pete Haywood qui revenait avec une chaise sur laquelle Stéphanie s'assit avec reconnaissance.

— Le véhicule est très abîmé, mais c'est moins grave qu'il n'y paraît.

— C'est-à-dire ? interrogea Pete.

— Tessa Hamilton souffre d'une fracture de la clavicule et d'une autre de la jambe, ainsi que de plusieurs contusions.

Avec un gémissement, Stéphanie se massa la jambe droite.

— Je ne suis pas médecin, reprit le policier, aussi je ne peux pas être plus précis, mais les secouristes ont dit que sa vie n'était pas en danger, à moins bien sûr qu'il n'y ait des complications. On l'a transportée aux urgences de l'hôpital des Femmes. Quelqu'un du personnel a reconnu votre nom, docteur Sheldon.

— Ma sœur est ici ? répéta Stéphanie d'une voix à peine audible.

— Oui, et je peux vous certifier qu'il s'agit bel et bien de votre sœur. Vous vous ressemblez comme deux gouttes d'eau...

Stéphanie se leva.

— Docteur Sheldon, dit aussitôt Pete Haywood, si vous voulez bien attendre une seconde, je ne peux pas quitter le service pour vous accompagner, mais je vais appeler le Dr Robin et...

— Demandez-lui de me rejoindre aux urgences, dit-elle en lui donnant le dossier qu'elle tenait à la main.

Et avant qu'il n'ait pu protester, elle quitta la pièce.

— Stéphanie ! appela Peter.

Avec un petit cri qui trahissait sa crainte et sa stupeur, la jeune femme se jeta dans ses bras. Il l'enlaça.

— J'étais en chirurgie. On vient de me prévenir.

— Je me suis souvenue que tu avais une opération. Je

n'ai pas encore pu voir Tessa. Ils l'ont emmenée tout de suite au bloc.

Peter guida Stéphanie vers un canapé où ils s'assirent.

— Est-elle gravement blessée ?

Stéphanie avala sa salive avec difficulté et inspira profondément pour tâcher de se ressaisir. Maintenant que Peter était là, tout lui semblait plus facile.

— Je crois qu'elle va s'en sortir. Elle a un éclatement de la rate et c'est pour cette raison qu'on l'a emmenée au bloc. C'est Sheila Carson qui l'opère.

— C'est un excellent chirurgien.

— Je sais. Tessa a des côtes cassées, une fracture à la jambe droite.

Machinalement, Stéphanie se massa la cuisse du même côté, et quand Peter lui prit la main, ce geste lui arracha une grimace.

— Qu'est-ce que tu as ?

— Oh, rien. Tessa a dû se casser la jambe à ce niveau-là.

Peter la dévisagea, éberlué.

— Et ça te fait mal ? Moi qui croyais que c'était une invention, cette histoire de douleur qu'un jumeau ressent quand l'autre se blesse !

— Cela s'est souvent produit entre Tessa et moi, jusqu'au jour où elle est partie. Le temps a passé, et ce lien entre nous s'est estompé. De temps à autre, j'ai eu des sortes d'éclairs que je refoulais car ils étaient trop douloureux. J'ignorais où elle était, je me demandais même si elle vivait encore. Après notre mariage, avec l'arrivée de Keely, j'ai cessé de leur résister. Je crois que j'essayais de communiquer avec Tessa, de lui dire de revenir, de lui dire que nous avions besoin d'elle.

La voix de Stéphanie se brisa.

— Mais je ne voulais pas qu'elle revienne comme ça...

Peter l'étreignit.

— Elle va s'en sortir, ma chérie. D'après ce que tu me dis, c'est certain. Qui sait ? Peut-être est-ce toi qui l'as fait apparaître, grâce à l'une de tes mystérieuses tentatives de communication.

Stéphanie observa Peter. Il plaisantait, bien sûr, mais il y avait aussi de sa part une volonté sincère de la rassurer, de lui prouver son affection. Perdue dans son regard, Stéphanie mesura à quel point cet homme était devenu important pour elle. Désormais, elle ne pouvait envisager de vivre sans lui. Cette pensée l'effrayait, même. Pas plus tard que ce matin, au poste de soins, n'avait-elle pas rêvé du mari dont elle s'était éprise, communiqué avec le fils qu'ils attendaient, savouré la douceur de la vie qu'elle venait de se construire et à laquelle elle tenait tant ?

Les portes du bloc opératoire s'ouvrirent, interrompant le cours de ses pensées, et Sheila Carson, la collègue de Peter, parut. C'était une rousse de quarante-cinq ans environ. Et c'était l'un des meilleurs chirurgiens de l'hôpital des Femmes.

Stéphanie bondit sur ses pieds.

— Comment va-t-elle ?

— Bien, répondit Sheila en ôtant son bonnet et en secouant sa masse de cheveux bouclés. Elle est solide et elle lutte. Elle a parlé de vous, ajouta-t-elle avec un sourire.

— Elle est réveillée ?

— Pas tout à fait. Vous savez ce que c'est : pendant l'anesthésie, il y a des patients qui parlent et parlent... Votre sœur en fait partie. C'est incroyable, reprit-elle, incapable de cacher son étonnement, vous vous ressemblez comme deux gouttes d'eau.

— Comment s'est passée l'opération ? demanda Peter.

Sheila Carson se lança dans une analyse technique des

194

blessures de Tessa, et finit par convaincre ses interlocuteurs que, désormais, tout danger était écarté. Si aucune complication ne survenait, Tessa quitterait la salle de réveil dans deux heures pour être montée dans sa chambre.

— J'aimerais la voir, dit Stéphanie.

— Naturellement, acquiesça Sheila.

Peter accompagna Stéphanie jusqu'à la salle de réveil.

— Veux-tu que je vienne avec toi ?

Stéphanie se demanda si ce moment de retrouvailles avec Tessa, un moment auquel elle ne croyait plus depuis longtemps, pouvait être partagé, même s'il s'agissait de le partager avec Peter qui, parfois, semblait la comprendre mieux qu'elle ne se comprenait elle-même. Mais qui pouvait saisir le lien mystérieux qui unissait deux jumeaux, la communication muette qui s'établissait entre eux, leur joie et leur douleur, leurs découvertes et leurs déceptions ?

Elle déposa un baiser sur sa joue.

— Non, merci, pas cette fois.

Lorsque son regard se posa sur la femme couchée dans le lit, les larmes jaillirent de ses yeux. Tessa, son image miroir ! En dehors de sa pâleur et de quelques hématomes au cou et à la joue, on ne décelait aucun signe de l'épreuve qu'elle venait de traverser. Sa jambe droite dans un plâtre épais était maintenue en élévation. Pour l'instant, elle dormait, et par conséquent, elle ne ressentait aucune douleur, mais à son réveil, elle souffrirait. Une fracture de la jambe et de la clavicule, ça fait mal, et quand on a subi une opération, le traumatisme est double. Accrochés à un pied à sérum, pendaient des flacons en plastique qui alimentaient en médicaments la perfusion fixée au bras gauche de Tessa. Sa main droite reposait sur son ventre. Stéphanie la toucha, et elle se sentit aussitôt en communication avec sa sœur.

— Tessa, appela-t-elle dans un souffle.

Les paupières de Tessa remuèrent à peine. Stéphanie exerça une légère pression sur la main qu'elle tenait.

— C'est moi, Tee.

Le surnom qu'elle lui donnait, enfant, lui était revenu spontanément.

Tessa remua, et le bip du moniteur cardiaque s'accéléra. Peur, vulnérabilité, panique. Stéphanie ressentit tout cela, comme si les capteurs avaient été fixés sur son propre corps.

— Rassure-toi, Tee, dit-elle. Tu es en sécurité. Je suis là.

Ne me laisse pas.

— Je ne te laisse pas.

L'infirmière du service entra.

— Tout va bien, docteur Sheldon. Nous la gardons encore une demi-heure, dit-elle en jetant un coup d'œil à la grosse horloge sur le mur, et nous la montons dans sa chambre. Retrouvez-nous là-bas.

— Je ne peux pas la laisser, murmura Stéphanie sans lâcher la main de Tessa.

L'infirmière se retourna, prête à insister. On tolérait une visite rapide en salle de réveil, mais le règlement interdisait toute prolongation, quelle que fût l'identité du visiteur.

— Je vous en prie, implora Stéphanie.

— Eh bien...

— Steph... c'est... toi ? chuchota soudain Tessa.

Un rire doux échappa à Stéphanie, et elle porta la main de sa sœur à sa joue.

— Mais oui, c'est moi, Tee, dit-elle avec un sourire

plein de larmes. Te voilà de retour. Tu m'as tellement manqué !

— Que... s'est-il passé ? articula Tessa avec peine.

— Tu as eu un accident de voiture.

— Ah... oui, le camion...

— Tu as eu de la chance. Tu t'en sortiras.

— Ah !

Et dans cette seule exclamation, Stéphanie reconnut l'intonation caractéristique de Tessa, à la fois railleuse et franche. Sa sœur n'avait pas changé.

— Tu peux me croire, insista Stéphanie. Tu vas guérir.

— Pard... pardonne-moi.

Stéphanie étreignit les doigts engourdis de la blessée.

— Il n'y a rien à te pardonner, Tee. Tout est arrivé par la faute du chauffeur de poids lourd.

Mais Tessa ne faisait pas allusion à l'accident.

— Toutes... ces années..., expliqua-t-elle avec un geste malhabile de la main, les paupières toujours closes.

— Nous rattraperons le temps perdu, promit Stéphanie.

Plusieurs secondes s'écoulèrent en silence. Stéphanie croyait Tessa rendormie quand elle sentit ses doigts remuer.

— Keely...

Tessa savait-elle que Keely était ici ?

— Keely est avec moi, Tessa.

— Je sais... C'est... bien...

— Elle est ravissante.

— Dis-lui... que je l'aime.

— Je le lui dirai.

Puis ce fut de nouveau le silence. La gorge serrée, Stéphanie vit une larme rouler sur la joue tuméfiée de sa sœur.

— Repose-toi, maintenant, Tee.

Elle l'embrassa, puis s'écarta pour laisser l'infirmière s'approcher du lit. Le cœur de Tessa, branché au moniteur cardiaque, se calma tandis qu'elle s'assoupissait.

Vers 6 heures du soir, Tessa fut montée dans sa chambre et, pendant qu'on l'installait, Peter et Stéphanie attendirent dans le couloir.

— Tu te rends compte ? dit Stéphanie en se passant une main lasse sur la nuque. Tessa est directrice d'une maison de réinsertion pour adolescentes en détresse.

— Ah bon ?

— Oui, à Pensacola, en Floride. Quelle drôle de coïncidence !

— Pourquoi cela te surprend-il ? C'est le genre de coïncidences qui ont souvent alimenté les études faites sur les jumeaux.

— Bien sûr. Je n'ai pas de détails pour l'instant. Je le sais par l'inspecteur de la brigade des mineurs de La Nouvelle-Orléans qui est venu prendre de ses nouvelles. La patrouille de l'autoroute l'a prévenu de l'accident. Tessa venait à La Nouvelle-Orléans chercher deux jeunes filles en fugue qui s'étaient arrêtées ici. Elle travaille en liaison avec les autorités depuis plus de deux ans, Peter. Deux ans ! répéta Stéphanie avec un soupir. Je ne comprends pas. Sa propre fille a fugué et a été placée par l'Etat dans des familles d'adoption, et elle s'occupe des enfants des autres !

— C'est déconcertant, en effet, mais il y a certainement une explication logique à tout ça.

— Tu as raison.

— Et si on allait grignoter un morceau à la cafétéria, en attendant qu'elle soit installée ?

— Je ne peux pas la laisser, dit Stéphanie en jetant un

coup d'œil vers la chambre où s'affairait l'infirmière. Si elle m'appelle, je veux être là.

— C'est pour ça que je te propose d'aller à la cafétéria plutôt que de rentrer à la maison. Je sais que tu ne veux pas la laisser.

— Alors...

— Mais elle va bien, Stéphanie. Tu ne l'as pas quittée une seconde depuis son admission à l'hôpital, il y a plus de six heures. Tu as besoin de t'asseoir, de te détendre, de manger quelque chose. N'oublie pas que tu es enceinte.

Stéphanie porta une main à son front.

— Je sais, mais... Peter, tu trouves que je perds la tête ?

Il l'enlaça.

— Non, et tu ne la perdras pas.

Le bébé donna un coup de pied.

— Qu'est-ce que c'est ? demanda Peter.

Elle rit.

— Ton fils. Il avait les pieds en haut et tu l'as dérangé.

La main de Peter suivit l'arrondi du ventre de Stéphanie.

— Le petit monstre, dit-il avec un sourire. Alors, qu'en penses-tu, maman ? On fait une pause ?

L'infirmière sortit de la chambre.

— Bonsoir, docteur Robin. Docteur Sheldon, votre sœur se repose. Par chance, la fracture du fémur est nette, mais ce sera sans doute un peu douloureux. Elle aura mal aussi des suites de son opération. Néanmoins, elle n'a pas voulu prendre l'analgésique qui lui est prescrit. Je l'ai noté sur sa fiche. Sa température et sa tension sont normales. Pourquoi ne pas aller vous restaurer ? Je vous promets que votre sœur est en de bonnes mains.

Stéphanie croisa le regard triomphant de Peter.

— D'accord, dit-elle avec un rire amusé, allons-y.

La cafétéria était déserte. Peter posa son plateau sur la table basse tandis que Stéphanie prenait place sur la banquette. Un soupir de fatigue échappa à la jeune femme. Peter lui tendit un grand verre.

— Tiens, bois ça.

— Qu'est-ce que c'est ?

— Yaourt brassé aux fruits : banane, fraises, papaye.

Stéphanie prit le verre en faisant la moue.

— Mon royaume pour un gin tonic !

Peter leva son propre verre qui contenait un liquide sombre et alcoolisé avec beaucoup de glaçons.

— Dans huit semaines, c'est le compte à rebours.

Elle avala un peu de sa mixture, puis posa le verre sur son ventre.

— Je n'arrive pas à y croire, après toutes ces années...

— Tessa ? Quel choc, en effet !

— C'est l'expérience la plus étrange que j'aie jamais connue. Je peux admettre qu'elle ait voulu rompre les ponts avec moi, mais sa propre fille... Je ne la comprends pas, et encore moins depuis que je sais quel métier elle exerce.

— Elle t'a expliqué quelque chose ?

— Non.

— N'oublie pas qu'elle est encore très fatiguée. Elle te racontera tout plus tard, quand elle ira mieux.

— Bien sûr, murmura Stéphanie en s'adossant à son siège, les paupières closes.

Il y eut un moment de silence. Du couloir venaient les bruits de l'hôpital, les sonneries constantes du téléphone, le bourdonnement des voix. Tout près, Stéphanie entendait le tintement des glaçons dans le verre de Peter.

— Je savais que tu avais une sœur jumelle, mais ça m'a fait un drôle d'effet de voir quelqu'un qui te ressemble trait pour trait et qui, cependant, n'est pas toi.

— Ah?

— C'est difficile à expliquer. Tessa est ton portrait craché, mais je ne me sens nullement lié à elle. C'est une étrangère pour moi, en dépit de votre ressemblance physique. Les différences qui vous opposent sont plus profondes que vos points communs. C'est ce qui m'a surpris, conclut-il, tenant son verre des deux mains, les coudes appuyés sur les genoux.

— Pourquoi?

Peter regarda la jeune femme droit dans les yeux.

— Je ressens tout de toi avec intensité, la façon dont tu marches, dont tu parles, tes expressions quand tu es heureuse, triste ou excitée.

Il sourit comme elle détournait vivement la tête.

— Ou gênée.

— Je ne suis pas gênée.

— En es-tu sûre?

— Enfin, si, je le suis.

— Tu es adorable.

Le regard de Stéphanie se tourna vers la porte. Et si quelqu'un entrait et la surprenait en train de... de bavarder, de prendre un verre, de se laisser séduire par son mari?

Au même moment, la porte s'ouvrit sur Keely, hors d'haleine.

— Ma mère est à l'hôpital? Elle a eu un accident de voiture?

— Keely, ta mère va bien...

Mais Stéphanie s'interrompit car, d'une main posée sur son genou, Peter l'empêcha de se lever.

— Reste assise, je t'en prie.

Et il se tourna vers l'adolescente.

— Oui, ta mère est ici. Elle a eu un accident. On l'a opérée et tout s'est bien passé. On vient de la monter dans sa chambre. Dès que Stéphanie a fini son verre, nous t'emmenons la voir. Stéphanie avait besoin de se reposer. Elle n'a pas eu une seconde de répit depuis l'hospitalisation de ta mère.

— Pourquoi ne m'avez-vous pas appelée ?

— Nous préférions attendre qu'elle quitte la salle de réveil. De toute façon, tu n'aurais pas eu le droit de la voir avant.

— Elle aurait pu mourir !

— Non, Keely, à aucun moment sa vie n'a été en danger.

Avec son regard affolé et anxieux, Keely ne ressemblait plus à la jeune adolescente qui avait le sens de la repartie et dont la maturité d'esprit les amusait, le soir, pendant le dîner. C'était de nouveau l'orpheline sans foyer qui était venue au cours de Stéphanie, à la recherche d'une seconde mère.

Sans un mot, Stéphanie ouvrit les bras et, avec un cri étouffé, Keely s'y jeta en pleurant.

— Je croyais que je ne la reverrais jamais, sanglota-t-elle. Je la croyais morte.

— Je sais, ma chérie, murmura Stéphanie qui se sentait en proie à un désarroi aussi vif que celui de sa nièce.

Pourtant, elle avait toujours su que Tessa vivrait.

— Tu lui as parlé ?

— A peine. Elle était encore sous l'effet de l'anesthésie.

Stéphanie replaça une mèche de cheveux derrière l'oreille de la jeune fille.

— Elle m'a dit qu'elle t'aimait.

Keely renifla, puis s'essuya le nez du revers de la main.

— A-t-elle dit pourquoi...

— Elle ne m'a donné aucune explication.

L'adolescente sécha ses larmes des deux mains.

— Bien sûr qu'elle n'en a pas donné, maugréa-t-elle entre ses dents. Elle n'en a pas. Rien ne peut justifier son comportement.

Peter et Stéphanie échangèrent un regard perplexe. Que pouvaient-ils dire ?

— Tu es en pleine forme, Steph.

Tessa tapota son oreiller et s'allongea sur le côté. C'était la première fois depuis bien longtemps qu'elles avaient l'occasion de se parler pour de bon.

Stéphanie se mit à rire.

— Je suis un véritable hippopotame ! J'ai les chevilles enflées, je ne peux ni m'asseoir ni me relever sans qu'on m'aide, je passe la nuit à chercher une position à peu près confortable pour dormir, et tu me trouves en pleine forme ?

— Tu as l'air heureuse.

L'expression de Stéphanie se radoucit.

— Maintenant que tu es ici, Tee, oui, je le suis.

— Je parlais de ta vie de femme mariée et de ta grossesse. Peter Robin est un chic type. Il te mérite presque.

— A t'entendre, on croirait que tu le connais.

— J'ai entendu parler de lui.

— Mais comment, Tee ?

— J'ai mené ma petite enquête quand vous vous êtes mariés.

— Quoi ? Mais qu'est-ce que tu racontes ? Et d'abord comment as-tu su que je m'étais mariée ? On l'a décidé si vite ! Tout le monde a été surpris.

— Camille m'a parlé de Peter.

— Camille ?... Tu étais en contact avec Camille ? Mais depuis quand ? Camille savait où tu étais ?

Malgré son embonpoint, Stéphanie parvint à se lever sans trop de lenteur.

— Dois-je comprendre que, pendant toutes ces années, Camille m'a laissée me ronger les sangs, alors qu'elle...

— Mais non! Je lui ai téléphoné quand Keely est venue te voir.

Stéphanie resta bouche bée.

— Je crois qu'il faut que tu reprennes ton histoire depuis le début, Tessa, dit-elle d'un ton calme. Keely est malheureuse et en colère contre toi, je ne sais pas comment répondre à ses questions, et tu m'annonces tranquillement que Camille connaît ton adresse depuis des mois? Trois jours se sont écoulés depuis ton accident. Maintenant, j'exige toute la vérité.

Elle se rassit et croisa les mains sur ses genoux.

— Voilà que tu me toises de cet air sévère! dit Tessa, amusée.

— De quel air sévère?

— Celui que tu avais quand je voulais faire quelque chose de mal et que tu cherchais à m'en empêcher.

— Je n'y ai d'ailleurs jamais réussi.

— A m'empêcher d'être moi-même? Bien sûr que non, Steph. Tu n'es qu'un être humain, après tout.

Les souvenirs se bousculaient dans la tête de Stéphanie. Leur enfance misérable, leur vie de labeur à la ferme, les horribles événements qui avaient eu lieu à Memphis, le scandale qui avait éclaté, la panique et la peur qui les avaient poussées à s'enfuir en pleine nuit, l'autocar qu'elles avaient pris à l'aube, après avoir consacré leurs économies à acheter deux billets jusqu'à Jackson dans le Mississippi, et puis l'auto-stop par un jour froid et pluvieux de janvier, jusqu'à La Nouvelle-Orléans. Enfin, leur rencontre avec Camille, la bonne et douce Camille.

On tapa un coup bref à la porte, et une infirmière entra.

— Tessa Hamilton?

— Oui, répondit cette dernière en regardant d'un air soupçonneux le gobelet en carton que l'infirmière posait sur sa table de chevet. Qu'est-ce que c'est?

— Vos médicaments. Un antibiotique et un antalgique.

L'infirmière remplit un verre d'eau avec la carafe qui se trouvait sur la table de chevet. Tessa n'avala que l'antibiotique.

— Et l'antalgique?

— Non merci, je n'en prends pas.

— Dans ce cas... C'est rare que les patients refusent un calmant, n'est-ce pas, docteur Sheldon? La plupart du temps, il faut les convaincre de ne pas en abuser.

Elle inscrivit une note sur la feuille de température de Tessa qu'elle replaça dans son cadre, au pied du lit.

— A plus tard.

Stéphanie attendit le départ de l'infirmière pour intervenir.

— Tu dois avoir mal à la jambe, Tee, et la cicatrice de ton opération doit te faire souffrir aussi. De plus, tu as une température très basse. Un analgésique t'aiderait à te détendre, à te reposer, ce qui est nécessaire si tu veux te rétablir vite.

Tessa accueillit ce petit discours d'un rire bref et dépourvu d'humour.

— Mon corps n'en a pas besoin.

— Mais il n'y a aucun mal à prendre un médicament pour soulager la douleur.

— Je préfère endurer les pires tortures plutôt que d'avaler un stupéfiant.

— Veux-tu bien m'expliquer pourquoi?

Tessa tourna la tête vers la fenêtre.

— J'ai été une mère horrible, Steph, murmura-t-elle.

Je suis tombée enceinte l'année qui a suivi mon départ de chez Camille. Le père de Keely, c'est le type que tu détestais, celui qui avait essayé de nous vendre de la drogue au lycée, tu te souviens ?

— Ray quelque chose ? Le type aux gros biceps ?

— Des biceps dus aux hormones ! Oui, Ray Hytower. Il m'a quittée dès qu'il a su que j'attendais Keely.

— Bien sûr !

— Je me suis donc retrouvée à dix-huit ans, fille mère, sans diplôme, sans un rond et morte de peur. Je me suis juré d'être une vraie mère poule, ce qui prouve ma naïveté, et j'ai trouvé un boulot dans l'hôpital où est née Keely. Un an plus tard, j'épousais un type qui vendait des produits pharmaceutiques, Richard Hamilton. Lourde erreur de ma part car il prenait de la cocaïne. Bien sûr, quand il n'était pas sous l'empire de la drogue, il était chouette. Il a adopté Keely. Mais la drogue était la plus forte, et j'ai dû le quitter.

— Tu te droguais, toi aussi ?

— Un peu. Mais après le divorce, j'ai perdu pied et j'ai augmenté les doses. Je me heurtais à trop de problèmes : mon chagrin, ce nouvel échec, l'enfant... Keely avait sept ans.

— Elle m'a dit qu'on l'avait placée dans une famille à l'âge de sept ans.

— C'est vrai. J'ai vérifié la moralité de la famille où les services sociaux voulaient la placer. Je voulais m'assurer qu'elle serait en de bonnes mains. Ensuite, je suis allée en cure de désinto.

— Une sage décision.

Le rire amer de Tessa résonna.

— La cure n'a pas marché, du moins pas la première fois.

— Alors ?

— Après cette première tentative, j'ai repris Keely et je me suis retrouvée dans l'engrenage : boulot, drogue, désintoxication. Pourtant, ne crois pas que j'avais des aventures, Steph. Il y a beaucoup de choses que j'ai faites dont je ne suis pas fière, mais je n'ai pas mené une vie dissolue, on ne peut pas me faire ce reproche. Et puis tu sais, j'en étais revenue des hommes. Tu imagines aisément les problèmes que j'avais dans ce domaine.

— Tu avais des raisons, Tessa. Tu as été...

— Violée, tu peux le dire, Steph.

— C'est tellement... Même maintenant, je n'y arrive pas.

Tessa saisit la main de Stéphanie.

— Il faut le dire, au contraire. Il faut faire face à ce qui nous est arrivé. Tu as toujours refusé d'affronter la réalité.

— Je ne veux pas y penser, Tessa. Cela appartient au passé, et ce passé, je veux l'oublier. J'ai eu de la chance. C'est toi qui...

Elle s'interrompit, la gorge nouée, et ferma les yeux.

— Faut-il vraiment en parler ? demanda-t-elle dans un souffle.

— Oui. Sauf si tu n'es pas encore prête, dit Tessa. Moi, j'ai surmonté ce traumatisme. Avec toutes les thérapies que j'ai suivies, je me suis lavée de milliers de cauchemars !

— En cure de désintoxication ?

— Oui, je passais mon temps à essayer de me racheter une conduite. Mais il ne suffit pas d'avoir de bonnes intentions pour réussir. Je retombais toujours dans l'engrenage de la drogue, et la véritable victime, c'était ma fille. Quand on m'a pris Keely, j'ai accusé le coup, et puis, quand elle a fugué et qu'elle a littéralement disparu de la surface de la terre, j'ai cru mourir de chagrin. Elle avait treize ans. Cette fois-là, je suis allée en cure de désinto avec un état d'esprit totalement différent, tu peux le croire. Il n'y a rien de tel pour te changer que de perdre ton enfant. Depuis, je n'ai plus touché à rien.

— Mais puisque tu savais que Keely était avec moi, pourquoi n'es-tu pas venue ? Ton attitude a failli la détruire, Tessa.

La jeune femme baissa les yeux.

— Au cours de ces dix-sept ans, je suis venue plusieurs fois à La Nouvelle-Orléans voir comment tu t'en sortais. Conserver ce lien avec toi m'a permis de ne pas sombrer dans la folie.

Au comble de la confusion, Stéphanie resta bouche bée. Et dire que, pendant tout ce temps, elle se demandait ce qu'était devenue sa sœur !

— J'ai su que tu entrais à la faculté de médecine, j'ai su que tu épousais cet idiot de Donald McNeil.

— Je suppose que tu t'es réjouie de mon divorce, murmura Stéphanie, de plus en plus stupéfaite.

— Non, c'est une situation qui m'était familière et je connaissais le sentiment d'échec qui en découle. Je savais que ce serait une épreuve pénible pour toi.

— Mais tout cela n'explique pas pourquoi tu as coupé les ponts avec Keely.

— Lorsqu'elle s'est mise à suivre ton cours pour adolescentes...

— Tu es au courant de ça aussi ?

— Oui. J'ai eu peur qu'elle soit enceinte, qu'elle ait reproduit les mauvais choix qui avaient détruit la vie de notre mère, puis la mienne. Mais Keely est différente ; elle est forte, comme toi.

Il y avait de la fierté et de l'amour dans le sourire de Tessa.

— Elle a réussi à te retrouver, toi, la bonne jumelle, la

meilleure moitié de la paire, celle qui aurait dû être sa mère.

— Tessa! s'écria Stéphanie, bouleversée par cet aveu.

— C'est la vérité. Tu offres à Keely une vie mille fois meilleure que celle que je pourrais lui proposer. Regarde ton métier, ta maison, ta vie de famille... Keely a une sœur, maintenant.

— Alison? murmura Stéphanie, tout en se demandant s'il était juste de parler de sœurs dans leur cas, étant donné les disputes qui ne cessaient de les opposer.

— C'est mieux ainsi, Steph.

— Tu te trompes, Tee. Keely est ta fille, pas la mienne. Tu as un métier tout aussi important que le mien. Tu as réussi à surmonter des épreuves difficiles. Tu ne peux pas offrir une meilleure image de toi. Si je ne t'avais pas vue refuser l'analgésique, je dirais que tu n'es pas dans ton état normal.

Tessa croisa calmement les mains sur le drap.

— Prends la peine de réfléchir, tu verras que j'ai raison.

Cette affirmation arracha presque un sourire à Stéphanie. Cela ressemblait tellement à Tessa d'avoir une idée aussi farfelue et de s'y accrocher tant qu'elle n'avait pas convaincu tout le monde de sa pertinence! Mais le moment n'était pas venu de démontrer à Tessa que, cette fois-ci, elle faisait fausse route.

Soudain, on frappa à la porte que l'infirmière avait laissée entrouverte, et Peter entra dans la chambre.

Ses yeux se posèrent aussitôt sur Stéphanie. Il y avait une dureté dans son regard qui blessa la jeune femme. Quant à son sourire, il était presque glacial. Du bout des lèvres, il déposa un baiser sur sa bouche, puis se tourna vers Tessa.

— Comment allez-vous, Tessa?

— Bonsoir, Peter. Ça va. Merci.

Sa blouse blanche était ouverte sur une chemise bleue et sur la cravate que Keely lui avait offerte pour Noël. Il était beau, formidablement viril, et il semblait en colère... Pourquoi ?

— Vous avez bien bavardé ? demanda-t-il d'un ton sec, tandis qu'ils gagnaient le parking de l'hôpital.

Ils ne s'étaient par attardés dans la chambre de Tessa. Stéphanie, qui percevait l'impatience de Peter, avait préféré s'en aller en promettant à sa sœur de revenir avec Keely.

— On a parlé, dit-elle en attendant qu'il vînt lui ouvrir la portière. Tu ne croiras jamais ce qu'elle m'a avoué.

— Dis-le toujours !

Elle s'assit et boucla sa ceinture de sécurité tout en s'interrogeant sur le comportement de Peter. Depuis longtemps, il n'avait pas eu d'accès de colère. Elle le suivit des yeux tandis qu'il contournait la voiture d'un pas énervé. Il s'installa au volant, mais ne mit pas le moteur en marche et regarda droit devant lui, dans le vide.

— Peter, que se passe-t-il ?

— A toi de me le dire ! rétorqua-t-il d'un ton sourd. Tu t'apprêtais à me révéler les secrets de ta sœur. Vas-y, je suis tout ouïe. Puisque je ne connaîtrai jamais les tiens, j'imagine que je dois me contenter de ceux de Tessa.

— Mais enfin, de quoi parles-tu ?

Peter plongea son regard dans celui de la jeune femme.

— Le viol, Stéphanie. J'étais derrière la porte quand vous en avez parlé. J'ai frappé, mais vous étiez tellement absorbées par votre conversation que vous ne m'avez pas entendu. Pourquoi ne m'en as-tu jamais parlé ? De quoi avais-tu peur ? A quoi rime notre mariage si tu es incapable de te confier à moi ?

Et il scandait chaque mot d'un coup de poing sur le volant.

Stéphanie eut l'impression que son cœur cessait de battre. Et voilà! Ce qu'elle redoutait depuis le début de son mariage venait de se produire. C'était tellement laid, tellement sordide.

Elle posa les deux mains sur son ventre, comme pour protéger le bébé de l'atroce vérité.

— As-tu encore beaucoup de secrets que tu gardes pour toi?

— Je veux rentrer à la maison, dit-elle calmement.

Il ne bougea pas. Elle le regarda lutter contre son exaspération et un besoin purement masculin de la faire plier devant sa volonté. Plusieurs secondes s'écoulèrent encore tandis qu'il regardait le crépuscule. Puis, étouffant un juron, il tourna la clé de contact et fit démarrer brutalement la voiture.

— Eh bien, rentrons à la maison, lança-t-il, sarcastique.

Ils quittèrent le parking à toute allure, et les roues de la voiture chassèrent le gravier. Stéphanie garda le silence.

12.

Ne vous étonnez pas si votre partenaire est sujet, lui aussi, à des sautes d'humeur. En général, les hommes taisent davantage leurs sentiments. Soyez attentive aux signes qui indiquent que votre partenaire a besoin d'attention. Une communication vraie est possible quand une relation repose sur l'amour et la confiance.
Demandez l'avis du Dr Meredith.

13 février 1996, vingt-huitième semaine

— Je ne veux pas la voir. J'ai réfléchi, ma décision est prise.

— C'est ta mère, Keely. Elle t'aime.

— Une drôle de mère ! Et parlons-en de son amour !
Stéphanie ferma les yeux.

— Tu ne veux pas la voir ce soir ou... plus jamais ?

— Je ne veux pas la voir ce soir, et peut-être jamais plus.

Stéphanie observa le profil obstiné de sa nièce.

— Je te comprends, Keely. Cette histoire me dépasse moi aussi, mais je ne veux pas que Tessa disparaisse de nouveau pendant dix-sept ans.

Le bébé bougea soudain et lui donna un grand coup

de pied. Avec une exclamation étouffée, Stéphanie s'assit sur le lit de Keely.

Elle avait eu une journée éprouvante et la fatigue pesait sur ses épaules. Peter s'était enfermé dans son bureau et ne desserrait pas les dents. Alison boudait dans sa chambre, déconcertée par la tension qui emplissait la maison. Même le bébé se montrait difficile.

Néanmoins, seule Keely avait de bonnes raisons de donner libre cours à sa rancœur. N'ayant eu aucune nouvelle de sa mère pendant trois ans, elle s'était peu à peu habituée à l'idée que Tessa était peut-être morte. Mais ce n'était pas ça du tout : sa mère était vivante, elle savait où la trouver, et elle n'avait même pas tenté de la contacter. Keely était dans tous ses états. Un adulte aurait eu du mal à surmonter ce choc. Pour une adolescente, c'était une expérience traumatisante.

— Pourquoi n'a-t-elle pas voulu me revoir ? demanda Keely une fois de plus. S'est-elle imaginée qu'un enfant n'a pas besoin de sa mère ?

Retenant ses larmes, elle leva les yeux au ciel et ajouta, les dents serrées :

— Le miracle, c'est que je ne me sois pas enfuie plus tôt !

Stéphanie lui prit la main.

— Je comprends ton désarroi et ta colère, Keely, mais je pense que c'est à ta mère de répondre à tes questions, pas à moi.

— Je ne veux ni la voir ni lui parler.

— Il le faudra bien, pourtant. Tôt ou tard.

Keely lui jeta un regard plein de défi.

— Pourquoi ? Elle s'est désintéressée de mon sort, et du tien aussi d'ailleurs. Tu devrais lui en vouloir.

— Je lui en veux un peu, moi aussi, avoua Stéphanie, et j'estime que nous avons raison d'être fâchées. Mais à mon avis, tu as tort de l'accuser de nous avoir oubliées. Enfin, c'est à elle que tu dois poser tes questions, avec elle que tu dois parler.

— Pour qu'après, elle s'évanouisse une fois de plus dans la nature?

Stéphanie se leva avec un sourire las.

— Je ne crois pas, ma chérie. Avec sa jambe cassée, ta mère ne pourra pas bouger avant un certain temps!

— Ça, ça doit la faire bouillir!

Keely se leva et chaussa ses Nike. Stéphanie attendit avec l'espoir que sa nièce allait accepter sa suggestion.

— Alors? murmura-t-elle.

Le regard de Keely parcourut des yeux la chambre qu'elle occupait depuis le mois de septembre. La vaste villa Robin comprenait quatre autres chambres vides.

— Tu veux qu'elle vienne habiter ici?

— Oui. J'aimerais qu'elle s'installe à la maison pendant quelque temps, jusqu'à ce qu'elle soit rétablie. Bien sûr, je dois d'abord en parler à Peter.

Keely haussa les épaules.

— Tu es ici chez toi. Tu es libre d'inviter qui tu veux.

Stéphanie observa sa nièce qui était en train de lacer ses chaussures. Ses longs cheveux retombaient sur son visage. Stéphanie savait que Tessa souhaitait renouer avec sa fille, même si elle affirmait ne pas se sentir à la hauteur de son devoir de mère. Mais pour l'instant, Keely ne semblait pas prête à lui pardonner son attitude.

Stéphanie quitta la pièce, soucieuse. Elle espérait ne pas avoir à regretter sa décision.

Mais si Peter ne lui parlait pas — bien sûr, elle ne comptait pas le taciturne « passe-moi le sel » et le menaçant « as-tu vu mon livre ? » qu'il avait prononcés à son adresse — comment lui poser la question qui la tracassait ? Elle l'observa à la dérobée. Dans le lit, à côté d'elle, appuyé contre deux oreillers, les lunettes sur le nez, son attention fixée sur son livre, il était inaccessible.

Elle soupira. Un muscle tressaillit tout près de la bouche de Peter. Il avait une belle bouche. Elle le regarda tourner une page. Il avait de belles mains aussi, des mains de chirurgien. Le regard de la jeune femme descendit plus bas, le long de son corps svelte. Sous le drap, il était nu. Depuis plusieurs mois, il dormait nu. Par conséquent, ce soir, cela ne signifiait rien de particulier. Peut-être même que cela ne signifierait plus jamais rien.

« Je devrais lui en parler », songea-t-elle.

— Tu es préoccupée ? demanda-t-il soudain d'un ton froid.

— Euh... oui. Je pensais à Keely.

— Et alors ?

— Elle a failli ne pas aller voir Tessa ce soir.

— Hum. Ce n'est pas facile pour elle.

— En effet.

— Il y a autre chose ?

— Je... je ne t'ai pas parlé de ma conversation avec Tessa.

Il posa son livre d'un geste appliqué.

— En effet, tu ne m'en as pas parlé.

— Elle s'imagine que Keely devrait continuer à vivre chez nous, pour de bon, sous prétexte qu'elle est une mauvaise mère.

— Et qu'en penses-tu ?

— Mais c'est absurde ! Keely est sa fille, pas la mienne.

— Je comprends son dilemme.

— Il n'y a pas de dilemme. Tessa a des qualités, elle est bonne, sensible, elle n'est pas égoïste. Elle a réussi à reprendre sa vie en main alors que d'autres auraient continué à se détruire.

Peter enleva ses lunettes.

— Inutile de défendre ta sœur. Elle m'est plutôt sympathique. Elle est honnête, directe, exactement ce qu'elle prétend être.

Et il remit ses lunettes.

— Elle imagine très bien Keely continuant à vivre ici avec toi, moi, Alison. C'est simple comme bonjour. Nous donnons l'image d'une famille unie.

Le cœur de Stéphanie se serra. Peter reprit son livre.

— Mais les apparences sont parfois trompeuses.

— Je lui expliquerai qu'il est normal que Keely vive avec elle.

Peter tourna les pages de son livre jusqu'à ce qu'il trouvât l'endroit où il en était resté.

— Tessa peut venir s'installer chez nous en sortant de l'hôpital, et rester jusqu'à ce qu'elle soit complètement rétablie. Nous prendrons une employée de maison de plus si c'est nécessaire.

La détresse de Stéphanie ne faisait que croître. Alors que Peter proposait exactement ce qu'elle souhaitait, la douleur l'accablait de l'entendre lui parler avec autant d'indifférence. Elle aurait tellement aimé le toucher, lui arracher ce maudit livre des mains, lui enlever ses lunettes et... et quoi? Qu'il l'étreigne une fois de plus? Qu'il la rassure et lui affirme que le mur que le silence élevait entre eux ne détruirait jamais leur relation?

— Tu ferais mieux de dormir, dit-il.

Le bébé lui décocha un petit coup de pied sous la poitrine, et elle posa les mains dessus. Elle se sentait grosse et laide. Devant Tessa, elle avait plaisanté en se comparant à un hippopotame, mais il n'y avait plus de quoi rire. Son regard s'abaissa sur ses mains. Parce qu'elle faisait de la rétention d'eau, son alliance la serrait.

Elle s'étendit, ferma les yeux. Elle ne voulait surtout pas que Peter la vît pleurer.

6 mars 1996, 31 semaines

« Deux kilos de pris, hypertension, rétention d'eau »...

Stéphanie quitta le cabinet d'Evelyn Duplantis, anéantie. Elle n'aurait jamais dû manger le délicieux gratin au crabe que Travis leur avait fait livrer, la veille au soir. Pourquoi ne pas s'être contentée de la salade préparée par Mimi ? Or, elle avait fait honneur sans scrupule aux deux plats.

Elle prit l'ascenseur et s'arrêta à l'étage de Tessa au lieu de monter directement au deuxième où l'attendait une pile de comptes rendus de visites qui nécessitaient deux bonnes heures de dictée. Elle avait besoin du réconfort que pouvait lui apporter une femme qui avait déjà vécu l'expérience de la maternité, en particulier si cette femme était Tessa. Voilà qu'elle retrouvait son ancienne habitude de se tourner vers sa sœur dès qu'un problème se présentait !

Les yeux baissés sur ses pieds — du moins sur ce qu'elle pouvait en voir —, elle finit par admettre quelle était la préoccupation qui la tourmentait. C'était absurde de supposer que Peter était parti ce matin à l'aube pour éviter de croiser l'hippopotame qu'elle était devenue. Il devait tout simplement opérer à la première

217

heure. Mais il ne l'avait pas embrassée. Plus de deux semaines s'étaient pourtant écoulées depuis leur dispute.

Elle poussa la porte de la chambre de Tessa après avoir frappé et s'immobilisa, surprise. Sa sœur avait une visite.

— Travis ? Je ne savais pas que vous vous connaissiez, dit-elle en regardant sa sœur et son beau-frère d'un air médusé.

— Bonjour !

Travis se leva et l'embrassa sur la joue.

— Notre rencontre remonte à un quart d'heure environ.

— Inutile, par conséquent, de faire les présentations.

— Inutile, en effet, dit Travis qui semblait parfaitement à l'aise. A vrai dire, je n'ai pas pu résister à la tentation de venir vérifier les dires de mon frère. Je pensais qu'il exagérait, qu'il ne pouvait pas y avoir deux personnes comme toi, mais je me trompais !

— Attention, Tessa, dit Stéphanie, esquissant un sourire.

— Je suis protégée par mon plâtre, répliqua cette dernière.

Travis agita un doigt dans sa direction.

— Mais il ne sera pas toujours là !

A la grande surprise de Stéphanie, Tessa rougit. Apparemment satisfait de cette réaction, Travis se tourna vers Stéphanie.

— Alors, comment se porte l'héritier Robin ? Tu es rayonnante. J'imagine que Peter ne tient plus en place.

Stéphanie posa les mains sur son ventre. Il se pouvait, en effet, que Peter comptât les jours jusqu'à ce qu'il pût reprendre sa liberté...

— Je suis hideuse.

— Mais non, tu es superbe. La grossesse embellit. Tu ne le sais donc pas?

Et il lui apporta une chaise pour qu'elle s'assît.

— Que t'arrive-t-il? demanda Tessa qui l'observait avec attention. Tu fais une tête d'enterrement.

— J'ai mal au dos, j'ai pris deux kilos, ma tension monte en flèche, je ne dors pratiquement pas. Vivement que ce soit terminé!

Elle s'adossa à son siège, la mine lugubre. Tessa sourit.

— Il n'y en a plus pour longtemps.

— Encore un mois... dans le meilleur des cas!

— Bien sûr, en principe il en faut neuf.

— C'est bien suffisant pour moi. Quelles sont les nouvelles?

— Sheila Carson vient de passer, dit Travis.

— Elle me libère aujourd'hui, annonça Tessa en tapant deux coups sur son plâtre. J'ai laissé un message à ton bureau.

— Je ne les ai pas encore pris, mais ce n'est pas un problème. Nous sommes prêts pour ton arrivée.

— Je ne sais pas quoi dire. M'inviter chez toi... Tu es sûre que je ne vais pas vous déranger?

— Comment? Dans cette immense demeure que Peter appelle une maison? intervint Travis. Il pourrait recevoir une vingtaine d'invités sans même s'en apercevoir.

— C'est à la femme qui l'a épousé que je m'adresse, Travis, dit Tessa.

Travis leva une main éloquente, attendant de toute évidence que Stéphanie renchérît, ce qu'elle fit aussitôt:

— Chez toi, c'est chez moi, Tee. C'est aussi l'idée de Peter.

— Et voilà, fit Travis, un large sourire aux lèvres. Je

sais que Peter a un emploi du temps chargé. Stéphanie, veux-tu que je vienne avec toi pour ramener Tessa à la maison ?

— Merci, Travis, mais nous nous débrouillerons. Keely a promis de venir et de nous accompagner dans le cas où Peter ne pourrait pas se libérer. Elle devrait arriver dans vingt minutes, ajouta-t-elle en consultant sa montre.

— Tu crois qu'elle montera jusqu'ici ? demanda Tessa.

L'espoir et le doute se mêlaient dans sa voix.

Stéphanie ne savait que répondre. Le temps n'avait pas encore aplani les heurts qui opposaient la mère et la fille, et si Keely avait accepté de ramener Tessa à la maison, c'était en partie parce que Stéphanie lui avait promis de lui laisser le volant.

Un soupir douloureux échappa à Tessa. Sa sœur lui prit la main.

— Elle changera, Tee.

— Bien sûr.

— Je dois y aller. N'oublie pas, sois prête dans une heure.

Stéphanie embrassa Tessa et Travis, puis elle s'en alla, quelque peu rassérénée par ce nouveau coup de théâtre. Travis et sa sœur ? Par cette journée maussade et grise, c'était un vrai rayon de soleil.

Une fois dans son bureau, bien que cela la retardât de quelques minutes sur son cours, Stéphanie mit les pieds en hauteur et but une infusion. Elle fit également quelques exercices d'extension pour soulager son dos qui ne lui laissait aucun répit. De toute façon, elle manquait de temps pour dicter son courrier. Peut-être le ferait-elle cet après-midi. En vérité, elle n'avait guère envie de travailler.

Le téléphone sonna. Un instant, elle fut tentée de laisser son répondeur en marche, mais elle changea d'avis et décrocha. Ça pouvait être Tessa, Keely, ou même Alison, mais pas Peter. Elle soupira. Et si c'était Peter, après tout ? Mais c'était Margaret Steele, la secrétaire de Galloway, qui lui demandait « une minute de son temps », un peu plus tard dans la journée.

— Je ne pourrai guère m'absenter plus longtemps, Margaret, dit-elle, se demandant pour quelle raison le directeur de l'hôpital la convoquait. J'ai un cours dans cinq minutes, j'accompagne ensuite ma sœur chez moi, et j'ai une pile de courrier qui m'attend. Faut-il vraiment que ce soit aujourd'hui ?

Margaret lui ayant déclaré qu'il ne pouvait en être autrement, Stéphanie convint d'un rendez-vous après le déjeuner. Ayant raccroché, elle écouta ses messages. Son cœur bondit quand elle entendit la voix de Peter. Il opérait en urgence dans les minutes qui suivaient et serait pris la plus grande partie de l'après-midi.

Il ne pourrait donc ramener Tessa à la maison. Que cela lui plût ou non, Keely était réquisitionnée !

— Cette villa est superbe, Steph.

Se tenant sur ses béquilles, Tessa parcourait d'un regard émerveillé la maison et le jardin qui l'entourait.

— Oui, elle me plaît beaucoup à moi aussi. Fais attention en marchant. Les briques de l'allée sont disjointes par endroits.

— Cette allée a plus de cent ans, expliqua Keely.

Tessa sourit.

— Brrr ! Et y a-t-il des fantômes aussi ?

Keely ne répondit pas et garda son air bourru.

Stéphanie ouvrit un portillon en fer forgé.

— Passons par ici, ce sera moins long.

— Une vraie cour à la française, s'exclama Tessa, regardant autour d'elle avec plaisir. C'est magnifique.

Stéphanie sourit.

— Je savais que ça te plairait. Veux-tu rester un moment dehors ? Après tout, tu viens de passer presque trois semaines confinée dans une chambre d'hôpital, et un peu d'air frais te fera du bien. Nous avons du café, du thé glacé, de la limonade... Que désires-tu ?

— Formidable ! dit Tessa qui posait ses béquilles contre une table et s'asseyait.

Keely gagna la porte de service.

— Je vais dire à Mimi que nous sommes là. Alors, c'est un café que tu veux ?

Stéphanie fronça les sourcils devant le ton insolent de la jeune fille, mais elle hésita à la reprendre. Maintenant que Tessa était de retour, elle ne tenait pas à jouer le rôle de la mère.

— Oui, merci, ma chérie, répondit calmement Tessa.

Dès que la porte se fut refermée, elle soupira.

— Crois-tu qu'elle me pardonnera un jour ?

— Elle a besoin de temps.

— J'espère que nos accrochages ne vont pas trop vous déranger. Si près de la naissance de ton bébé, tu ne devrais pas te trouver mêlée à mes problèmes.

— On se débrouillera, Tee. Je suis tellement heureuse que tu sois là !

La porte à moustiquaire se rouvrit. Tessa observa avec une certaine inquiétude Keely qui s'avançait, chargée d'un plateau.

— J'espère que tu n'as pas changé d'avis, dit l'adolescente en plaçant devant sa mère une tasse ébréchée.

222

Stéphanie se demanda comment Keely avait fait pour dénicher une tasse abîmée dans la cuisine impeccable de Mimi.

— Et voilà ton eau minérale, Steph. La chambre est prête.

— Rien ne presse, Keely, dit Stéphanie. Laisse-nous le temps d'arriver et de savourer notre rafraîchissement.

— Bon, moi, j'ai des choses à faire, répliqua l'adolescente. Je ne suis pas obligée de rester ici à la servir.

— Keely! s'écria Stéphanie en posant son verre. Cesse de te montrer impolie et présente tes excuses à ta mère.

— Je ne vois pas pourquoi.

— Au nom des bonnes manières, intervint Tessa d'un ton las.

— Ça te va bien de parler de bonnes manières!

— Keely! s'écria de nouveau Stéphanie.

— J'ai lu un livre là-dessus, dit Tessa.

— Quand? Pas dans les treize premières années de ma vie, en tout cas, rétorqua Keely avec un profond mépris.

— Trois ans se sont écoulés depuis ta fugue.

— Ah, la grande affaire! Tu prétends avoir changé? Eh bien, attendons de te voir ce soir, à table, après quelques verres de vin.

— Je n'ai plus touché ni à la drogue, ni à l'alcool depuis le jour où tu as disparu, affirma Tessa, les mains tremblantes.

— J'aimerais pouvoir en être sûre!

— Mais taisez-vous donc, toutes les deux! dit Stéphanie qui se leva tant bien que mal en se tenant le dos. Keely, j'aimerais que tu montres un peu de respect à ta mère, sinon je...

— Et pourquoi devrais-je lui montrer du respect?

répliqua la jeune fille d'une voix mal assurée. Parce qu'elle m'a mise au monde ? Il faut plus que ça pour être une mère. N'est-ce pas ce que tu répètes aux adolescentes qui suivent ton cours ? Quand on a un enfant, on s'en occupe, et si on n'en est pas capable, on le donne à adopter à une famille qui l'élèvera comme s'il s'agissait du sien. On ne le laisse pas au bon vouloir des services sociaux de l'Etat ou du comté ! s'écria-t-elle.

Pâle et effondrée, Tessa était incapable de parler.

Keely se tourna vers Stéphanie.

— Elle débarque ici après trois ans de silence et elle s'attend à ce qu'on l'accueille à bras ouverts, lança-t-elle d'un ton dégoûté. Tu fais ce que tu veux, Steph. Après tout, vous êtes jumelles, c'est peut-être un lien plus fort que celui qu'un enfant peut ressentir vis-à-vis de sa mère.

— Keely, murmura Tessa, la mine défaite.

— Tu te souviens, Steph, que j'ai accepté de venir habiter chez toi à condition que tu respectes mon indépendance ? reprit Keely avec fermeté. Ça peut te paraître dur, dit-elle à sa mère, mais je ne trouve aucune raison de te traiter avec respect.

Face à ce constat implacable, Stéphanie vit combien le chagrin ravageait Tessa. L'adolescente venait de toucher sa mère en plein cœur et de décupler le remords et la culpabilité qui la hantaient. Tessa serait plus que jamais convaincue qu'elle ne pouvait offrir une vie convenable à sa fille, ce qui achèverait de détruire Keely.

— Puis-je dire quelque chose ? demanda Stéphanie, obligée de se rasseoir, tant son dos la faisait souffrir.

Keely haussa les épaules et Tessa détourna la tête.

— Cela me brise le cœur de voir deux personnes que j'aime se déchirer comme vous le faites. La relation qui unit une mère à sa fille est complexe, même dans les familles les plus unies. Notre mère ne nous a pas donné un bon exemple, et je suppose que certaines des difficultés que nous avons rencontrées dans notre vie sont liées à notre enfance. Mais on grandit, on évolue, et parfois, une deuxième chance s'offre à nous. C'est ce qui se passe pour vous deux. Vous avez l'occasion de reconstruire votre relation, de colmater les brèches. Ne gâchez pas cette chance.

Un silence pesant suivit ces mots. Mais ni Keely ni Tessa ne semblaient convaincues, et Stéphanie soupira. Avait-elle le droit, pour les besoins de sa cause, de révéler la confidence de Peter au sujet de sa première épouse ?

— Alison, par exemple, n'a pas eu cette chance avec sa mère. Il n'y a pas eu de réunion possible entre elles, car Diana est morte d'une overdose de cocaïne.

— Mince alors ! s'exclama Keely, les yeux écarquillés.

— Personne ne le sait, en dehors de Peter et de moi, et si je te fais cette confidence, Keely, c'est pour une raison précise.

Le regard de la jeune fille parcourut la riche villa, la cour fleurie, la vaste étendue de pelouse, le jardin luxuriant.

— Mais elle avait tout pour être heureuse : un mari attentionné, un enfant, cette grande maison... Elle était folle !

— Elle était malade.

Une expression butée ferma le visage de l'adolescente.

— En tout cas, elle est restée auprès de sa famille.

— Elle aurait peut-être fini par la quitter si elle avait vécu plus longtemps, ou si sa toxicomanie l'avait réduite aux pires extrémités. Un soir où elle cherchait une dose de cocaïne dans le quartier dangereux d'Esplanade Avenue, on lui a tiré dessus. Dans ces cas-là, il est impossible de repartir de zéro.

Soutenant le regard de Keely, Stéphanie se pencha en avant.

— Ta mère a trouvé la force de surmonter ses problèmes. Il est vrai que vous ne pourrez jamais revenir en arrière et effacer les années de détresse qu'elle a passées loin de toi, mais elle a tiré une leçon de ses erreurs. Elle conseille des adolescentes en difficulté, elle les aide à reprendre leur vie en main. Elle mérite que tu l'écoutes.

— Il faut que j'y aille.

Stéphanie voulut la retenir, mais Tessa l'en empêcha.

— Laisse-la tranquille, Steph.

Les deux sœurs regardèrent la jeune fille disparaître à grands pas dans la maison.

— Je crois que j'ai tout fait rater, murmura Stéphanie.

— Non, je suis la seule responsable de ce désastre, dit Tessa, le regard vide, et je crains qu'il faille plus d'une seconde chance pour réparer le mal que j'ai fait.

13.

Les dernières semaines d'une grossesse paraissent souvent interminables. Des tiraillements douloureux dus à un faux travail peuvent déclencher en vous des crises d'angoisse, la fatigue saper votre combativité. Vous vous inquiétez pour vos kilos superflus et votre santé en général, vous craignez des complications. Incapable de dormir, vous n'en finissez plus de compter les heures. Courage! Il ne reste plus que quelques semaines à tenir.

Demandez l'avis du Dr Meredith.

6 mars 1996, trente et unième semaine

Stéphanie roulait en direction de l'hôpital pour se rendre à son rendez-vous avec Benedict Galloway quand un spasme violent l'élança au niveau du ventre. Sa main se posa instinctivement sur le bébé. S'agissait-il de faux travail? Ça ne pouvait être l'accouchement qui se déclenchait puisque sa grossesse n'arriverait à terme que dans six semaines. Et puis, s'il y avait eu quelque chose d'anormal, Evelyn Duplantis, qu'elle avait vue le matin même, l'aurait décelé.

Conduisant avec mille précautions, elle guettait une deuxième contraction qui ne vint pas. Arrivée à l'hôpital,

227

elle descendit de voiture avec prudence. Tout semblait normal. Elle poussa un soupir de soulagement. Son dos la faisait toujours souffrir, mais la douleur s'était un peu atténuée. Après son rendez-vous avec Galloway, elle rentrerait à la maison. Tant pis pour son courrier. Elle aspirait au calme et au repos. En outre, elle devait réfléchir : Peter, Tessa, Keely. Elle ne manquait pas de sujets de préoccupation !

Tirant sur sa blouse blanche qu'elle ne pouvait plus boutonner, elle marcha, ou plus précisément « se dandina » jusqu'au bureau de Galloway. Lorsque Peter avait suggéré qu'elle se mît en congé de maternité, elle avait pensé que les dernières semaines passeraient plus vite si elle continuait à travailler, mais maintenant que Tessa était là, elle avait envie de s'arrêter. Cela ne l'empêcherait pas de continuer ses cours qu'elle n'avait jamais envisagé d'interrompre.

Elle adressa à Margaret Steele un signe de tête distrait et frappa à la porte entrouverte du bureau avant d'entrer.

— Bonjour, Benedict.

— Docteur Sheldon.

Galloway avait une expression bizarre. Il lui indiqua un siège, sans se lever ni lui adresser un sourire.

Les rapports qu'elle entretenait avec le directeur n'avaient jamais été amicaux, mais jusqu'à présent, ils avaient toujours témoigné du respect et de la cordialité les plus élémentaires.

— Je t'en prie, Steph, assieds-toi.

Elle sursauta en voyant Peter debout près de la fenêtre, les mains dans ses poches, la mine lugubre. Saisie d'un mauvais pressentiment, elle prit place dans le fauteuil. Peter s'assit sur le siège voisin.

— Notre ami s'est amusé à jouer au fin limier, dit-il d'un ton persiflant.

La jeune femme posa un regard interdit sur Galloway qui, sans sourciller, poussa devant elle une grosse enveloppe marron.

— Tout est là, docteur Sheldon.

La dernière fois que le directeur les avait convoqués, ses griefs étaient contenus dans un dossier jaune qu'il avait également poussé devant elle. Perplexe, elle s'apprêtait à saisir l'enveloppe marron quand Peter intervint :

— Non, Benedict, pas comme ça.

Et il posa la main sur l'enveloppe pour empêcher Stéphanie de la prendre.

— Que se passe-t-il ? demanda-t-elle, les sourcils froncés.

— J'aurais préféré ne pas avoir à utiliser de telles méthodes, dit Galloway avec hauteur, mais votre obstination m'y a contraint. A mon grand étonnement, la majorité du conseil d'administration continue de vous soutenir dans vos projets immondes. Je ne vous ai jamais caché combien je désapprouvais le fait que l'hôpital des Femmes fût obligé de parrainer un centre de soins gratuits qui n'attire que des voyous. L'hôpital de la Charité est là pour ça.

— Epargnez-nous vos commentaires, intervint Peter. Nous connaissons votre grand cœur.

— Peter, vous êtes prié de ne pas vous livrer à des attaques personnelles, objecta le directeur, indigné.

— N'est-ce pas ce que vous faites ? rétorqua Peter.

— Mais enfin, de quoi parlez-vous ? demanda Stéphanie. Qu'y a-t-il dans cette enveloppe ?

— Vos secrets, docteur Sheldon. La vérité fait pâlir votre mari, mais je n'ai aucune raison de ménager votre sensibilité. Avec les documents que voici, je peux prouver que, pendant des années, vous avez donné une fausse image de vous-même dans cet hôpital et, j'imagine, dans votre vie privée. Si vous m'obligez à révéler ce que j'ai appris sur votre compte, votre réputation en pâtira sérieusement. D'ailleurs, en toute franchise, je ne pense pas que vous pourrez sauver grand-chose, conclut Galloway que cette perspective semblait secrètement réjouir.

— Mes secrets ? bredouilla Stéphanie, la mine défaite.

— Steph, il a engagé un détective privé pour enquêter sur ta vie à Memphis, dit Peter en lui prenant la main. Il a découvert la raison de ta fugue avec Tessa.

— Nous n'avions que quinze ans. Nous étions des enfants.

— Des enfants en âge de vendre leur corps, lança le directeur.

— C'est faux ! Tout ce qu'on a dit sur nous n'est qu'un tissu de mensonges.

— Il n'y a donc pas eu de scandale à la ferme où vous viviez, votre sœur et vous ? demanda Galloway d'un ton narquois.

— Si, mais...

— Je ne crois pas que ces articles de presse soient mensongers.

Le directeur répandit le contenu de l'enveloppe sur le bureau.

Amour et péché. Des mineures en garde à vue. Un réseau de prostitution d'enfants prospère dans un décor bucolique. Des jumelles en sont l'attraction vedette.

D'un coup d'œil, Stéphanie embrassa les titres des journaux. Elle les connaissait par cœur. Pendant une semaine entière, le scandale avait tenu la première page du journal de Memphis, tandis que Tessa et elle attendaient, dans une cellule du tribunal des mineurs, que des bureaucrates anonymes décident de leur avenir au sein d'un système qui les avait négligées. Une attente insupportable. Dehors, des reporters réclamaient des interviews avec les « jumelles Lolitas ». Leurs questions avaient été autant d'insultes. Leurs articles, un ramassis de mensonges et de sous-entendus abjects, les avaient atrocement blessées.

— Ça ne s'est pas passé comme ça, murmura Stéphanie, les mains sur son ventre afin de protéger son enfant de ces calomnies.

Elle regardait avec dégoût les infâmes articles de presse que le directeur rangeait dans l'enveloppe. Semblables à des serpents qui se retirent dans leur trou, ils continuaient, même de loin, à provoquer chez Stéphanie l'effroi et la répulsion.

— Et cette Keely, votre prétendue nièce, reprit Galloway, ce n'est pas votre nièce, n'est-ce pas, mais votre fille, née à la suite de ce fâcheux séjour dans cette ferme du Tennessee ? C'est une bâtarde, comme ces gamines que vous chouchoutez dans ce cours grotesque que vous avez mis sur pied. Vous n'aimeriez pas que cette affaire éclate, elle aussi, au grand jour, n'est-ce pas ?

— Un instant, Galloway ! C'est de la diffamation, et vous n'avez aucune preuve pour étayer cette accusation, s'écria Peter en bondissant de son siège.

Stéphanie posa une main sur son bras.

— Peter, je t'en prie.

La soupçonnait-il, lui aussi, d'être la mère de Keely ?

Galloway, avec ses yeux pâles et accusateurs, aurait pu être le juge de Memphis, le gros shérif, l'assistante sociale ou n'importe lequel de ceux qui avaient fini par les abandonner à leur sort, alors qu'elles avaient besoin de tendresse et de réconfort plus encore que de nourriture et d'un toit au-dessus de leur tête.

— Je vais vous dire une chose, Benedict, déclarat-elle, surprise elle-même de constater que la vérité avait cessé de l'effrayer. Et ce n'est pas parce que j'estime vous devoir une explication, mais parce qu'il est très agréable de ne plus se sentir victime. Les services sociaux nous ont placées, ma sœur et moi, dans la maison d'un criminel qui abusait systématiquement des jeunes filles qu'on lui confiait et les obligeait à se prostituer. Pour des enfants en manque d'amour et d'affection, des bijoux, des vêtements, des faveurs, des marques d'attention peuvent être de puissantes motivations. Tessa et moi, nous avons refusé de nous laisser manipuler, mais quand le scandale a éclaté, nous avons été condamnées de la même façon que les autres.

Elle se leva avec une grâce surprenante, compte tenu de son embonpoint.

— Je ne vois guère de différence entre le crime commis par ce monstre, et vos menaces, Benedict, mais cette fois-ci, je ne suis plus une orpheline apeurée. Tout ce que j'ai, je l'ai gagné. Sachez aussi que Keely n'est pas ma fille, bien que cela ne vous regarde en aucune façon. Sachez enfin que vos odieuses menaces s'appellent chantage, et que je ne me laisserai pas prendre à un piège aussi grossier.

— Je soutiens entièrement ma femme, Ben, dit Peter en jetant l'enveloppe marron dans la corbeille à papier. Vous avez dépassé les bornes avec votre désir maladif de détruire mon dispensaire et de discréditer Stéphanie. Mais on peut être deux à jouer ce jeu. J'ai toujours voulu vous épargner en vous cachant la vérité, mais vos manigances répugnantes m'y obligent. Ce n'est pas une balle de revolver qui a tué votre fils, mais une dose de cocaïne. Ben Jr. Galloway se droguait. C'était un junkie.

A ces mots, Galloway se figea, et ses mains se mirent à trembler.

— C'est grotesque ! s'écria-t-il en se levant. C'est un mensonge abject.

— Si seulement vous disiez vrai, répliqua Peter avec le plus grand calme. Diana et Ben Jr. n'étaient pas au dispensaire, ce soir-là, comme tout le monde l'a cru. Ils hantaient le quartier pour s'acheter de la drogue. Leur emplette terminée, ils se sont injecté une dose de cocaïne sur place, dans la rue, et ils ont eu la malchance d'être pris dans une fusillade.

Galloway se rassit pesamment.

— Je ne vous crois pas.

— Diana a été tuée sur le coup, mais votre fils n'est pas mort de ses blessures. Peut-être que la drogue qu'ils avaient achetée n'était pas assez pure, je n'en sais rien. Ben Jr. a fait un arrêt cardiaque, exactement comme Anthony Connaught il y a quelques mois.

— Ce n'est pas vrai.

— Votre fils est mort dans mes bras. S'il s'était trouvé à l'intérieur du dispensaire, j'aurais peut-être pu le sauver.

Le stylo que Galloway tenait à la main lui échappa et tomba par terre dans un bruit métallique. Le directeur passa une main tremblante sur son visage. Il semblait avoir vieilli de dix ans.

— Je suis navré, Ben.

Stéphanie jeta un coup d'œil anxieux à son mari, tandis que Galloway pivotait sur son siège et tournait un regard éteint vers la fenêtre. Elle voulut parler, mais le directeur leva une main. Il refusait toute compassion. Peter et Stéphanie gagnèrent la porte.

— Brûlez ces documents, Ben, lui conseilla Peter, la main sur la poignée de la porte.

— Sortez, répliqua Galloway d'une voix sourde mais dépourvue d'hostilité.

Il était simplement vaincu.

*

C'est au prix d'un effort terrible que Peter parvint à taire les questions qui le hantaient, tandis qu'il longeait avec Stéphanie les couloirs de l'hôpital. Il ne cessait de repenser au comportement de Galloway avant l'arrivée de la jeune femme. Tout d'abord, le directeur lui avait appris que la plainte déposée par Connaught avait été retirée, une nouvelle qui manifestement le contrariait, puis il avait enchaîné sur le véritable objet de sa convocation, et avec un sourire méchant, il avait montré à Peter le rapport du détective privé qui avait enquêté sur Stéphanie, ainsi que les articles de presse. Peter avait tout remis dans l'enveloppe et, incapable de rester assis en attendant Stéphanie, il s'était mis à marcher de long en large, bouillonnant de colère.

Il se disait maintenant que les révélations de la jeune femme ne représentaient sans doute que la partie visible de l'iceberg. Il était évident qu'il ne savait pas encore tout. Juste au moment où il croyait commencer à y voir clair, un nouvel élément surgissait du passé, épaississant le mystère. Si, par le plus grand des hasards, il n'avait pas surpris une conversation entre les deux sœurs, jamais il n'aurait appris l'existence du viol.

« Bon sang ! » s'écria-t-il.

Stéphanie ignorait-elle ce que pouvait éprouver un homme quand il apprenait que sa femme avait été violée ? Depuis, il ne cessait d'imaginer qu'il mettait la main sur le coupable et le tuait. La violence de ses pensées le choquait. Par peur d'exploser, il n'osait pas réclamer de détails sur cette affaire. Il s'était donc replié sur lui-même dans un silence douloureux. Et maintenant, voilà qu'on parlait de scandale et de prostitution ! Il étouffa un juron. Que lui cachait encore Stéphanie ? Et quand daignerait-elle lui parler ? Si elle tenait réellement à lui et à leur mariage, ne devait-elle pas lui faire confiance et tout lui avouer?

D'une main fébrile, il prit Stéphanie par la taille et l'entraîna hors de l'ascenseur dans le parking où étaient garées leurs voitures respectives. Cette entrevue avec Galloway avait bouleversé la jeune femme, il le savait. Il savait également qu'elle voulait rentrer à la maison et se cacher. N'était-ce pas toujours en se cachant que Stéphanie affrontait la vérité?

Comme elle se dirigeait vers sa voiture, il la rattrapa par le bras pour la guider vers sa Jaguar. Il n'était pas question qu'elle lui échappât. Elle s'écarta violemment de lui.

— Laisse-moi, Peter! J'en ai assez d'être manipulée, malmenée, maltraitée...

Il leva les deux mains comme pour prouver ses bonnes intentions.

— Voyons, Steph, je ne suis pas ton ennemi, mais ton mari, même si tu t'arranges parfois pour l'oublier.

Elle croisa les bras sur sa poitrine. Elle avait l'air si fragile, malgré sa tentative d'indépendance!

— Que dois-je comprendre?

— Montons dans ma voiture. Tu es épuisée.

— Je vais très bien et je suis tout à fait en état de conduire.

— S'il te plaît. Fais-moi plaisir. J'enverrai quelqu'un chercher ta voiture.

— Je sais ce que tu veux, Peter. Tu t'imagines que si tu connais tout de moi, ce sera un plus pour notre relation, notre mariage, notre avenir. Quelle idée grotesque! Dans la situation actuelle, je commence à me demander s'il y a même lieu de parler de tout ça.

Il la regarda droit dans les yeux.

— Pourrais-tu être plus précise?

— Tu veux croire à tes rêves, à tes fantasmes, alors que tu ignores tout de la réalité.

Elle fit un geste de la main dans la direction de l'hôpital.

— Ce que tu as appris dans le bureau de Galloway, c'est la vérité, Peter. J'ai passé vingt et un ans à essayer de l'oublier.

— Mais notre mariage n'est pas un fantasme, Stéphanie, du moins pas pour moi. Je sais bien que nous avons pris notre décision en l'espace d'une soirée, mais j'étais sérieux en m'engageant, et je le suis toujours. Je veux que ce mariage marche. L'ennui, c'est que j'ignore si tu peux affirmer la même chose. Sauf au lit. Du moins, là, je sais que tu es avec moi à cent pour cent, ajouta-t-il sans prêter attention à la rougeur qui empourprait le visage de la jeune femme. Mais notre intimité est uniquement physique, Steph, et ça me fait mal. Réfléchis donc. Quand Keely apparaît, j'apprends que tu as une sœur jumelle. Quand Tessa apparaît, j'apprends que tu as souffert d'un grave traumatisme. Quand Galloway me met le nez sur ces horribles documents, j'apprends la suite de ton histoire.

Peter se tut un instant, à court d'arguments. Puis un long soupir lui échappa.

— Je me sens utilisé, Steph. Je veux savoir. Est-ce qu'il en sera toujours ainsi ?

— Tu te sens utilisé, répéta doucement la jeune femme. Tu te sens utilisé ?

Son regard parcourut un instant la mer de voitures dans le parking. Quand elle regarda de nouveau Peter, ses yeux verts étincelaient.

— Tu te sens utilisé ! Pardonne-moi, Peter, mais pour qui te prends-tu ? Tu regrettes que je ne me sois pas confiée à toi. Mais pourquoi l'aurais-je fait ? Et comment

236

aurais-je pu ? Nous savons tous les deux que tu ne m'as épousée que parce que j'étais enceinte. Aussi, cesse donc de te raconter des histoires sur notre intimité physique ! Tu l'opposes à quoi, d'ailleurs ? A une intimité de sentiments ? A Boston, tu m'as affirmé que tu ne pouvais plus aimer. Tu prétendais que la mort de Diana avait tout détruit en toi. J'ai accepté cette situation en silence. Mais ne viens pas te plaindre aujourd'hui, parce que c'est toi qui as donné le ton à notre mariage !

— Stéphanie...

— Ne me touche pas ! s'écria-t-elle avec un regard de défi. Comme tu l'as justement deviné, les gros titres de journaux que tu as lus ne racontent qu'une petite partie de mon histoire. La vérité est encore bien plus hideuse. Tessa et moi, nous avons fait de notre mieux pour essayer de recoller les morceaux de notre existence et continuer à vivre. Tu t'imagines peut-être que tu aurais pu faire mieux ?

— Je...

— Peut-être as-tu vu ta mère ivre morte pendant trois jours d'affilée ?

Peter garda le silence.

— Peut-être t'es-tu déjà demandé ce que tu allais pouvoir manger quand il n'y a rien, absolument rien dans le placard de la cuisine ?

— Stéphanie...

— Non ? Et à l'école, quand tu franchissais le portail du collège du Sacré-Cœur, ce collège de snobs, ton pull-over avait-il des trous ? Tes chaussures te serraient-elles parce qu'on te les avait achetées d'occasion ? Tu as eu une enfance insouciante, tranquille et pleine de tendresse. Je reconnais ta générosité car tu t'efforces de faire le bien, maintenant, mais tu ne pourras jamais vraiment comprendre ce qu'est la misère. Tu ne peux pas savoir non plus comment tu aurais réagi des années plus tard.

— Bien sûr que non, dit-il.

Un aveu qui déconcerta légèrement Stéphanie.

— Dans ce cas...

— Pouvons-nous éclaircir un autre point pendant que nous y sommes ?

— Lequel ?

— Lorsque je t'ai dit que je ne pouvais plus aimer, c'était avant que nous fassions l'amour, à Boston. Le lendemain matin, je me sentais tout autre. Peut-être ai-je commis une erreur en gardant le silence, mais c'est la vérité, Steph : je me suis senti revivre grâce à toi. Je me demandais comment j'avais pu te croiser à l'hôpital pendant trois ans sans jamais m'intéresser à toi. A mon retour à La Nouvelle-Orléans, je n'avais qu'une idée en tête : te connaître davantage, sortir avec toi, t'aimer... Mais si je te l'avais dit, est-ce que tu m'aurais cru ?

— Probablement pas.

Il ne voyait que ses cheveux blonds car elle gardait la tête baissée sur ses mains. La vulnérabilité de la jeune femme le bouleversa. Mais il y avait tant d'autres choses qui lui plaisaient en elle, son courage, sa douceur, son intelligence, ses yeux, ses mains, son menton effronté. La seule chose qu'il ne supportait pas, c'étaient ses réponses évasives. Elle avait tellement d'importance à ses yeux qu'il avait besoin qu'elle s'ouvrît à lui.

— Nous avons à parler, Stéphanie, dit-il en ouvrant la portière de la Jaguar, mais pas ici.

Elle le regarda avec une intensité particulière, puis monta dans la voiture.

— Je connais un petit bar où l'atmosphère est calme, dit-il.

Elle était fatiguée, et il se sentit momentanément coupable de ne pas la ramener tout de suite à la maison. Mais ne lui devait-elle pas des explications ?

Il tourna la clé du contact.

— Nous y serons plus tranquilles qu'à la maison.

— Bien.

Elle s'appuya contre le repose-tête et ferma les yeux. Il quitta le parking. Il n'était pas sûr de ce que son acquiescement signifiait, mais du moins acceptait-elle de lui accorder du temps. Quand il se gara devant le bar, son désir de savoir, de comprendre, aiguisait ses nerfs tant il voulait qu'elle lui fît confiance, qu'elle l'aimât.

A l'intérieur régnait une ambiance paisible. Un guitariste jouait une mélodie aux accents mélancoliques, et Peter pensa à la première soirée qu'il avait passée en compagnie de Stéphanie. Deux êtres seuls s'étaient réunis en un moment décisif. Quelque chose de particulier s'était produit ce soir-là, et il était résolu à ne jamais l'effacer.

Ils s'installèrent à une table dans un coin de la salle. Peter commanda une eau minérale pour Stéphanie et un scotch pour lui. Quand on les servit, il leva son verre.

— A la confiance, dit-il en la regardant droit dans les yeux.

— A la confiance, répondit-elle dans un souffle.

L'ombre d'un sourire éclairait-elle le visage de la jeune femme ? Il se jura de l'écouter jusqu'au bout, sans l'interrompre et, s'il avait envie de frapper quelqu'un, de compter en silence jusqu'à dix afin de museler sa fureur. Il n'osait lui demander de parler, et à défaut, il aurait voulu la toucher, mais tout ce qu'il pouvait faire, c'était rester assis, les deux mains crispées sur son verre, et attendre.

Lorsqu'elle ouvrit la bouche, quelque chose céda en lui, comme un fil de fer qui casse.

— C'est tellement sordide, Peter.

Elle joua un instant avec sa serviette, la plia, la déplia.

— Quand nous avons quitté Memphis, j'ai cru que ce cauchemar était fini. Des mois après notre installation chez Camille, je m'affolais à la moindre sonnerie du téléphone, ou lorsque quelqu'un frappait à la porte. Mais aucun incident ne se produisit, et peu à peu, je me mis à croire que je pouvais avoir une vie normale, comme une personne ordinaire.

Un rire amer lui échappa.

— J'aurais dû savoir que c'était impossible.

— Tu mènes une vie normale, dit Peter, mais c'est vrai, tu n'es pas vraiment ce qu'on appelle une personne ordinaire.

Le regard de Stéphanie se posa sur le musicien.

— Un scandale a éclaté à la ferme du Tennessee, exactement comme l'ont rapporté les journaux. Le couple qui nous hébergeait, Buck et Lila Curtiss, avait monté une petite entreprise qui prospérait. Ils dirigeaient un réseau de prostitution infantile à la ferme. Pour les services sociaux, le décor était innocent, idéal même : dans un environnement paisible et sain, une dizaine de jeunes filles partageaient l'existence simple et rurale d'un couple de fermiers, une vraie maman et un vrai papa du cru. Tout était parfait dans le meilleur des mondes !

Perdue dans ses souvenirs, la jeune femme, à peine consciente de la présence de Peter, revoyait la ferme où la vie ne se déroulait pas de façon tranquille, et encore moins de façon saine.

— Buck abusait des filles. C'était un homme grand, solide, plutôt beau, un menteur qui usait de son charme pour arriver à ses fins. A force de sourires, de promesses, de cadeaux, il persuadait les orphelines dont il avait la charge d'être « gentilles avec ses amis ».

— Mais comment a-t-il pu s'en sortir indemne ?

— J'imagine qu'il a graissé la patte aux personnes qu'il fallait, murmura-t-elle machinalement.

Peter baissa vivement les yeux afin de cacher à Stéphanie la rage meurtrière qui l'animait. La presse révélait si souvent des scandales de cet ordre que le public finissait par s'habituer à ces tragédies. Mais jusqu'à présent, Peter n'avait encore jamais été impliqué personnellement dans l'une de ces affaires. Or, ne venait-il pas d'épouser la victime d'un crime odieux ?

— Qui a vendu la mèche ? demanda-t-il.

— Tessa, bien sûr, à sa façon.

Stéphanie marqua une pause avant de reprendre :

— J'essayais d'éviter Curtiss, mais Tessa n'hésitait jamais à le défier. Je crois que c'est pour cette raison qu'il l'a choisie, ajouta-t-elle d'une voix à peine audible.

— Choisie ?

— Buck savait qu'il ne réussirait jamais à nous maîtriser complètement. Tu connais le fameux proverbe « l'union fait la force » ? C'était comme ça entre Tessa et moi, et à nous deux, nous avions un avantage que les autres filles n'avaient pas. Elles étaient isolées, nous étions deux. Notre gémellité nous donnait de la force. Mais aux yeux de Buck Curtiss, c'était un défi de plus à vaincre.

— Le salaud ! murmura Peter, tâchant de maîtriser sa colère.

Stéphanie acquiesça avec un petit rire bref.

— Vous n'aviez donc aucun recours ?

— Ça s'est passé dans la grange. Tessa adorait monter à cheval et Buck l'y autorisait parfois, mais seulement si elle nettoyait l'écurie tous les jours. Toutefois Tessa préférait ça au ménage de la maison. Un après-midi, j'ai vu Buck entrer dans la grange. Je pensais que Tessa s'y trouvait. Il avait essayé de nous amadouer par tous les moyens possibles et imaginables, nous promettant que des vraies jumelles bénéficieraient d'attentions toutes spéciales de la part de ses amis.

— Le monstre !

Mais Stéphanie ne parut pas entendre Peter.

— Il était tard. Je me souviens qu'il pleuvait. Ça sentait l'odeur du foin humide, les animaux étaient mouillés et leur robe fumait.

L'estomac noué, Peter écouta les détails que donnait Stéphanie. Après dix-sept ans, son souvenir était remarquablement précis.

— Je savais que, seule, elle aurait des ennuis, et je me disais qu'il n'oserait rien entreprendre s'il devait nous affronter toutes les deux. Je suis donc allée les rejoindre dans la grange.

Peter avait un mal fou à rester immobile. Son verre était vide et il ne se rappelait pas l'avoir bu. En lui, grandissait une rage sourde qui l'effrayait par son intensité.

— Dans la grange, Buck me guettait, juste à l'entrée. Il m'a attaquée par-derrière et m'a attaché les poignets dans le dos avec une corde, expliqua-t-elle en se frottant l'intérieur des poignets.

Et Peter se demanda si elle avait conscience de ce geste qu'elle semblait effectuer machinalement.

— J'ai voulu m'enfuir, j'ai crié, supplié, donné des coups de pied ; je me suis débattue, j'ai essayé de le mordre. Il a fini par me frapper si durement que je suis restée hébétée et silencieuse.

Ecœuré, Peter ne voulait pas en entendre davantage et regrettait même d'avoir insisté pour que la jeune femme lui fît part de ce récit tragique. Pourtant, au plus profond de lui-même, il savait qu'il était temps d'exhumer ces démons...

— Il m'a jetée par terre comme un sac de nourriture pour animaux. Pendant quelques secondes, je n'ai pas pu respirer. Je suis restée par terre, me demandant si j'avais quelque chose de cassé, me demandant si... si... s'il allait le faire.

Les yeux de Stéphanie parurent se rétrécir comme si, en cet instant précis, elle se posait encore la question.

— Mais il ne m'a pas violée, reprit-elle après un silence, son regard vide perdu quelque part dans le Tennessee par un lointain après-midi pluvieux. C'était Tessa qu'il voulait et qu'il attendait. Elle est arrivée très peu de temps après. Elle était partie en douce faire une promenade à cheval et elle était trempée. En voyant Buck, elle s'est figée sur place, et puis, elle m'a vue. J'ai essayé de lui dire de s'enfuir, mais elle a couru vers moi.

Un petit sanglot échappa à Stéphanie.

— Et Buck s'est jeté sur elle.

Stéphanie baissa la tête, se passa une main sur le front, puis des deux mains, elle se massa les tempes. Peter imaginait aisément le nombre de fois où elle avait tenté d'effacer de sa mémoire ce souvenir terrible. Enfin, elle le regarda, une lueur de désespoir au fond des yeux.

— Buck l'a violée, Peter. Il l'a jetée sur le sol jonché de paille sale et mouillée, lui a arraché son jean et l'a violée devant moi.

Tout près, le guitariste mettait toute son âme dans une chanson, mais Peter devinait que Stéphanie n'entendait que le martèlement de la pluie sur le toit en tôle ondulée de la grange, le tonnerre qui grondait, ses cris tandis qu'on abusait de sa sœur sous ses yeux.

Il lui toucha la main. Il aurait voulu la prendre dans ses bras pour la protéger.

— Ton tour est venu ensuite ? demanda-t-il.

— Non.

— Tu lui as échappé ?

— J'ai échappé au viol proprement dit, mais c'est exactement comme s'il m'avait violée moi aussi. Assister à ce drame a été le moment le plus atroce de ma vie. Mon innocence a été brisée avec celle de ma sœur. Plus tard, quand le scandale a éclaté, ma réputation a été entachée au même titre que celle de Tessa, et nous n'avons plus jamais été les mêmes. Mais pour répondre précisément à ta question : non, je n'ai pas été abusée sexuellement.

Sous la main de Peter, les doigts de Stéphanie restaient immobiles, comme engourdis.

— Que s'est-il passé ensuite ?

Il devinait qu'elle éprouvait encore de la culpabilité pour avoir échappé au drame, contrairement à sa sœur.

— Le destin, répondit-elle d'un ton sourd. Il y avait un Interphone dans la grange, pour des questions de sécurité, le risque d'incendie, etc., et par mégarde, il était branché. Or, une assistante sociale était venue précisément cet après-midi-là rendre une visite impromptue aux Curtiss. Cela leur arrive parfois. Elle était dans la cuisine avec Lila quand elle a entendu nos cris, mais le temps qu'elle arrive dans la grange, il était trop tard pour Tessa.

— Et pour toi, ajouta Peter doucement.

— On nous a emmenées immédiatement à l'hôpital. Nous avons tout raconté, mais le viol a été étouffé. Buck a été accusé de plusieurs délits, mais pas de viol. Tessa s'en fichait. Elle était tellement contente de le savoir en prison, et que la lumière fût enfin faite sur les pratiques sinistres qui avaient lieu à la ferme.

Le guitariste cessa brusquement de chanter. Dans le silence, les projecteurs qui éclairaient la scène s'éteignirent, et les lumières de la salle baissèrent. Autour d'eux, les gens bavardaient à bâtons rompus, s'offrant un moment de détente après leur journée de travail. Après le récit qu'il venait d'entendre, Peter s'étonnait presque qu'il existât encore des gens comme tout le monde occupés à des activités innocentes et ordinaires.

— Voilà, maintenant tu sais.

— On peut sortir?

Elle le regarda un instant sans répondre, puis elle prit son sac.

— Bien sûr.

Ils roulèrent en silence. Peter faillit proposer à Stéphanie de passer la nuit à l'hôtel. Il avait tant de choses à lui dire, et à la maison, entre Tessa, Keely et Alison, ils ne pouvaient prétendre à la tranquillité dont ils avaient besoin. Mais il devinait que Stéphanie préférait rentrer car c'était la première soirée que sa sœur passait chez eux. Aussi, au croisement, il emprunta l'avenue St. Charles, et quelques minutes plus tard, ils arrivèrent devant la villa.

Quand il coupa le moteur de la Jaguar, il resta un instant immobile, se demandant comment gagner au plus vite l'intimité de leur chambre.

— Je savais que ça te choquerait, dit Stéphanie qui se méprenait sur le silence de Peter.

— Je suis choqué, en effet, ma chérie. Qui ne le serait pas? Mais tu ne peux pas savoir l'admiration que j'ai pour toi quand je pense à la façon dont tu t'en es sortie dans la vie, à tout ce que tu as accompli alors que tant d'autres auraient renoncé à se battre pour une existence meilleure.

Il lui effleura la joue du bout des doigts.

— Si je mets du temps à sortir de cette voiture, c'est que j'ai beaucoup de choses à te dire et que je n'ai pas envie de les dire devant Alison, Keely et Tessa.

— Je pensais que ce récit allait te dégoûter de moi, murmura Stéphanie.

Avec ce regard perdu, cette hésitation dans sa voix, Peter la trouvait irrésistible.

— Comment pourrais-je te reprocher un acte dont tu n'es pas responsable? Comment pourrait-on vous reprocher quoi que ce soit, à toi et à Tessa?

Sans un mot, Stéphanie descendit de voiture et gagna le fond de la cour. Il lui emboîta le pas et, comme il voulait lui parler, elle lui intima le silence d'un doigt sur les lèvres.

— Chut, fit-elle en le prenant par la main.

Elle l'entraîna vers une balançoire sous un vieux magnolia où ils s'assirent tous les deux.

— Que veux-tu me dire? chuchota-t-elle avec un sourire malicieux. Je t'en prie, dépêche-toi de parler car en mars, les moustiques sont aussi gros que des chauves-souris.

— Mais personne ne viendra nous déranger ici... enfin presque!

Et Peter se donna une grande gifle dans le cou où un moustique s'apprêtait à le piquer.

— Crois-tu que nous rirons de tout ceci dans quelques années? demanda-t-elle.

Il saisit la main de la jeune femme et la posa sur son ventre.

— C'est sur lui que je compte, ma chérie.

— Comment? fit-elle, interdite.

— Grâce à notre enfant, nous resterons ensemble.

Malgré la pénombre qui régnait dans la cour, Peter vit la surprise de Stéphanie. Elle le regardait, bouche bée, les yeux écarquillés.

— De quoi parles-tu exactement, Peter?

— Je veux que notre mariage dure, et si je le dis, ce n'est pas parce que tu es enceinte, mais parce que je t'aime.

Elle baissa les yeux et, comme il lui tenait la main, il sentit un frémissement la parcourir. Etait-ce de la crainte, de l'incertitude, de la joie? Parce qu'il l'ignorait, il s'affola. Il la désirait tant, il avait tellement besoin d'elle!

— Stéphanie? Peut-être le moment est-il mal choisi...

246

— Non, non, c'est simplement que... je ne... je...

De sa main libre, elle sécha ses yeux embués de larmes.

— Je ne sais que dire, balbutia-t-elle dans un souffle.

Il eut un sourire espiègle.

— Tu pourrais me dire que toi aussi, tu m'aimes, non ?

Elle fouilla dans la poche de sa robe, à la recherche d'un mouchoir en papier.

— Bien sûr que je t'aime. Comment pourrait-il en être autrement ? Je t'aime tellement que quand Galloway a sorti les coupures de presse, je ne voulais qu'une chose : le faire taire pour que tu n'apprennes pas la vérité de cette façon, et...

Il posa un doigt sur les lèvres de la jeune femme.

— Comment voulais-tu que je l'apprenne ?

— Je n'en sais rien. Mais c'est moi qui aurais dû te le dire. Peut-être après t'avoir donné un héritier.

Il lui releva le menton d'un doigt.

— Tu m'aurais acheté avec notre bébé ?

Elle eut un rire chagriné

— C'est affreux, non ?

Alors, il l'enlaça, désireux avant tout de chasser les fantômes qui la hantaient.

— Oui, mais je te prends comme tu es. Ne te l'ai-je pas déjà prouvé ?

— Même enceinte et grosse comme un...

— Chut, gronda-t-il. Les remarques négatives sont interdites. La mère de mon enfant est belle, très belle.

Ils se balancèrent doucement pendant quelques minutes. Avec un bras passé autour de ses épaules, il était aussi près d'elle que le ventre de la jeune femme le lui permettait.

— Tu aurais donc fini par me parler de toi, dit-il avec nonchalance, bien que tu sois contre les confidences ?

Elle se redressa un peu pour pouvoir le regarder.

— Ce n'est pas ce que je voulais dire. J'étais en colère.

Elle posa la main de Peter contre sa joue.

— D'ailleurs, toi aussi, tu étais fâché, depuis quelque temps. Je voulais te parler, mais j'avais peur de tout gâcher entre nous.

— C'est vrai, avoua-t-il, je t'en voulais car pour moi, ton silence signifiait que tu ne me faisais pas confiance, et si tu ne me faisais pas confiance, comment pouvais-tu m'aimer?

Il se pencha sur elle et l'embrassa avec ferveur. La jeune femme s'ouvrait à lui et, comme toujours, éveillait aussitôt son désir.

Il savait qu'elle était épuisée, mais son corps à lui semblait avoir une volonté qui lui était propre. Celui de Stéphanie aussi, d'ailleurs. Elle se pressait contre lui, écrasait sa poitrine contre son torse, laissait échapper de petits gémissements.

Il continua de l'embrasser tout en la poussant légèrement de façon à pouvoir se serrer davantage contre elle. Il savait qu'ils ne pourraient pas faire beaucoup mieux, mais l'intensité de son désir occultait sa raison.

« Encore quelques minutes et nous rentrons », pensa-t-il.

Avec un peu de chance, ils réussiraient peut-être à savourer un instant d'intimité dans leur chambre.

Soudain, il sentit la piqûre d'un moustique sur son cou.

— Aïe! s'écria-t-il en se giflant.

Stéphanie releva la tête. Leurs regards se croisèrent et ils éclatèrent de rire. C'était à la fois comique et exaspérant. Ils rirent à perdre haleine, puis ils se levèrent et, main dans la main, gagnèrent la maison.

14.

Les dernières semaines avant l'accouchement, votre résistance nerveuse est durement éprouvée. L'arrivée imminente d'un bébé dans la maison affecte la dynamique de la famille et l'expression des tensions qui en découlent, bien qu'au fond inoffensive, est épuisante pour les nerfs. Grâce à l'intervention d'un partenaire attentionné, ces difficultés peuvent disparaître.

Demandez l'avis du Dr Meredith.

6 mars 1996, trente et unième semaine

Keely décocha un coup de pied dans ses chaussures de sport qui traînaient au milieu de sa chambre, et prit plaisir à les entendre percuter la penderie. Elle maugréa ensuite tous les gros mots qu'il lui était interdit de prononcer depuis son installation chez Stéphanie et Peter. Elle les aurait volontiers criés à tue-tête si elle n'avait craint d'être entendue par sa mère. Maintenant qu'elle vivait dans une belle maison, qu'elle jouissait d'un environnement confortable et rassurant et qu'elle avait hérité d'une famille convenable, il fallait que Tessa la crût changée.

Elle avait mauvaise conscience, terriblement mauvaise conscience. Depuis l'hospitalisation de sa mère, survenue trois semaines auparavant, elle ne savait plus à quel saint se vouer. Elle avait eu d'abord très peur de voir sa mère mourir des suites de son accident de voiture, mais dès l'instant où on lui avait affirmé que Tessa s'en sortirait, ses sentiments avaient changé du tout au tout. En vérité, elle nageait dans une véritable confusion.

Elle se laissa tomber sur le lit et considéra d'un air abattu le ventilateur du plafond qui tournait. Tout se passait merveilleusement bien jusqu'à l'arrivée de sa mère ! Quelle comédie elle leur jouait en prétendant ne plus toucher ni à la drogue, ni à l'alcool ! Keely n'oubliait pas qu'à l'âge de huit ou neuf ans, elle la suppliait de ne pas boire et d'aller travailler.

Elle parcourut la pièce des yeux et considéra le mobilier coûteux que les habitants de cette maison considéraient comme allant de soi, enfin sauf Stéphanie qui avait connu la misère, tout comme Tessa et Keely. Mais les autres, Peter et Alison, jamais ils ne comprendraient. Jamais ils ne pourraient imaginer l'angoisse qui vous noue l'estomac quand l'assistante sociale vous rend visite ou quand vous tendez l'oreille au moindre bruit à force de guetter le retour de votre mère qui, à 2 heures du matin, n'est toujours pas là.

La porte de la chambre s'ouvrit sur Alison.

— Mais qu'est-ce qui se passe ? demanda-t-elle. Ta mère est seule dans le salon alors que c'est son premier jour à la maison, et toi, tu t'enfermes dans ta chambre avec une mine de trois pieds de long.

— Bienvenue au club, lança Keely, sarcastique. Comment vont papie et mamie ?

— J'ai passé un bon week-end, répondit Alison avec froideur. Ta mère a l'air de regretter d'avoir quitté l'hôpital. Pourquoi tu ne lui tiens pas compagnie ?

Keely vint s'accroupir devant son lecteur de CD et se mit à fouiller parmi ses disques.

250

— Ce n'est pas tes oignons, petite princesse.

— Inutile de te fatiguer, dit Alison en allant s'asseoir sur le lit. Tu ne réussiras pas à m'énerver.

— Tais-toi, s'il te plaît. Je ne suis pas en forme ce soir.

Alison l'observa en silence.

— Tu es bizarre depuis le retour de Tessa. Tu n'es donc pas contente de la revoir?

— Pas vraiment.

Keely eut le plaisir de constater que sa réponse choquait son interlocutrice. Elle trouva le disque qu'elle cherchait et le mit. Du hard rock hurla par les haut-parleurs, l'idéal pour mettre un terme à toute conversation.

Mais Alison alla éteindre l'appareil. Avec une exclamation ulcérée, accompagnée d'un chapelet d'insultes choisies, Keely le ralluma aussitôt et, pendant plusieurs minutes, les adolescentes s'affrontèrent du regard.

— Bon, d'accord. Tu es satisfaite? dit Keely en arrêtant la musique.

— Alors, tu es heureuse que ta mère soit là? demanda Alison qui était retournée s'asseoir posément sur le lit.

— Je ne vois pas pourquoi ça me rendrait heureuse! Elle est partie depuis si longtemps que je n'ai plus l'impression de la connaître.

— Tu iras vivre avec elle en Floride?

— Ça te plairait, hein, que je m'en aille?

Alison haussa les épaules.

— Je n'en sais rien. Qu'il y ait une personne de plus ou de moins, maintenant, quelle différence? Avant, quand j'étais seule avec mon père, c'était tranquille à la maison.

Elle se tapota pensivement les lèvres de l'index.

— Et puis, il faut penser au bébé. Si tu t'en vas, ce sera toujours à moi de le garder.

Keely, qui avait fait quelques pas vers la fenêtre, se retourna.

— Quelle égoïste tu fais !

— Je ne m'en cache pas, avoua Alison avec un sourire.

Et à cette repartie malicieuse, Keely leva les yeux au ciel.

— Mais parlons clairement, reprit l'adolescente sur un ton qui rappelait celui de Peter. Tu n'aimes plus ta mère ?

— Je ne sais pas.

— Comment ?

— C'est vrai, je n'en sais rien.

— Hum, enfin, je te comprends. C'est vrai qu'elle donne l'impression d'avoir mené une drôle de vie.

Keely bondit vers le lit.

— Sale petite pimbêche ! C'est minable de parler comme tu viens de le faire. Ma mère a eu de graves problèmes et elle les a tous surmontés. Il faut du cran et du caractère pour affronter les difficultés de la vie. Tu parles sans savoir.

— Je suppose que oui, répondit Alison d'un air placide. Comme épreuve, je n'ai eu que la mort de ma mère. Elle a été tuée dans une fusillade.

— Parlons-en de ta mère !

— Qu'est-ce que tu veux dire ?

— Ce n'était pas un ange, répliqua Keely avec le désir de blesser Alison autant qu'elle venait de l'être.

— Tu ne la connaissais pas.

— Erreur, ma petite ! C'est toi qui ne la connaissais pas.

Alison se leva.

— Bon, j'ai entendu assez de bêtises. Je te laisse. Je ne sais pas pourquoi je me suis mis en tête de venir te raisonner.

Et elle se dirigea vers la porte.

— Ah, ah ! Tu es trop lâche pour entendre la vérité ?

Alison s'arrêta.

— Quelle vérité ?

— Ta mère était une junkie ! C'est pour s'acheter de la coke qu'elle se trouvait dans le quartier du dispensaire. Il y a eu un règlement de comptes entre bandits et bang ! on l'a dégommée.

— Non, tu mens, c'est faux ! cria Alison qui se bouchait les oreilles. Ma mère n'aurait jamais fait une chose pareille. C'était quelqu'un de bien, pas comme la tienne.

— Mais enfin, que se passe-t-il ?

Pâle de fatigue, Tessa poussa la porte avec sa béquille. Ses yeux se posèrent sur sa fille, puis sur Alison qui hurlait, les poings contre sa bouche, ses grands yeux noirs rivés sur Keely. Alison resta longtemps sans bouger puis, bousculant Tessa, elle quitta la pièce en courant.

— Je dois être toute décoiffée, dit Stéphanie en s'arrêtant devant la porte à moustiquaire de la cuisine.

— Tu es ravissante, répliqua Peter. Dès que nous pouvons décemment fausser compagnie à nos hôtes, je te propose de monter dans notre chambre. Je ne suis pas de garde ce soir. A moins qu'un ouragan ne se déchaîne, rien ne peut gâcher notre tranquillité.

Soudain, avant même que Peter n'ait eu le temps d'insérer sa clé dans la serrure, la porte s'ouvrit sur Tessa.

— Dieu merci, vous voilà !

— Mais où étiez-vous ? s'écria Keely qui se tenait derrière sa mère. Ça fait des heures qu'on vous cherche. A l'hôpital, on nous a dit que vous étiez partis depuis longtemps. On a essayé vos téléphones de voiture, les deux... C'est la première fois que vous disparaissez comme ça.

La jeune fille était sur le point d'éclater en sanglots.

— Mais nous étions ici, dit Stéphanie, étonnée de cet accueil. Dans la cour, sur la balançoire.

— Que se passe-t-il ? demanda Peter.

— C'est Alison, expliqua Keely, et c'est ma faute.

— Alison ?

Peter, qui était en train d'ôter sa veste, s'immobilisa.

— Je la croyais chez ses grands-parents.

— Elle est rentrée ce soir, balbutia Keely, les larmes aux yeux, mais maintenant elle est repartie. Oh, vous allez me détester.

— Voyons, Keely, calme-toi, intervint Tessa en prenant sa fille par le bras et en la guidant vers une chaise. Assieds-toi et laisse-moi tout raconter. Il ne faut pas bouleverser Stéphanie.

— Je ne vais pas tarder à l'être si on ne m'explique pas immédiatement ce qui se passe, dit celle-ci.

— Qu'a fait Alison ? demanda Peter.

— Elle est partie, annonça Keely.

— Partie ?

Peter se tourna vers Tessa.

— Mais qu'est-ce que c'est que cette comédie ?

Stéphanie remarqua le teint blême de sa sœur.

— Tessa, il faut que tu te reposes. Tu sors à peine de l'hôpital. Je sais que ta jambe te fait mal et ton opération...

— Je propose à tout le monde de s'asseoir et je demande que quelqu'un daigne me mettre au courant de la situation, interrompit Peter.

Tessa ferma les yeux et se laissa tomber sur le tabouret que Stéphanie venait de pousser vers elle.

— Keely a raison. Alison a quitté la maison, Peter. Je suis désolée. Je les ai entendues se disputer comme deux folles et ...

— Ce n'est pas nouveau, remarqua Peter en conduisant Stéphanie vers une chaise. Mais pourquoi Alison se serait-elle enfuie ?

Tessa passa une main tremblante sur son front.

— Alison était dans tous ses états, et quand Keely m'a enfin expliqué la raison de leur dispute, nous nous sommes aperçues qu'elle avait disparu. Nous avons téléphoné aux Sterling, à ses amies. Keely pense...

— Je ne pense pas, maman, je le sais. On ferait mieux de partir à sa recherche au lieu de discuter. Elle ne devrait pas être dehors aussi tard. La ville n'est pas sûre, la nuit.

— Pourquoi vous êtes-vous disputées ? demanda Stéphanie.

A cette question, l'adolescente se figea, comme frappée de stupeur. Puis elle leva un regard implorant sur sa mère qui voulut prendre la parole.

— Nous t'écoutons, Keely, dit Peter. Je ne vois pas ce qu'il y a de si difficile à expliquer.

— Je lui ai dit... pour sa mère, chuchota-t-elle d'une voix à peine audible, de sorte que Stéphanie ne comprit pas tout de suite la portée de cet aveu.

Keely se tordait les mains et regardait tour à tour Peter et Stéphanie. Elle semblait au comble du désarroi.

— Qu'as-tu dit au sujet de sa mère ? demanda Peter, médusé.

Keely passa sa langue sur ses lèvres sèches.

— Vous savez, ce qui s'est passé, quand elle est morte...

Stéphanie ferma les yeux.

— Oh non !

— Pardon, pardon, gémit la jeune fille qui semblait de nouveau sur le point de fondre en larmes.

Les traits durcis par la colère, Peter se tourna vers Stéphanie qui, le cœur serré, songea que les moments de tendresse qu'ils venaient de vivre étaient désormais bien loin.

— Pourquoi nous demande-t-elle pardon?

— J'étais furieuse, on se querellait et elle... elle a dit quelque chose sur ma mère.

Tessa sursauta à cet aveu, toutefois Keely ne s'en aperçut pas.

— J'ai voulu la blesser à mon tour, mais j'ai tout de suite regretté de lui avoir dit ce que je savais. Je ne sais pas comment j'ai pu faire une chose pareille, Steph, dit-elle en implorant sa tante des yeux. C'était affreux. Elle a eu un air... un regard... j'ai gâché le souvenir qu'elle avait de sa mère.

Et elle se cacha le visage dans les mains.

— Comment se fait-il que Keely sache pour Diana? demanda Peter.

— C'est moi qui le lui ai dit, bredouilla Stéphanie qui avait conscience de la futilité de ses explications. Je... nous... enfin, je discutais avec Tessa et Keely de leurs... euh... problèmes. J'ai cru qu'elles verraient les choses différemment si elles savaient...

Elle fit un geste vague de la main tandis qu'une immense lassitude la gagnait.

— Pardonne-moi, Peter. Je sais que tu m'avais fait une confidence.

— Nous en reparlerons plus tard, dit-il en se dirigeant vers le téléphone. Pour l'instant, il faut retrouver ma fille. J'appelle la police, bien qu'il y ait peu de chances que ça serve à quelque chose. Je vais la chercher de mon côté.

— Je t'accompagne, dit Stéphanie en se levant malgré un tiraillement qui lui arracha une grimace.

Ce n'était pas le moment de gémir sur son sort.

— Je suis responsable de la fugue d'Alison, et puis ce sera plus facile à deux.

256

— Ne sois pas ridicule, répliqua-t-il d'un ton sec. Tu as eu une journée suffisamment pénible comme ça. Monte te reposer.

— Mais je ne peux pas me reposer, s'exclama la jeune femme. Pas en sachant qu'Alison erre dans les rues. Elle est malheureuse, bouleversée, probablement effrayée...

— Il est trop tard pour y penser ! interrompit Peter en enfilant sa veste et en gagnant la porte.

— Docteur T., je viens avec vous, déclara Keely. Je veux vous aider. Alison...

Sa voix se brisa.

— Alison est une sœur pour moi. Nous nous disputons souvent, mais ça ne veut rien dire, c'est normal entre sœurs.

— Reste avec ta mère et ta tante, ordonna-t-il. Je rentrerai quand je l'aurai retrouvée.

— Tu nous appelleras, au moins ? demanda Stéphanie en l'accompagnant à la porte. Je suis tellement inquiète !

La main sur la poignée de la porte, il la toisa d'un regard impénétrable. Dire que, quelques instants plus tôt, il l'étreignait, l'embrassait, riait avec elle !

— J'appellerai, dit-il. Si, de votre côté, vous avez de ses nouvelles, prévenez-moi par le téléphone de voiture.

— D'accord, acquiesça Stéphanie.

Soudain, un spasme violent lui coupa la respiration. Pendant plusieurs secondes, elle resta immobile, incapable de bouger. Elle eut vaguement conscience que la porte se refermait sur Peter. A pas lents, elle se dirigea vers le cabinet de toilette.

— Stéphanie ! cria Tessa.

— Je vais dans la salle de bains, dit-elle avec effort, luttant tout à la fois contre la douleur et l'envie de pleurer.

Dire qu'au moment où les choses s'arrangeaient avec

Peter, un nouveau coup de théâtre venait détruire l'harmonie qui existait entre eux. Et c'était sa faute, à elle seule, car on ne pouvait faire de reproches à Keely qui n'était qu'une enfant. Jamais Stéphanie n'aurait dû trahir la confiance de Peter, en particulier lorsque les conséquences pouvaient être aussi graves.

Elle s'appuya contre la porte. Les larmes lui brûlaient les yeux. On frappa doucement.

— Stéphanie, c'est moi... Tessa.

Elle sourit. Comme si elle pouvait ne pas reconnaître la voix de sa sœur !

— Un instant, Tee.

— Ça va ?

— Mmm.

Elle renifla, se sécha les yeux du bout des doigts et fit un pas vers les toilettes. C'est alors qu'elle sentit quelque chose de chaud couler entre ses jambes.

— Oh !

Un coup plus fort retentit contre la porte.

— Stéphanie ?

— Tee, oh Tee...

— Je t'en prie, ouvre-moi.

Stéphanie poussa le verrou d'une main tremblante. Au premier regard, Tessa comprit ce qui se passait.

— Keely ! appela-t-elle. Cours rattraper Peter ! Dis-lui que c'est Stéphanie. Vite !

— Que se passe-t-il ? demanda l'adolescente en surgissant derrière sa mère.

Son regard se posa sur sa tante, puis sur la tache sombre qui maculait le sol. Elle resta un instant bouche bée, puis comme Tessa la poussait vers la cuisine, elle partit en courant.

Stéphanie se dirigea tant bien que mal vers le lavabo, et une autre contraction l'obligea à s'y cramponner des deux mains. Elle inspira profondément pour essayer de la contrôler, puis la panique la gagna, sourde et écrasante. C'était trop tôt pour accoucher... trop tôt de cinq semaines.

Peter, reviens, j'ai besoin de toi.

— Donne-moi la main, dit Tessa.

Mais elle n'avait pas assez l'habitude des béquilles pour se déplacer avec aisance, de sorte qu'elles lui échappèrent et tombèrent avec fracas sur le sol dallé.

— Il ne manquait plus que ça, murmura-t-elle en s'agrippant à son tour au lavabo. C'est l'infirme qui mène la malade.

Quant Peter et Keely arrivèrent, Tessa quittait le cabinet de toilette à cloche-pied, en prenant appui sur une seule béquille.

— J'appelle le médecin.

— Stéphanie, ça va ? demanda Peter. Keely dit que tu vas accoucher. Elle... Seigneur ! s'exclama-t-il en voyant la tache sur le sol.

En deux enjambées, il saisit la jeune femme qui s'effondra dans ses bras.

— Ce n'est pas du sang, chuchota-t-elle. La poche des eaux s'est rompue.

Il se mit à parler, puis se tut, et sans se retourner, cria :

— Tessa ! Appelle la gynéco de Stéphanie. Son numéro est près du téléphone. Evelyn Duplantis.

— Je suis ici, dit Tessa, depuis le seuil de la salle de bains. C'est fait, j'ai laissé un message sur son répondeur.

— Mais c'est une urgence !

— C'est ce que j'ai dit.

— Elle va rappeler d'ici à dix minutes, murmura Stéphanie.

Un autre spasme l'élança, lui enlevant toute force. Exténuée, elle ne put que s'accrocher à Peter qui lui massa le dos pour essayer de dissiper la douleur. Il la regarda droit dans les yeux.

— Ce n'est pas une fausse alarme, n'est-ce pas?

— Non.

— Bon, dit-il avec un regain d'énergie. Tant pis pour Evelyn. Nous ne pouvons pas l'attendre. Je t'emmène à l'hôpital.

— Impossible, Peter. Il faut que tu retrouves Alison.

— Alison? Oui, c'est juste, dit-il, comme s'il se souvenait brusquement qu'il avait une fille.

— C'est beaucoup trop tôt pour accoucher, murmura Stéphanie dans un souffle.

Peter semblait très calme. Il enlaça étroitement la jeune femme et enfouit le visage dans ses cheveux.

— Ce n'est pas trop tôt si notre bébé dit qu'il est prêt.

Sa voix était particulièrement grave et profonde, tant il était ému.

— Cinq semaines, Peter. Ce n'est pas normal.

— Regarde-moi, dit-il en prenant son visage entre ses mains. Tu as fait tout ce qu'il fallait. Tu es en excellente santé. La dernière échographie était bonne. Il arrive parfois que les bébés n'obéissent pas aux règles.

— J'ai peur.

De ses mains puissantes et fermes, il la serra contre lui. Tous les deux avaient conscience de l'enfant qui vivait entre eux.

— Il m'a bien semblé, ce soir, pendant qu'on était sur la balançoire, que ce petit coquin était bizarrement calme, chuchota-t-il. Il est prêt, chérie. Nous savons tous les deux que quand la poche des eaux se rompt, l'accouchement se déclenche.

— Oui.

— J'ai appellé le 911, annonça Tessa en les rejoignant.

260

— Ils vont croire qu'il y a un fou à cette adresse, dit Stéphanie, se livrant à une vague tentative de plaisanterie.

Peter la soutint jusqu'à la porte, puis sans se soucier de ses protestations, la souleva dans ses bras et la porta jusqu'au salon. Keely les précéda vivement pour disposer des coussins sur le canapé.

— Keely, tu devrais aider ta mère à monter dans sa chambre, dit Stéphanie, une fois allongée. Tee est épuisée. Elle a besoin de se reposer. Sa cicatrice pourrait se rouvrir. Peter, inutile d'attendre l'ambulance. Il faut que tu retrouves Alison.

— Je ne pars pas tant qu'on ne t'a pas emmenée à l'hôpital.

— Je me reposerai quand le bébé sera né, déclara Tessa avec tout autant d'obstination.

— Je peux aller chercher Alison, suggéra Keely. J'ai mon permis. Je serai prudente.

Mais aucun des trois adultes ne prit cette proposition en considération. Le téléphone sonna et Keely bondit sur le combiné.

— C'est peut-être Alison.

— C'est probablement Evelyn, dit Stéphanie.

Les yeux fermés, elle attendait la prochaine contraction. Le seul facteur rassurant dans l'immédiat, c'est que les contractions étaient encore irrégulières. Dès qu'elles seraient plus longues et plus rapprochées, les choses se précipiteraient, mais d'ici là, elle serait à l'hôpital. Tant pis si Peter n'était pas avec elle !

Peter lui serrait la main à la briser, et elle ouvrit les yeux pour le regarder. Son visage crispé trahissait une vive inquiétude.

— Je ne veux pas te quitter, dit-il.

— Il le faut, insista-t-elle. Je vais bien, je t'assure.

Keely alla ouvrir aux ambulanciers.

— Bonsoir, docteur Robin, dit Eric Gonzales qui travaillait au dispensaire. Il me semblait bien que c'était votre villa. Bonsoir, docteur Sheldon. Alors, vous voulez accoucher à la maison? demanda-t-il en prenant la tension de la jeune femme.

— Sauf si je peux faire autrement, murmura-t-elle.

— Pas de problème. On est à six minutes de l'hôpital des Femmes.

Il fit un signe à son collègue qui apporta le brancard.

— Docteur Robin, reprit-il, soit vous montez dans l'ambulance, soit vous nous suivez, comme vous voulez.

Stéphanie croisa le regard douloureux de Peter.

— Tu dois t'occuper d'Alison, dit-elle, trouvant miraculeusement la force de parler avec calme et fermeté. Vas-y.

— Pardonne-moi, dit-il en déposant un baiser sur ses lèvres.

— Je vais bien. Nous irons bien. Nous t'attendrons.

Stéphanie tapota son ventre et ferma les yeux afin de se préparer à la nouvelle contraction qui s'annonçait. Les ambulanciers la soulevèrent.

Ce soir-là, Keely saisit l'occasion au vol pour emmener à l'hôpital sa mère qui ne pouvait pas conduire avec sa jambe plâtrée et qui souhaitait cependant accompagner Stéphanie.

Malgré les protestations véhémentes de la jeune fille, seule Tessa fut autorisée à rester dans la salle de prétravail. Stéphanie ne voulait que sa jumelle à son chevet.

Assise dans la salle d'attente, devant la télévision, Keely songea qu'elle avait sans doute détruit à tout jamais sa relation avec Alison. Dans sa vie, elle s'était livrée à plusieurs actes insensés dont certains carrément illégaux, mais c'était la première fois qu'elle avait vraiment honte de sa conduite. Si seulement elle avait pu réparer sa faute !

Alors que Stéphanie était sur le point d'accoucher, voilà que Peter errait dans les rues de la ville à la recherche de sa fille de treize ans. Treize ans ? Alison, qui avait grandi dans une tour d'ivoire, connaissait si peu les réalités de la vie qu'on pouvait lui accorder l'innocence d'une enfant de deux ans.

Soudain, une idée lui traversa l'esprit, et elle courut vers les quatre téléphones publics installés dans un renfoncement du couloir. D'un doigt fébrile, elle composa un numéro.

— Allô, Jolène, Keely à l'appareil.

— 'soir. Ça va ?

— Jolène, j'ai un problème grave. Je suis à l'hôpital, et j'ai pensé que tu étais la seule personne à pouvoir m'aider.

— Qu'est-ce que tu fais à l'hôpital ?

Keely se mordilla les lèvres, ne sachant comment répondre à cette question sans heurter la sensibilité de son amie, car Jolène avait été bouleversée par la mort de son bébé. Mais la disparition d'Alison ne permettait pas de tergiverser.

— Stéphanie va bientôt accoucher.

— Oui, mais pas avant cinq semaines.

Jolène suivait donc l'affaire de près !

— Euh... en fait, elle accouche en ce moment.

— Et tout se passe bien ? demanda Jolène, soudain alarmée.

— Tu sais, on laisse toujours les gosses dans l'ignorance, mais je pense que s'il y avait un problème, ma mère me l'aurait dit.

— Ta mère est ici ?

— Oui, elle est fatiguée parce qu'elle est sortie de l'hôpital aujourd'hui, mais elle voulait rester près de Stéphanie.

— Décidément, vous êtes tous entêtés, dans cette famille!

— Exact. Ecoute, Jolène, on a un gros problème, ce soir, et c'est arrivé par ma faute.

— Qu'est-ce qu'il y a?

— J'ai fait de la peine à Alison en lui révélant des choses sur sa mère, et elle s'est enfuie de la maison. Dr T. est parti à sa recherche alors qu'il devrait être auprès de Stéphanie.

Il y eut un silence. Keely comprit que Jolène analysait la mauvaise nouvelle en toute impartialité, car elle n'était pas du genre à juger les autres.

— La petite princesse pourrait faire de mauvaises rencontres, dit-elle enfin d'un ton pensif.

— C'est bien pour ça qu'on est fous d'inquiétude!

— Bon, je vais lancer un avis de recherche auprès des copains pour essayer de la localiser.

Keely respira plus librement.

— Ce serait chouette, Jolène. Tu es sûre que ça ne t'ennuie pas?

— A quoi servent les amies, Keely?

— Merci, Jolène, merci beaucoup.

Elle lui donna le numéro de Peter où cas où elle aurait un indice quelconque à communiquer, puis elle raccrocha, regagna la salle d'attente et se rassit devant la télévision.

— C'est bien pour ça que je ne vais pas au collège du Sacré-Cœur! murmura-t-elle sans se soucier des regards interdits que lui adressèrent deux futurs papas qui attendaient à côté d'elle.

*
**

264

Etreint par un mauvais pressentiment, Peter entra dans le « Vieux Carré », hanté comme d'habitude par une foule de touristes, ce qui l'obligea à rouler au pas. Mais il n'aperçut nulle part la silhouette brune et menue de sa fille.

Tâchant de garder son sang-froid, il longea St. Peter et tourna sur Esplanade Avenue. Il s'était déjà arrêté au dispensaire, bien qu'il doutât fort qu'Alison s'y fût réfugiée, puisque sa mère avait trouvé la mort tout près. Mais où pouvait-il chercher ? Il avait déjà essayé tous les endroits possibles et imaginables.

Il prit son téléphone et appuya sur la touche de mémorisation du numéro de l'hôpital. Malgré l'inquiétude que lui causait Alison, il se languissait de Stéphanie.

— La maternité, dit la voix claire d'une infirmière.

— Peter Robin, à l'appareil. Comment va ma femme ?

— Tout se passe bien, docteur Robin. Comme nous vous l'avons annoncé il y a dix minutes, ajouta-t-elle en insistant sur les derniers mots, la dilatation du col est de sept centimètres. Désirez-vous parler au Dr Duplantis ?

— Non, non, merci. Je rappellerai.

Au moment où il allait couper la communication, il ajouta :

— Prévenez-moi si... enfin quand le bébé... si ma femme est emmenée en salle d'accouchement.

— Bien sûr.

La voix de l'infirmière se radoucit.

— Avez-vous eu des nouvelles de votre fille, docteur Robin ?

— Non.

Il coupa la communication et redémarra. Ses yeux le brûlaient, et il avait la gorge nouée. Il n'avait encore jamais connu de nuit aussi terrible. Il espérait tant retrouver Alison et, en même temps, il avait tellement envie d'étreindre Stéphanie, de l'accompagner au moment où l'enfant de leur amour naîtrait. Oui, il aimait Stéphanie et il chérissait leur mariage, ainsi que la perspective de leur relation qui grandirait et s'épanouirait au fil des années, grâce à d'autres enfants.

Tiens bon, Steph. Attends-moi, mon petit bébé, attends ton papa.

Il regarda par la vitre avec le sentiment d'être dépossédé de tout. Son regard se posait sans voir sur les magasins, les maisons, les passants. Où était Alison ?

Il saisit le téléphone presque avant que la première sonnerie n'eût fini de retentir.

— Allô, docteur. T, c'est Jolène.

— Jolène ?

Derrière lui, un coup de klaxon impatient retentit. Il ne broncha pas.

— Jolène qui suit le cours de Stéphanie ?

— Oui, pourquoi ? Vous en connaissez d'autres, des Jolène ?

— Non...

Il se rangea distraitement le long du trottoir, sous un panneau d'interdiction de stationner.

— Tu m'appelles au sujet d'Alison ? demanda-t-il, plein d'espoir.

— Oui, je l'ai retrouvée.

266

15.

Lors de l'accouchement, la douleur, la joie et l'excitation se mêlent étroitement. Vous souhaiterez la présence de votre partenaire à votre côté. Ne permettez pas qu'un obstacle vous empêche de vivre ensemble cette expérience fabuleuse, ce miracle de la vie.
Demandez l'avis du Dr Meredith.

6 mars 1996, trente et unième semaine

Stéphanie gardait les yeux fixés sur la grosse horloge de la salle de travail. Elle y lisait avec exactitude les minutes qui s'écoulaient entre deux contractions. Ereintée, elle inspira à pleins poumons sans avoir le temps d'en ressentir l'effet apaisant. Déjà, un autre spasme violent se préparait. Les contractions étaient de plus en plus rapprochées, et celle-ci s'annonçait particulièrement pénible. Il ne lui restait plus qu'à puiser dans les méthodes d'accouchement sans douleur qu'elle enseignait aux femmes enceintes depuis une dizaine d'années.

— Accompagne la contraction, ne lutte pas, laisse-toi emporter...

C'était Tessa qui prononçait ces mots. Un sourire fatigué aux lèvres, Stéphanie ferma les yeux.

— Tu es sûre de vouloir lire dans mes pensées en un moment pareil?

— Tout va bien. La dilatation du col est de sept centimètres.

— Le cœur du bébé?

— Il est parfait.

Tessa lui donna à sucer un glaçon.

— Ma tension?

— Impeccable. Cesse donc de te comporter en médecin et laisse Evelyn s'occuper de tout ça.

Parce que les contractions étaient trop irrégulières, Evelyn avait voulu lui faire une piqûre pour intensifier et régulariser le travail, mais Stéphanie avait refusé. Elle espérait tenir jusqu'à l'arrivée de Peter.

— Peter, chuchota-t-elle en agrippant la main de Tessa. Il ne me le pardonnera jamais.

Un gémissement lui échappa, comme une nouvelle vague de douleur l'assaillait. Sept minutes et il fallait haleter.

— Il te pardonnera tout quand il verra son fils, dit Tessa, le regard fixé sur le miroir au-dessus du lit. Il y a encore du travail. Cette contraction-là n'était pas très forte.

Ce n'était pas ainsi que Stéphanie avait imaginé la naissance de son enfant. Dans son esprit, Peter était à ses côtés, lui tenait la main, comptait avec elle, reprenait avec elle les techniques de respiration. Une nouvelle contraction arriva. Elles se suivaient de près, maintenant, et devenaient de plus en plus difficiles à supporter. Elle l'accompagna, faisant appel à toute son énergie pour ne pas crier. Six minutes et on haletait.

— Crie si tu en as envie, conseilla Tessa. Ce n'est pas le moment de faire la courageuse.

— Alison...

Stéphanie s'humecta les lèvres.

— Ne te soucie pas d'Alison, dit Tessa en prenant une tasse. Tiens, suce un glaçon. Alison va bien, où qu'elle soit. Je le sais.

— O.K., Alison va bien.

Tout d'abord, Stéphanie crut qu'à force d'espérer, elle entendait la voix de Peter dans son imagination, mais quand il lui prit la main, elle ouvrit les yeux. Il était là, à son chevet, dans la tenue verte de l'hôpital. Il déposa un baiser sur sa bouche.

— Alors, mon amour, on y va?

Elle éclata en sanglots.

— Ma chérie, ne pleure pas, je t'en prie. Ne gaspille pas tes forces, tu vas en avoir besoin.

Il prit la tasse de glaçons des mains de Tessa qui, vacillant de fatigue, retomba sur sa chaise.

Stéphanie aurait voulu demander des nouvelles d'Alison, mais une contraction arrivait, et son esprit se vida pour affronter la douleur.

— Ne pousse pas encore, chérie, dit Peter. Ta respiration doit rester courte, superficielle. Halète, n'oublie pas de haleter.

— Il faut que je pousse, balbutia Stéphanie, cédant à la panique.

Maintenant que Peter était là, elle ne parvenait plus à maîtriser son corps. Avec un gémissement, elle rassembla ses forces et se mit à pousser. Soudain, elle se retrouva en salle de travail. Vaguement, elle entendit Evelyn lui demander de ne pas pousser, mais seule comptait la voix de Peter. Elle ne faisait pas attention à l'équipe médicale qui s'affairait tout à coup autour d'elle après plusieurs heures d'un travail lent.

— Pas encore, pas encore, répétait Peter.

Il l'obligea à tourner la tête vers lui.

— Regarde-moi, Steph, ne pousse pas. Evelyn se dépêche pour tout préparer, mais tu vas trop vite. Ne pousse pas, chérie. Pense à respirer, halète, d'accord ?

— J'ai horreur de ça, chuchota-t-elle, haletant à chaque mot.

Il la trouverait tellement sotte quand tout serait fini.

— Tu es courageuse, tu es merveilleuse, lui dit-il en apercevant le sommet de la tête du bébé dans le miroir du plafond. Tu seras une mère fantastique. Tu l'es déjà.

— Pardonne-moi pour Alison.

— Chut.

Et il lui donna un baiser rapide.

— Pour l'instant, c'est notre bébé qui compte, dit-il.

Il attira son attention vers le miroir.

— Regarde, tu peux le voir, il a les cheveux noirs. Il va être solide, robuste, beau...

— Oui, comme son père, oh...

Elle ferma les yeux.

— Ça revient... il faut que je pousse, je vous en prie...

— O.K., vas-y, dit Evelyn au même moment.

Peter regarda dans le miroir Stéphanie qui rassemblait, une fois de plus, son énergie, et dans un dernier effort puissant qui lui arracha un cri presque féroce, le bébé sortit, mouillé, chaud, minuscule miracle de la vie.

Evelyn le prit dans ses mains et sourit derrière son masque.

— Hé, vous deux, fit-elle, dites bonjour à votre petit garçon.

Keely retourna s'asseoir à côté de sa mère et de Camille. L'attente anxieuse qu'elles venaient de vivre avait tissé un nouveau lien entre la mère et la fille. Toute animosité avait disparu de leurs rapports, laissant place à un souci aigu pour Stéphanie et à un soulagement sincère pour Alison que Peter avait ramenée avec Jolène à l'hôpital.

— Dans combien de temps, maman, tu crois?

— Bientôt, répondit Tessa en consultant sa montre. On m'a fait sortir au dernier moment. Ça devrait donc aller vite.

— Le bébé ira bien? demanda Alison, dévorée d'inquiétude.

Tessa lui adressa un sourire rassurant.

— Bien sûr. Son cœur battait bien sur le moniteur, et Evelyn était tout à fait confiante. La seule chose qui l'a ennuyée, c'est que Stéphanie refuse la piqûre pour accélérer les contractions.

— Elle voulait attendre papa, murmura Alison, l'air coupable.

— Et il est arrivé à temps, dit Keely. Tout va bien, Ali.

— Oui, tout va bien, renchérit avec un grand sourire Jolène qui se tenait près de la porte d'où elle essayait en vain de voir ce qui se passait dans le couloir du bloc opératoire.

Elle n'avait pas affiché une mine aussi radieuse depuis longtemps. Retrouver Alison lui avait redonné confiance en elle. Lorsqu'elle l'avait aperçue sur la banquette arrière d'un tramway de St. Charles Avenue, Jolène avait immédiatement contacté Peter et, dix minutes plus tard, ils arrivaient tous à l'hôpital. Pendant tout le trajet, Jolène avait sermonné Alison avec sévérité.

— Ta belle-mère dit que le moindre de nos actes a des conséquences, lui avait-elle expliqué, profitant de l'occasion pour lui inculquer quelques bribes de sa sagesse récemment acquise. Ne l'oublie jamais. Penses-y la prochaine fois que tu es tentée de prendre le large, princesse.

— Je ne le ferai plus, avait promis Alison qui s'était laissée traiter de « princesse » sans réagir, ce qui permettait de mesurer à quel point sa mésaventure l'avait terrorisée.

Quand ils furent dans la salle d'attente, Alison commença à se sentir réellement coupable.

— On ne me pardonnera jamais d'avoir failli faire manquer à papa la naissance du bébé, dit-elle d'un air penaud.

Keely vint s'asseoir à côté d'elle.

— C'est moi la seule responsable. Je te présente mes excuses, Ali. J'étais furieuse, mais je n'avais pas le droit de te parler de ta mère de cette façon.

— Ce n'est rien, dit Alison. J'ai réfléchi quand j'étais dans le tramway. Je ne suis plus une gamine, je suis en âge de savoir la vérité sur ma mère, même si c'est une vérité qui fait mal.

— Eh bien, fit Jolène d'un air impressionné, écoutez-moi ça ! On dirait que la petite princesse est devenue raisonnable ce soir.

Keely lui jeta un coup d'œil énervé.

— S'il te plaît, Jolène, ne l'appelle plus comme ça.

— Avec plaisir ! La petite princesse est morte. Longue vie à Alison !

Et Jolène adressa à son amie un clin d'œil malicieux.

Pour la dixième fois, Keely alla dans le couloir et regarda dans la direction de la salle d'accouchement. Deux infirmières en sortirent, mais passèrent sans rien dire. Elle retourna s'asseoir.

— C'est maintenant que je devrais faire du yoga, maugréa-t-elle.

— Moi aussi, je crois aux techniques de relaxation du yoga, dit Tessa. D'ailleurs, à Harbor Haven, je donne un cours qui a beaucoup de succès.

— C'est vrai ?

Tessa sourit.

— C'est vrai.

— Qu'est-ce que c'est exactement Harbor Haven ? demanda Keely.

— C'est un centre de réinsertion pour des mineures coupables de petits délits. On y offre un enseignement, du travail et des loisirs, et toutes les activités sont supervisées par des éducateurs. Notre but est d'aider ces adolescentes à s'intégrer dans la société, et nous obtenons de meilleurs résultats que les maisons de correction traditionnelles.

— J'ai eu de la peine d'apprendre que, pendant les trois ans où on ne s'est pas vues, tu t'occupais des enfants des autres.

Une expression douloureuse apparut sur le visage de Tessa.

— Je sais. Je ne pourrai jamais effacer ce qui s'est passé, mais dès que je me suis ressaisie, je t'ai cherchée. Tu ne peux pas savoir comme j'ai été soulagée quand j'ai appris que tu étais avec Stéphanie.

— C'est vrai que tu veux me laisser chez Peter et Stéphanie ?

— Tu ne préfères pas rester chez eux ?

Keely se redressa.

— A vrai dire, je ne pense pas que ce soit une bonne idée, maman. Stéphanie a eu des problèmes avec Peter et Alison. Son mariage s'est fait de façon tout à fait inattendue. Elle est tombée enceinte, là-dessus je suis arrivée. Elle a fait face à toutes ces difficultés, et elle s'est donné un mal fou pour essayer de résoudre les problèmes de tout le monde.

— Je sais.

— J'ai réfléchi à cette histoire de deuxième chance.

Tessa étudia le visage de sa fille.

— Moi aussi.

— Peut-être qu'on pourrait essayer, toutes les deux ?

Pendant plusieurs secondes, l'émotion noua la gorge de Tessa.

— Moi qui croyais que tu voulais vivre avec Stéphanie, murmura-t-elle d'une voix brisée. J'ai commis tellement d'erreurs, Keely.

— Personne n'est parfait.

— Un bon point, ma chérie, dit Camille en serrant la main de la jeune fille avec effusion.

Non sans mal, Tessa réprima son envie de se jeter dans les bras de sa fille et de lui promettre une vie de rêve jusqu'à la fin de leurs jours. L'adolescente était bien trop intelligente et réaliste pour donner foi à ce genre de discours. Néanmoins, elles commençaient à se comprendre. Peut-être, en effet, avaient-elles une chance de se réconcilier et de se retrouver.

— J'ai une idée à vous soumettre, dit soudain Camille. Avez-vous pensé à ce que deviendra le cours pour adolescentes enceintes de Stéphanie, maintenant que ses journées vont être entièrement prises par le bébé ? Son congé de maternité fini, elle reprendra son poste de médecin à l'hôpital, mais il n'y a que douze heures dans une journée. Les adolescentes ont besoin de quelqu'un qui sache les comprendre, les aider, les conseiller, quelqu'un qui ait du cœur.

— Comme ma mère, dit Keely.

Camille sourit.

— En effet, ta mère serait la remplaçante idéale. Je t'assure, Tessa, que ce n'est pas une idée farfelue de vieille femme ! Stéphanie elle-même m'en a parlé, il y a quelques jours.

Sur le visage de Tessa, se mêlaient à la fois espoir et crainte.

274

— Tu crois que je serais à la hauteur ?

— J'en suis convaincue. Avec ton expérience acquise à Harbor Haven, tu es la candidate rêvée pour ce poste.

— Non, je ne pourrais pas.

— Mais si, insista Camille en lui prenant les mains. Tu le peux, et tu le feras. Tu seras parfaite en conseillère. Qui peut mieux que toi mettre en garde des enfants contre les dangers de la vie ?

Tessa jeta un coup d'œil à Keely qui s'agitait sur sa chaise.

— Je n'ai jamais osé espérer...

— Tu peux venir habiter chez moi avec Keely, proposa Camille. Tu sais que tu es la bienvenue à la maison.

— Tu acceptes, maman, n'est-ce pas ? s'écria Keely avec feu.

— Eh bien...

— Elle accepte, cria la jeune fille en se tournant vers Jolène et Alison. Vous avez entendu ? Ma mère et moi, on va remplacer Stéphanie à son cours.

— Un instant, dit Tessa.

Mais déjà, Keely s'était levée et dansait dans la pièce. Indécise, elle se tourna vers Camille qui haussa les épaules avec la nonchalance qui la caractérisait.

— Tu es sûre que tu peux nous héberger toutes les deux ? Keely prend de la place, tu sais !

Camille lui tapota la main avec un sourire affectueux.

— J'ai tellement envie de vous avoir à la maison.

— Le voilà ! s'exclama Jolène.

Le petit groupe se précipita à la rencontre de Peter qui quittait la salle d'accouchement, le visage rayonnant.

— C'est un garçon.

— Hourra !

— Il va bien ?

— Et Stéphanie ?

— Est-ce qu'on va le mettre en couveuse ?

— Comment l'appelez-vous ?

Les yeux brillants, Peter passa une main lasse sur sa nuque.

— Stéphanie va bien. Notre fils pèse deux kilos huit cents, et il s'appelle Peter Jean-Claude Robin III, conclut-il d'un air de fausse modestie.

— Super ! s'écrièrent Jolène et Keely d'une même voix.

— L'a-t-on mis en couveuse ? demanda Tessa.

— Pour l'instant, oui, mais c'est une simple question de routine, précisa Peter. On va nous l'amener dans quelques instants.

— Vrai ? Tu promets ?

Alison semblait aussi excitée que les autres par la naissance du bébé, mais ses grands yeux noirs hésitaient à croiser le regard de son père. Ses joues étaient encore maculées de larmes. Peter la serra contre lui.

— Je te le promets, mon chat de gouttière.

Il ne l'avait pas appelée ainsi depuis bien longtemps. Le visage enfoui dans sa chemise, Alison avait passé les bras autour de sa taille et l'étreignait. Peter se demanda s'il était possible de connaître un plus grand bonheur.

Stéphanie luttait pour sortir du brouillard cotonneux qui l'enveloppait. Ses paupières étaient lourdes de fatigue, et ses yeux refusaient de s'ouvrir tandis que son esprit flottait, à demi conscient. Soudain, tout lui revint à la mémoire et elle se réveilla.

Peter dormait dans un fauteuil, à son chevet. Attendrie, elle le regarda. Ses cheveux étaient en broussaille, et il avait besoin de se raser. Il portait le pantalon et la chemise bleue qu'il avait mis la veille. Il n'était donc pas rentré à la maison.

Il remua, comme s'il percevait sur lui le regard de la jeune femme, et ouvrit les yeux. Un petit gémissement lui échappa. Etirant ses muscles raidis, il se passa les deux mains sur le visage, puis, comme s'il comprenait brusquement où il se trouvait, il s'immobilisa et la regarda avec une tendresse infinie.

— Bonjour, petite maman, comment te sens-tu?

Il lui prit la main.

— Bien. Tu l'as vu?

— Qui? demanda-t-il, une lueur amusée au fond des yeux.

— Peter Jean-Claude Robin III, répondit-elle avec une exaspération feinte. De qui crois-tu que je parle?

— Une trentaine de fois depuis 4 heures du matin, tout au plus.

— Est-il toujours aussi beau que quand je me suis endormie?

— Il l'est, ma chérie, dit Peter en se penchant pour lui donner un baiser. Merci.

— Oh, Peter..., balbutia Stéphanie.

Les larmes l'empêchaient de parler et de distinguer le visage de Peter avec netteté. Rien n'avait préparé la jeune femme au flot de sentiments puissants qui l'étreignaient depuis la naissance de leur bébé. Et quel bonheur que Peter fût arrivé à l'hôpital à temps pour la délivrance! Ils avaient partagé un moment d'une rare intensité. Jamais ils ne l'oublieraient.

Pendant quelques secondes, ils se regardèrent en silence.

— Je reviens, dit Peter.

Intriguée, Stéphanie garda les yeux rivés sur la porte de la chambre derrière laquelle il venait de disparaître. Dans le couloir, des gens allaient et venaient: un homme de ménage, son baladeur sur les oreilles, passait une serpillière, une maman marchait du pas lent et prudent des femmes qui viennent d'accoucher. L'envie de voir son bébé, de l'étreindre, la saisit soudain. C'est alors que la voix de Peter se rapprocha, accompagnée d'un cri de nouveau-né.

— Papa sait ce que tu veux, mais oui, disait-il doucement. On ne se plaisait pas dans cette vieille nursery avec personne à qui parler? Non, monsieur, on ne s'y plaisait pas.

Le cœur de Stéphanie se mit à battre follement quand elle vit Peter entrer dans la chambre avec leur enfant. Sa tête recouverte de cheveux noirs comme ceux de son père était minuscule.

— Oh, comment as-tu fait? s'écria-t-elle, émerveillée, en tendant les bras pour prendre le bébé.

— Ça sert d'avoir des amis haut placés.

Il donna à Stéphanie l'enfant qui tournait la tête d'un côté puis de l'autre, sa petite bouche s'ouvrant comme celle d'un oisillon affamé. Stéphanie défit son soutien-gorge, guida la tête du bébé vers son sein et, tout en lui caressant la joue du bout du doigt, le regarda chercher, puis découvrir le bout de son sein. Quand il s'en empara, une exclamation étouffée échappa à la jeune femme, et son regard surpris se posa sur Peter.

— Ça fait mal? demanda-t-il avec anxiété.

— Oui... Non...

Les premiers tiraillements passés, elle s'appuya contre les oreillers.

— Non, ça fait... Il n'y a pas de mot pour décrire cette sensation, ajouta-t-elle en secouant la tête.

Elle prit la main du bébé et sourit quand les doigts minuscules se refermèrent sur son index.

— Quel petit goulu, dit Peter.

Et, du revers de la main, il caressa la tête du bébé.

— J'étais tellement inquiète, murmura Stéphanie.

— Parce qu'il est né avant terme ? Je crois qu'on peut se rassurer : Regarde comme il se démène !

Les yeux fermés, Stéphanie savourait la sensation particulière que procure l'allaitement. En effet, pour un enfant prématuré, il était plutôt fort. C'étaient de bons gènes, les gènes des Robin.

— Comment va Alison ? demanda-t-elle, devinant que Peter évitait d'évoquer ce sujet délicat pour ne pas la contrarier.

— Bien. Elle est ravie d'avoir un petit frère et regrette de nous avoir tellement inquiétés.

— Il ne faut pas qu'elle se culpabilise. La coupable, c'est moi.

— N'en parlons plus. C'est de l'histoire ancienne.

Peter se rassit dans le fauteuil.

— J'ai réfléchi à cet incident, Steph. Tu vois, je t'ai harcelée pour que tu me confies tes secrets. Et cependant, je me suis comporté de la même façon que toi vis-à-vis d'Alison et des parents de Diana. Je n'avais peut-être pas le droit de leur cacher la vérité.

Tout en tenant le petit poing de son fils, Stéphanie plongea son regard dans celui de Peter.

— Sont-ils au courant, maintenant ?

— Ils ne savent pas tout, mais quand je leur ai téléphoné pour savoir s'ils avaient vu Alison, je leur ai expliqué en gros pourquoi elle s'était enfuie de la maison. J'irai les voir et je leur dirai la vérité en essayant de ne pas être trop brutal car je ne veux pas détruire l'image qu'ils ont gardée de leur fille.

— Cela risque d'améliorer vos rapports.

— L'inverse pourrait également se produire, dit-il tandis qu'elle soulevait le bébé contre son épaule et se mettait à lui tapoter doucement le dos pour qu'il fît son rot.

L'air satisfait maintenant que sa faim était assouvie, le petit Peter s'assoupit contre sa mère.

— Comment allons-nous l'appeler? demanda Peter qui enviait la position de son fils. Peter Jean-Claude Robin III, c'est à coucher dehors, non?

— Que penses-tu de T.J.? proposa Stéphanie.

— Ce sera donc T.J.

Elle caressa le dos du bébé en pensant à ce bizarre coup du destin qui l'avait unie à Peter pour les conduire jusqu'à cet instant. Comme il était étrange que cette soirée à Boston ait eu de telles conséquences.

Sans quitter son fils des yeux, Peter se renfonça paresseusement dans son fauteuil.

— Je t'aime, murmura-t-elle.

— Je t'aime, moi aussi.

Et il vint s'asseoir sur le lit, incapable de résister à la tentation d'enlacer Stéphanie et son fils.

Quelques minutes plus tard, la porte s'ouvrit sans bruit et quatre têtes apparurent dans l'embrasure : Alison, Keely, Tessa et Camille. La pièce était déjà remplie de fleurs. Il y avait même un gros ours en peluche posé dans un coin. En dépit de cette frileuse journée de mars, le soleil inondait la chambre par les fenêtres, baignant la mère, le père et l'enfant de sa chaude lumière dorée.

Plusieurs secondes s'écoulèrent pendant lesquelles les visiteuses restèrent immobiles et silencieuses, comme si elles partageaient cet instant de félicité. Puis, en riant, elles entrèrent dans la pièce.

Après avoir échangé un rapide baiser d'amoureux, Peter et Stéphanie se retournèrent et les accueillirent, un sourire de bonheur aux lèvres.

Chère lectrice,

Vous nous êtes fidèle depuis longtemps?
Vous venez de faire notre connaissance?

C'est pour votre plaisir que nous avons
imaginé un rendez-vous chaque mois
avec vos auteurs préférés, vos
AUTEURS VEDETTE dans les
collections Azur et Horizon.

Les AUTEURS VEDETTE vous
donneront rendez-vous pour de
nouveaux livres vedette.

Pour les reconnaître, cherchez
l'étoile... Elle vous guidera!

Éditions Harlequin

HARLEQUIN

LE FORUM DES LECTRICES

CHÈRES LECTRICES,

VOUS NOUS ÊTES FIDÈLES DEPUIS LONGTEMPS?

VOUS VENEZ DE FAIRE NOTRE CONNAISSANCE?

SI VOUS AVEZ DES COMMENTAIRES, CRITIQUES À
FORMULER, DES SUGGESTIONS À OFFRIR, N'HÉSITEZ PAS...
ÉCRIVEZ-NOUS À :   LES ENTREPRISES HARLEQUIN LTÉE.
                     498 RUE ODILE
                     FABREVILLE, LAVAL, QUÉBEC.
                     H7R 5X1

C'EST AVEC VOS PRÉCIEUX COMMENTAIRES QUE NOUS ALLONS
POUVOIR MIEUX VOUS SERVIR.

MERCI, À L'AVANCE, DE VOTRE COOPÉRATION.

BONNE LECTURE.

HARLEQUIN.

VOTRE PASSEPORT POUR LE MONDE DE L'AMOUR.

ROUGE PASSION

De fiévreuses histoires d'amour sensuelles!

De provocantes histoires d'amour passionnées et romantiques qu'on lit d'une seule traite. Aventureuses, parfois humoristiques, et sensuelles, elles mettent en vedette des hommes et des femmes d'aujourd'hui.

ROUGE PASSION... quatre nouveaux titres chaque mois.

COLLECTION
HORIZON

Des histoires d'amour romantiques qui
vous mènent au bout du monde!

Découvrez la passion et les vives
émotions qu'apportent à la Collection
Horizon des auteurs de renommée
internationale!

Captivantes, voire irrésistibles, ces
histoires d'amour vous iront
assurément droit au coeur.

Surveillez nos quatre nouveaux titres
chaque mois!

La COLLECTION AZUR

Offre une lecture rapide et

- ☑ stimulante
- ☑ poignante
- ☑ exotique
- ☑ contemporaine
- ☑ romantique
- ☑ passionnée
- ☑ sensationnelle!

COLLECTION AZUR... des histoires
d'amour traditionnelles qui vous
mènent au bout du monde!
Six nouveaux titres chaque mois.

HARLEQUIN

En août, on vous tente avec un livre SUPER PASSION de la série Rouge Passion.

Les livres SUPER PASSION sont un peu plus sensuels et excitants, mais toujours l'amour triomphe des contraintes, de dilemmes et vient réchauffer votre coeur comme une caresse.

Une histoire SUPER PASSION chaque mois, disponible là où les romans Harlequin sont en vente !

Composé sur le serveur d'Euronumérique, à Montrouge
par les Éditions Harlequin
Achevé d'imprimer en février 1997
sur les presses de l'Imprimerie Bussière
à Saint-Amand-Montrond (Cher)
Dépôt légal : mars 1997
N° d'imprimeur : 128 — N° d'éditeur : 6487

Imprimé en France